L M B P N

DISRUPTIVE IMAGINATION®

Michael T. Anderle

WENN ENGEL WEINEN

DER UNGLAUBLICHE MR. BROWNSTONE 06

Für meine Familie, Freunde und alle diejenigen, die es lieben zu lesen. Mögen wir alle das Glück haben das Leben zu leben für das wir bestimmt sind.

IMPRESSUM

Wenn Engel weinen (dieses Buch) ist ein fiktives Werk.
Alle Charaktere, Organisationen, und Ereignisse, die in diesem Roman geschildert werden, sind entweder das Produkt der Fantasie des Autors oder frei erfunden. Manchmal beides.

LMBPN International ist ein Imprint von
LMBPN Publishing
PMB 196, 2540 South Maryland Pkwy
Las Vegas, NV 89109

Version 1.01 (basierend auf der englischen Version 1.02), März 2022
Deutsche Erstveröffentlichung als e-Book: November 2020
Deutsche Erstveröffentlichung als Paperback: November 2020

Übersetzung des Originals (When angels cry–
The unbelievable Mr. Brownstone 06) ins Deutsche, Lektorat und Satz der deutschen Version:
4media Verlag GmbH,
Hangweg 12, 34549 Edertal,
Deutschland

ISBN der Paperback-Version: 978-1-64971-305-6
DE20-0038-00054

ÜBERSETZUNGSTEAM

Primäres Lektorat
Thorsten Wiegand

Sekundäres Lektorat
Jens Schulze

Beta-Team
Stefan Krüll
Jürgen Möders
Sascha Müllers
Esther Nemecek
Volker Tesche

Kapitel 1

Der Konsul der Lichtelfen ging vor seinem massiven Eichenschreibtisch hin und her, während er einen Tablet-Computer in der Hand hielt und darauf starrte.

Laena musste sich dazu zwingen, nicht ihr Gesicht zu verziehen, obwohl der Anblick eines magischen Wesens, wie es solch unwürdige, menschliche Technik benutzte, sie zutiefst anwiderte.

Das ist einfach erbärmlich. Kein Wunder, dass die Lichtelfen so schwach geworden sind, wenn sie nichts Anderes tun, als zu versuchen, die Menschen zu imitieren.

Der Konsul blieb stehen und schüttelte den Kopf. »Mehrere Morde. Dazu kommen Diebstahl, Einbruch und Hausfriedensbruch. Magie, die sich von Seelenenergie ernährt. Dann auch noch ein Kampf mit dem AET, der mehrere Beamte ins Krankenhaus befördert hat.«

Die Königin der Dunkelelfen legte die Hände in ihren Schoß und sagte nichts. Sie würde erst einmal in Ruhe abwarten, bis der Lichtelf seine kleine Tirade beendet hätte.

»Hätten die Beamten der Anti-Enhanced-Threat-Abteilung nicht durchweg magische Schutzamulette getragen, hätte diese Drow sie abgeschlachtet.« Der

Konsul holte tief Luft und schüttelte erneut den Kopf. »Das wäre dann monatelang auf allen Fernsehkanälen zu sehen gewesen und hätte unsere Beziehung zur Erde stark beschädigt.«

Laena blieb weiterhin ruhig und hörte zu, auch wenn sie innerlich brodelte.

Diese Menschen sollten froh sein, dass sie eine Begegnung mit einer Drow nicht nur überlebt haben, sondern sie sogar auch noch töten konnten. Es scheint unter ihnen doch einige fähige Menschen zu geben. Vermutlich hatte die Witwenmacherin sie gehörig unterschätzt.

Der Konsul wedelte mit dem Tablet. »Verstehen Sie die Tragweite dessen, was ihre Dunkelelfe da angerichtet hat, Eure Hoheit?«

Der mangelnde Respekt dieses Lichtelfen erzürnte sie maßlos, aber die Ermordung des Konsuls könnte sehr schnell zu einem Krieg führen. Es war schon schlimm genug, dass sie die Anwesenheit dieses widerlichen Nichtsnutzes dulden musste.

Für einen Krieg waren die Drow momentan einfach nicht bereit, noch nicht. Zuerst mussten sie die Prinzessin finden und zurückbringen. Sie musste hier diplomatisch vorgehen.

»Soweit ich weiß«, begann Laena, »tappen die menschlichen Behörden komplett im Dunkeln, was die Identität des Angreifers betrifft. Sie glauben, dass es sich dabei um irgendeinen magischen, menschlichen Attentäter gehandelt hat. Außerdem haben sie bisher keinerlei Leichen finden können.« Sie schenkte dem Konsul ein kaltherziges Lächeln. »Es gibt keinerlei Beweise, mit denen sie die Drow mit irgendetwas davon in Verbindung bringen können.«

Der Konsul stöhnte. »Wir wissen beide, dass Ihre Kriegerin die Leichen in der Zwischenwelt entsorgt hat. Unsere Leute haben an den Tatorten Spuren von Portalmagie gefunden. Wir haben Zeugen, die gesehen haben, dass einer Ihrer Leute seine Gestalt verändert hat.«

»Gestaltwandel ist auch nach menschlichen Gesetzen kein Verbrechen. Vielleicht wollte sie sich ja einfach nur anpassen?«

Der Lichtelf wedelte mit dem Tablet. »Es ist heute nicht mehr so, wie noch vor ein paar Jahren. Heute gibt es genug Magier bei den Menschen, die eine solch eklatante Missachtung ihrer Gesetze in relativ kurzer Zeit herausfinden werden. Es ist auch nicht so, als wüssten sie nichts von der Zwischenwelt.« Er schloss seine Augen. »Wir haben eindeutige Beweise für die Verwendung von Portalmagie durch diese Drow-Kriegerin.«

»Es gibt kein Gesetz der Menschen, welches Portalmagie verbietet.«

»Glauben Sie wirklich, dass die Menschen so dumm sind?«, blaffte der Lichtelf sie an. »Selbst wenn sie viele ihrer Gesetze noch nicht an die magischen Möglichkeiten angepasst haben, weiß ihre Regierung dennoch wonach sie suchen muss. Der einzige Grund, warum sie bisher noch im Dunkeln tappen, ist, weil wir entsprechende Maßnahmen ergriffen haben.« Er schüttelte den Kopf. »Was glauben Sie, was passiert wäre, wenn die Öffentlichkeit davon erfahren hätte, dass ein oriceranischer Attentäter bei ihnen mehrere Männer ermordet und dutzende Polizisten beinahe getötet hätte? Das hätte unsere Beziehungen zur Erde um Jahre zurückgeworfen und das alles, obwohl wir Sie eindringlich davor gewarnt hatten.«

Laenas Gesicht zuckte. Selbst ihre Geduld hatte Grenzen. *Was interessieren mich eure diplomatischen Spielereien? Wir werden uns unsere Prinzessin und damit den magischen Wunsch wieder zurückholen.*

* * *

Die beiden vor dem Büro wartenden Drow-Wächter blickten sich verwundert an.

»Sie hat bisher noch gar nicht geschrien«, bemerkte der eine.

Der andere nickte. »Politik.«

»Sie wird ziemlich wütend sein, wenn sie herauskommt.«

»Die Witwenmacherin kann froh sein, dass sie bereits tot ist. Sonst hätte die Königin die nächsten zwanzig Jahre damit verbracht, ihr bei lebendigem Leib die Haut abzuziehen.«

Beide Männer schüttelten den Kopf. Der Königin Unannehmlichkeiten zu bereiten war schon schlimm genug. Aber der Königin Unannehmlichkeiten zu bereiten *und* auch noch zu *versagen*, war eine schwere Todsünde.

* * *

Der Konsul legte sein Tablett auf den Schreibtisch und verschränkte die Arme. »Meine Vorgesetzten sind sehr besorgt und sie haben deutlich gemacht, dass sie wollen, dass ich ihren Unmut an Sie weitergebe.«

Laena schnaubte. »Ich bin mir ihres Unmuts sehr wohl bewusst, aber wie gesagt, selbst wenn ich zugeben würde, dass eine Drow-Kriegerin in all diese unglücklichen Vorfälle verwickelt war, was sollte ich Ihrer Meinung nach tun? Zu den menschlichen Behörden gehen und ihnen alles beichten? Beleidigen Sie mich nicht, indem Sie so tun, als ob die Lichtelfen oder irgendeine andere Rasse Oricerans denen irgendetwas von deren Aktivitäten mitteilen würden.«

»*Aktivitäten*? Ein Amoklauf ist für Sie einfach nur eine Aktivität?«

»Von meiner Perspektive aus betrachtet, ja.«

Der Konsul rieb sich den Nasenrücken und stieß einen langen, müden Seufzer aus. »Darf ich Ihnen einen Vorschlag machen, Eure Hoheit?«

Laena nickte und registrierte mit Genugtuung, dass der Lichtelf sich inzwischen wieder beruhigt hatte und sich an seinen Platz zu erinnern schien.

»Warum machen Sie der Stadt nicht ein kleines Geschenk? Sie könnten sich dabei als besorgte Drow präsentieren, die sich über das jüngste Chaos Sorgen machen.«

Laena nickte. »Aber ich werde mich weigern, irgendetwas zuzugeben und die Drow ebenso.«

»Das verlangen wir ja auch gar nicht. Niemand von uns möchte erklären müssen, wer diesen Ärger dort wirklich verursacht hat. Das würde uns allen nur Schwierigkeiten bereiten. Die Menschen würden dabei sicher alle Oriceraner in einen Topf werfen und wir wären dann die Leidtragenden.«

Die Königin spottete. »Haben Sie etwa Angst, dass diese Primitiven mit ihrer erbärmlichen Technologie eine Gefahr für uns darstellen könnten?«

Der Konsul schloss entnervt die Augen. »Die Erde und Oriceran sind inzwischen bereits so eng miteinander verbunden, dass wir tatsächlich darauf Rücksicht nehmen müssen. Wenn wir einen dauerhaften Frieden wollen, müssen wir uns auch um solche Belange kümmern. Man muss das nicht mögen, aber es ändert nichts an der Wahrheit.«

»Frieden? Was wissen die Menschen denn schon über Frieden? Ihre Geschichte besteht doch aus andauernden Kriegen aus den kleinlichsten und banalsten Gründen. Einige ihrer Anführer lassen Rhazdon wie einen Pazifisten aussehen.«

»Wie dem auch sei, das ist die Realität, mit der alle Rassen jetzt zu kämpfen haben, selbst die Drow.«

Laena stand auf. »Ja. Vorläufig.«

Der Konsul starrte die Drow-Königin an. »Vermeiden Sie in Zukunft bitte jegliche Aktivitäten, die Oriceran in ein schlechtes Licht rücken würden.«

Die Königin zuckte nur mit den Schultern und verließ sein Büro, ohne ihm zu antworten.

Wir werden keine Rücksicht auf ihre lächerlichen Beziehungen nehmen, um unsere Prinzessin zu finden und sie zurück zu ihrem Volk zu bringen, Lichtelf.

* * *

Shay öffnete die Beifahrertür von James’ F-350 und stieg aus. Die dunklen Wolken am Himmel kündigten einen baldigen Regenschauer an, aber bisher tröpfelte es nur leicht. Sie wollte dennoch nicht riskieren, in ihrer edlen, roten Bluse und ihrem feinen, schwarzen Abendkleid durchnässt zu werden, das würde ihr schönes Rendezvous mit James in dem schicken, italienischen Restaurant nur ruinieren.

Sie drehte sich noch mal kurz zu ihm um, bevor sie die Tür schloss. »Ich geh' da hinten durch die Gasse und nehm' eine Abkürzung. Dort werd' ich hoffentlich nicht so nass.«

Er nickte ihr zu. »Okay, ich parke nur schnell und komme dann gleich nach.«

Shay warf die Tür zu und eilte in Richtung der Gasse hin. Die hohen Gebäude auf beiden Seiten boten einigen Schutz vor dem Regen und sie lächelte, als sie durch die Gasse schritt.

Plötzlich erklang das Geräusch von hastigen Schritten mehrerer Leute hinter ihr. Das Lächeln in ihrem Gesicht verschwand augenblicklich.

Die hübsche, nette Frau, die gerade auf dem Weg zu einem schicken Abendessen mit ihrem Liebsten war, verschwand und die professionelle Schatzjägerin und Ex-Killerin kam zum Vorschein. Sie drehte sich um und entdeckte drei große Männer mit breitem Grinsen im Gesicht, die hinter ihr angelaufen kamen.

Die Typen sahen dumm und arrogant aus. Sie schienen einige Jahre jünger zu sein als sie und gehörten offensichtlich nicht zu irgendeiner Straßenbande, zumindest sah sie an ihnen keinerlei Tätowierungen oder Abzeichen. Für Leute vom organisierten Verbrechen waren sie zu schlecht gekleidet, daher waren sie also wahrscheinlich nichts weiter als irgendwelche einfachen, bescheuerten Schläger.

Einer der Männer rief ihr zu: »Verdammt, zieh doch mal die Bluse aus, damit wir deine Kurven etwas besser sehen können.«

»Ja«, ergänzte einer seiner Kumpels, »du hast da einen ziemlich geilen Körper. Wollen wir uns nicht ein wenig amüsieren?«

Shay seufzte. »Dreht euch einfach um und haut ab, ihr Vollidioten. Ihr wollt euch mit Sicherheit nicht mit mir anlegen.«

Der erste Sprecher fing an zu lachen. »Dieses Miststück hat eine verdammt große Klappe. Ich wette, da passen alle unsere Schwänze auf einmal rein.«

Verdammt. Das sollte heute doch noch mal ein schöner Abend mit James werden, bevor ich für meinen nächsten Job wieder außer Landes muss. Jetzt kommen diese blöden Arschlöcher daher und ruinieren alles.

Shay schüttelte den Kopf. Diese Narren stellten für sie eigentlich keine ernsthafte Bedrohung dar, aber es gab da ein paar praktische Bedenken, die sie davon abhielten ihnen die Scheiße aus dem Leib zu prügeln.

Sie verschränkte ihre Arme. »Hört mal zu, ihr Hohltüten. Normalerweise würde ich euch für eure Dummheit eine gehörige Tracht Prügel verpassen, aber ich habe heute ein wirklich teures Abendkleid an und ich habe keine Lust, das einzusauen. Außerdem trage ich heute Abend meine High Heels mit Vier-Zentimeter-Absätzen und wenn ich euch mit denen in den Arsch trete, dann würden die am Ende noch in eurem Hintern stecken bleiben.«

»Oh, wir haben ja so eine Scheißangst.« Die Männer taten so, als würden sie vor Angst zittern. »Du hast wirklich eine ziemlich große Klappe, für so eine dumme, kleine Schlampe. Wenn du uns nicht wirklich sauer machen willst, dann solltest du aufhören rumzuzicken und dich nicht so anstellen.«

Shay grinste, als hinter den Männern eine bekannte Silhouette auftauchte. »Wie gesagt, ich habe heute nicht die richtigen Klamotten an, um euch eine Lektion zu erteilen.« Sie zeigte auf James, der nun direkt hinter den Männern stand. »Daher werde ich es *ihm überlassen*, euch Manieren beizubringen.«

Die Männer drehten sich um, wo sie einen ziemlich ärgerlichen James Brownstone vorfanden, der mit den Knöcheln knackte.

»Ich glaube, ich könnte vor dem Abendessen noch ein klein wenig Bewegung vertragen«, rumpelte der Kopfgeldjäger. »Und wehe, ihr blutet mir meinen schönen Anzug voll.«

Shay winkte ihm zu. »Danke James. Sorry, Jungs. Ihr hättet meinen Rat befolgen und abhauen sollen.«

Sie ging weiter durch die Gasse, ihre Absätze klapperten auf dem Asphalt. Das Klappern wurde aber schon bald durch die Schmerzensschreie übertönt, die hinter ihr erklangen.

* * *

James hielt Shay die Eingangstür zum Palazzo Ducale offen und ärgerte sich darüber, dass diese Arschlöcher ihm den Abend versaut hatten. Er war eh schon ziemlich angespannt gewesen, da Shay sich diesmal nicht dazu hatte überreden lassen, mit ihm in ein gehobenes Steakhaus zu gehen, sondern auf diesen Schicki-Micki-Italiener bestanden hatte.

Im Gegensatz dazu schien der kleine Zwischenfall ihr die Laune nicht vermiest zu haben.

Sie zwinkerte ihm fröhlich zu. »Du solltest dir vielleicht erst einmal das Blut von den Händen waschen, James.«

Der Maître d'hôtel begrüßte sie freundlich lächelnd. »Guten Abend. Es freut uns außerordentlich, dass der unglaubliche Mister Brownstone uns heute Abend mit seinem Besuch beehrt.«

James blickte Shay fragend an. »Ich dachte, du hättest den Tisch unter deinem Namen reserviert.«

Shay rollte die Augen. »Tja, so ist das halt, wenn man berühmt ist.«

»Wir fühlen uns geehrt, Sie heute Abend hier zu haben, Sir«, fuhr der Maître d'hôtel lächelnd fort. »Wir haben für Sie und Ihre Verabredung einen schönen Tisch reserviert, Mister Brownstone.«

James zuckte mit den Achseln. »Okay, großartig. Ähm, ich müsste allerdings zuerst einmal kurz auf die Toilette.«

Der Maître deutete auf eine Tür am anderen Ende des Gastraumes. »Dort hindurch und dann rechts. Ich bringe inzwischen Ihre Verabredung zu Ihrem Tisch.«

★ ★ ★

Während sie sich ihre Suppe schmecken ließ, musterte Shay James. Er sah angespannt aus und schien sich nicht besonders zu amüsieren.

»Alles in Ordnung?«

»Warum gibt es hier so verdammt viele verschiedene Gabeln und Messer? Wozu braucht man die?«

Shay lachte. »O Mann, darüber machst du dir Gedanken?«

»Man braucht doch eigentlich nur eine einzige Gabel und ein Messer, oder?«

»Der Schlüssel zu einem guten Essen ist das richtige Werkzeug für das richtige Essen. Stellt dir das einfach wie bei einem Kampf vor. Manchmal braucht man etwas, um einen Mann aus nächster Nähe zu erstechen, manchmal eine Pistole für die mittlere Distanz und manchmal einen Raketenwerfer für den großen Spaß.« Shay deutete auf das Besteck neben James Teller. »Ist eigentlich ganz einfach. Du fängst mit dem Besteck ganz außen an und bei jedem neuen Essensgang arbeitest dich weiter nach innen vor.«

»Warum muss das so kompliziert sein? Warum zum Teufel muss man auch noch das Essen kompliziert machen?«

Shay deutete auf James' Serviette. »Leg die mal auf deinen Schoß.«

Er seufzte und tat wie ihm geheißen, gerade noch rechtzeitig, bevor die Kellnerin kam. Diese stellte lächelnd zwei Teller mit geräucherter Wurst, Oliven, Sardellen, Artischockenherzen, Pilzen und fünf verschiedenen Käsesorten hin.

»Selbst der Käse ist hier kompliziert«, murmelte James.

»Haben Sie noch einen Wunsch?«, fragte die Kellnerin.

Shay schüttelte freundlich lächelnd den Kopf. »Im Moment nicht. Danke.«

James beäugte argwöhnisch das Essen, als hätte man ihm gerade einen Teller mit getrockneten, oriceranischen Insekten vor die Nase gestellt.

Shay kicherte. »Komm schon James, die Wurst und der Käse hier sind wirklich vorzüglich.«

Er seufzte. »Na ja, ein anständiges Barbecue wäre mir jetzt trotzdem lieber.«

* * *

Am Ende des Essens war Shay angenehm überrascht. James hatte weder sie noch sich blamiert und er hatte ihr auch absolut keinen Grund geliefert, wütend auf ihn zu sein. Obwohl er sein kostbares Barbecue nicht bekommen hatte, hatte er ohne allzu großes Gemecker eine echte neapolitanische Pizza Margherita gegessen. Mehr noch, sie schien ihm sogar richtig gut geschmeckt zu haben.

Vielleicht gibt es ja doch noch Hoffnung für dich, James.

»Ich muss mal kurz aufs Klo«, rumpelte er genau in diesem Moment los.

Shay kicherte. So viel zu seinem romantischen Feingefühl, aber sie würde ihn trotzdem behalten, mit seinen ganzen kleinen Macken und seinem manchmal ungehobelten Benehmen.

James stand auf und ging in Richtung der Toiletten. Er bewegte sich so unsicher und vorsichtig, als hätte er Angst, unabsichtlich einen Kellner umzurennen oder irgendwelche Gläser umzustoßen.

Zwei junge Frauen kamen ihm entgegen, als er durch die Tür in den kurzen Gang trat, der zu den Toiletten führte.

Ihre Kleider sind so dermaßen kurz, dass sie beinahe wie etwas längere Hemden aussehen.

Die Frauen blieben hinter ihm stehen und blickten James noch einen Moment lang nach, bevor sie den Gastraum betraten.

Die beiden jungen Frauen setzten sich an ihren Tisch, der sich direkt hinter dem Tisch von James und Shay befand.

»Von Weitem war mir das gar nicht aufgefallen«, flüsterte eine der Frauen. »Aber aus der Nähe betrachtet sieht er ziemlich lecker aus. Sein Gesicht ist zwar nicht so hübsch, aber dieser Körper und diese Muskeln, Wahnsinn!«

»Ja, der hat bestimmt einen Sixpack auf seinem Sixpack. Ich würde gerne herausfinden, wie gut er im Bett ist.«

»Oh, ich wette, er hält die ganze Nacht durch und hat am nächsten Tag dann noch genug Kraft für eine zweite Runde.«

Shay fing an flach zu atmen. Jemanden zu lieben bedeutete leider auch, dass man vor dem Gefühl der Eifersucht nicht gefeit war. Sie würde anscheinend lernen müssen damit klarzukommen – auch ohne exzessive Gewalt anzuwenden.

Nun, zumindest haben mir diese beiden gerade bestätigt, dass ich eine gute Wahl getroffen habe.

In diesem Moment kam James von der Toilette zurück und näherte sich Shay, mit einer Leichtigkeit in seinem Schritt, die vorher nicht dagewesen war.

»Oh, da kommt er. Lass uns über etwas Anderes reden«, flüsterte eine der Frauen.

Der Kopfgeldjäger wollte sich gerade setzen, als Shay ihn stoppte. »Ich bin fertig und habe bereits bezahlt. Willst du noch was oder können wir gehen?«

James zuckte mit den Achseln. »Ich bin auch fertig, von mir aus können wir los.«

Die Schatzjägerin griff nach ihrer Handtasche. »Dann lass uns von hier verschwinden. Aber vorher muss ich noch kurz was erledigen.«

»Was denn?«

Sie drehte sich zu dem Tisch der beiden jungen Frauen um und flüsterte ihnen zu: »Ihr würdet eine Nacht mit ihm nicht überleben.« Sie grinste. »Ich bin immer noch wund von unserer letzten Nacht und dass ist nun schon eine ganze Woche her.«

Mit diesen Worten stand sie auf und marschierte in Richtung Ausgang.

Nun, wahrscheinlich sollten wir besser für eine Weile nicht mehr herkommen.

James folgte ihr und sagte nichts, bis sie draußen angekommen waren. »Was zum Teufel war das denn?«

»Nur ein kleines Gespräch von Frau zu Frau.«

»Du hast nicht vor sie zu töten, oder?«

Shay lachte. »Nein, ich bin doch die neue, verbesserte Shay Carson.«

»Was genau soll das heißen? Du tötest sie langsam statt schnell?«

»Ich töte doch nicht gleich *jeden*, der mich ein wenig verärgert. Nun, zumindest versuche ich das.«

James lachte. »Das klingt jetzt nicht so besonders beruhigend. Aber trotzdem war es hier gar nicht mal so schlecht. Die Pizza war wirklich gut.«

Shay boxte ihm spielerisch in die Seite. »Hey, wir machen vielleicht ja doch noch einen Pizzagourmet aus dir.«

»Soweit würde ich jetzt nun auch wieder nicht gehen.«

Kapitel 2

Warum müssen diese Arschlöcher immer weglaufen?

Trey rannte dem Kopfgeld nach. Eins musste man dem Kerl lassen. Für einen Typen mit einer so riesigen Wampe bewegte er sich verdammt schnell, seine Angst verlieh ihm anscheinend Flügel. Allerdings war er immer noch ein ganzes Stück langsamer als der mittlerweile ziemlich angepisste Kopfgeldjäger.

»Hör auf wegzurennen, Leonard!«, schrie Trey. »Ich bin bereits jetzt schon sauer genug, weil du mich dazu zwingst, dir nachzulaufen.«

Der Verfolgte sprang an einem Zaun hoch und wuchtete sich mühsam darüber, wobei er einen kurzen Blick nach hinten riskierte, um nachzuschauen, wie dicht ihm Trey am Arsch klebte.

Das artet hier ja langsam echt in Arbeit aus, du Blödmann.

Der Kopfgeldjäger erreichte den Zaun und schwang sich elegant darüber. »Verdammt, ich habe mir diesen Anzug gerade erst neu gekauft. Wenn der deinetwegen kaputtgeht, dann reiß ich dir den Arsch auf. Hörst du mich, Leonard? Das Ding war nicht billig.«

Der Flüchtende rannte weiter mit vollem Tempo, obwohl ihm der Schweiß über das Gesicht lief, bis er das nächste Hindernis, einen niedrigen Holzzaun, erreichte. Trey hatte inzwischen fast zu ihm aufgeschlossen und sprang kopfüber über den Zaun, wobei er sich auf den Fliehenden warf und ihn zu Boden riss. Die Spitzen der Zaunpfähle verfehlten dabei seinen kostbaren Anzug nur knapp.

Leonard stürzte mit dem Gesicht nach unten grunzend auf den Bürgersteig, Trey warf sich auf seinen Rücken und riss ihm den Arm nach hinten, wobei der Verbrecher vor Schmerz quiekte.

»Hör verdammt noch mal auf dich zu wehren, dann tue ich dir auch nicht weh. Du bist zwar nur ein lächerliches Stufe-Eins-Kopfgeld, Leonard, aber du bist dennoch bares Geld wert. Sonst wäre ich nicht hier und hätte dich verfolgt. Das ist nichts Persönliches.«

Der am Boden liegende Mann stöhnte, kämpfte aber nicht mehr gegen Trey an.

Trey schüttelte den Kopf. »Verdammt, war das denn so schwer?« Er legte Leonard Handschellen an und half ihm anschließend auf die Beine. Dann inspizierte er sorgfältig seine Hose. »Du hast Glück gehabt, Leonard. Sieht aus, als hätte mein Anzug nichts abbekommen.«

Leonard schaute über seine Schulter und betrachtete Trey nun zum ersten Mal genauer. »Verdammt, das ist *wirklich* ein ziemlich guter Anzug.«

»Natürlich ist er das. Ich versuche bei der Arbeit einen gewissen Stil zu wahren.«

»Aber ist das nicht ziemlich riskant ein so teures Ding zu tragen. Was tust du, wenn jemand auf dich schießt?«

»Das ist scheiß ärgerlich und natürlich ist das auch schon vorgekommen.« Trey geleitete den Mann zu seinem F-350. »Wie auch immer, ich bin von der

Brownstone-Agentur. Wir tun alles was nötig ist, um unsere Kopfgelder möglichst unversehrt bei der Polizei abzuliefern, genau wie unser großer Boss selbst auch. Verdammt, ich war selbst schon dabei, wie er zusätzlichen Ärger in Kauf genommen hat, nur um sicherzustellen, dass sein Gefangener sicher und unverletzt auf dem Revier ankommt.«

»Warte mal, Brownstone leitet diese Agentur tatsächlich höchstpersönlich?«

Trey öffnete die Hintertür seines F-350 und schob Leonard hinein. »Was zum Teufel hast du denn gedacht? Dass ich einfach eine Agentur aufmache und sie Brownstone-Agentur nenne?«

»Nein, ich dachte das wäre so eine Franchise-Sache. So wie bei McDonald's oder so. Du bezahlst Brownstone Geld, damit du seinen Namen benutzen darfst.«

»Das soll wohl ein Witz sein, oder?« Trey ging auf die andere Seite und stieg auf der Fahrerseite ein. »Franchise? Allein dafür sollte ich dir eine knallen. Brownstone braucht kein Geld. Der Mann ist ein Kopfgeldjäger der Stufe Sechs. Er könnte sich heute in Cabo San Lucas zur Ruhe setzen, wenn er wollte.«

Er warf Leonard einen prüfenden Blick zu. Die Wut, das Misstrauen und die Angst im Gesicht des Mannes waren durch pure Neugierde ersetzt worden.

Jetzt geht das wieder los. Ich sollte ein paar Flyer hinten reinlegen, wo ich die Antworten zu den gängigsten Fragen draufdrucke.

»Wie ist er denn so?«, fragte Leonard. »Brownstone, meine ich.«

Trey startete den Motor. »Brownstone? Nun, er ist auf alle Fälle ein verdammt harter Kerl. Er ist sozusagen der

König der knallharten Kerle. Der Mann hat die Harriken nicht nur in LA erledigt, sondern er hat sogar ihr verdammtes Hauptquartier im fernen *Tokio* platt gemacht. Er kümmert sich um die Scheiße, mit der die Bullen und das FBI nicht allein fertig werden.«

Leonard nickte eifrig. »Ich habe auch gehört, dass Brownstone jede Nacht mit mindestens zehn Frauen schläft.«

»Was für ein Schwachsinn. Brownstone ist ein echter Gentleman. Er ist treu wie Gold. Jede Nacht zehn Frauen? Ich glaube, das wäre selbst für ihn etwas viel.« Trey lachte und fuhr los.

Leonards Augen weiteten sich. »Warte. Scheiße! Brownstone fährt so einen alten F-350. Ist das etwa *Seiner*?«

»Nein, das hier ist mein Eigener, der F-350 von Trey Garfield.« Der Kopfgeldjäger zuckte mit den Schultern. »Allerdings habe ich mich zugegebenermaßen ein wenig vom großen Boss inspirieren lassen. Das ist ein echter Klassiker.«

»Ich habe gehört, dass er mal einen Mann nur deshalb getötet hat, weil der seinen geliebten Pick-up angerempelt hat.«

Trey schüttelte den Kopf. »Nein, Brownstone ist doch kein Verbrecher. Er ist ein absoluter Profi und er geht nur auf solche Leute los, auf die ein Kopfgeld ausgesetzt ist oder die jemanden bedrohen, der ihm wichtig ist. Jeder, den er bisher erledigt hat, hatte es verdient. Wenn er einfach Leute töten würde, nur weil sie einen Unfall mit ihm hatten, glaubst du wirklich, dass die Bullen ihn dann noch frei herumlaufen lassen würden?«

Leonard runzelte die Stirn. »Nein, das glaube ich eigentlich nicht. Aber, hey, was ist mit dieser Marine-Sache? Das ist doch Schwachsinn, oder?«

Trey blickte kurz nach hinten. »Von welcher Marine-Sache redest du?«

»In den Nachrichten klang es so, als hätte er eine Gruppe von Killern nach Camp Pendleton gelockt und sie von den Marines gefangen nehmen lassen. Ich kann nicht glauben, dass das Militär wirklich für Brownstone arbeiten würde. Er ist doch nur ein Kopfgeldjäger.«

Trey antwortete mit einem Schnauben. »›Nur ein Kopfgeldjäger‹? Ihr Leute habt einfach keine Ahnung.«

»Was?«

»Brownstone hat etwas, das viele von euch Pennern anscheinend nicht kapieren.«

»Hm?«

Trey schüttelte den Kopf, während er die Spur wechselte. »Respekt. Weil er den Leuten Respekt entgegenbringt, respektieren ihn die Leute auch und das schließt die meisten Polizisten hier und eben auch die Leute vom Militär mit ein. Nein, die Marines arbeiten nicht für ihn, aber sie taten ihm aus Respekt einen Gefallen.« Trey lachte. »Wir haben inzwischen sogar einen ehemaligen Marine-Ausbilder, der bei der Brownstone-Agentur arbeitet und unsere Leute trainiert.«

Leonard sah bedrückt aus. »Ich wollte auch mal dem Marinekorps beitreten, aber nachdem ich den Einstellungstest gemacht hatte, sagten sie, ich wäre nicht schlau genug.«

Trey kicherte. »Leute wie du müssen der Grund dafür sein, dass sie auf die Gewehre ›Dieses Ende in Richtung Feind halten‹ draufschreiben müssen.«

Leonard brummelte irgendetwas vor sich hin, dass wie blöder Arsch klang, aber dann gewann Neugierde und Eifer wieder die Oberhand. »Hey, stimmt es, dass Brownstone eine Straßengang hat?«

»Ja, irgendwie schon.«

»Irgendwie?«

»Was zum Teufel glaubst du habe ich früher gemacht, bevor ich bei der Brownstone-Agentur angefangen habe?«

Leonard blinzelte überrascht. »Scheiße, *ernsthaft*?«

Trey grinste. »Ja. Brownstone macht aus *ehemaligen* Kriminellen Kopfgeldjäger, die nun andere Kriminelle jagen. Wir werden diese Stadt säubern, damit alte Omas wieder gefahrlos auf die Straße gehen können, ohne Angst davor haben zu müssen, überfallen zu werden. Ich wette, in ein paar Jahren wird LA die sicherste Stadt des Landes sein. Sie sollten diese Stadt in Los Brownstone umbenennen.«

»Brownstone macht das alles, obwohl er ein Junkie ist?«

»Brownstone soll ein Junkie sein?« Trey wollte sich vor Lachen fast nicht wieder einkriegen. »Wovon zur Hölle redest du da?«

»Ich dachte immer, er wäre ständig auf Drogen und darum so furchtlos.«

»Er ist furchtlos, weil er ein knallharter Typ ist.« Trey schüttelte den Kopf. »Er trinkt ab und zu mal ein Bier und das Einzige, nach dem er wirklich süchtig ist, ist Barbecue.«

»Barbecue?«

»Ja, er liebt es sogar so sehr, dass er einmal bis nach Vegas gefahren ist, nur um in einem Restaurant namens *Jessie Rae's* essen zu gehen.«

»Die müssen ja ein wahnsinnig gutes Barbecue haben, wenn er wegen denen bereit ist, einen ganzen Tag lang dorthin zu fahren und anschließend wieder zurück.«

»Weiß nicht. Bin noch nie dagewesen. Aber vielleicht ergibt sich da ja irgendwann mal was.« Trey hielt an einer roten Ampel. »Nun, in LA gibt es ja auch jede Menge guter Barbecue-Restaurants.«

»Was waren denn so die härtesten Gegner, mit denen es Brownstone bisher zu tun bekommen hatte?«, wollte Leonard als Nächstes wissen. Seine Augen leuchteten wie die eines Kindes, das gerade über seinen Lieblings-Anime-Charakter spricht.

»Die härtesten Gegner? Abgesehen von den Harriken? Die waren nämlich schon ziemlich heftig.«

Leonard nickte. »Ja, das stimmt. Aber einiges von dem Zeug, was sie in den Nachrichten so über ihn erzählen, klingt schon ziemlich unglaubwürdig. Man weiß einfach nicht, was davon tatsächlich wahr und was ausgemachter Blödsinn ist.«

Trey rieb sich nachdenklich das Kinn. »Verdammt. Fast jeder seiner Gegner gehört in die Kategorie gefährlich. Er hat beispielsweise King Pyro erledigt, weil das Arschloch seine Familie bedroht hat. Der war ziemlich heftig.«

»Das war der Bankräuber, der mit bloßen Händen Feuerbälle erschaffen und Metall zum Schmelzen bringen konnte?«

Trey nickte. »Ja, genau und Brownstone hat auch ein paar Nekromanten ausgeschaltet, darunter einen Typen in Detroit, der in die Körper von Leichen springen konnte und diesen Wichser unten in Mexiko, der so gefährlich war, dass das mexikanische Militär versucht hat ihn auszubomben. Ich möchte, dass du dir das mal auf der Zunge zergehen lässt. Das gesamte verdammte mexikanische Militär hat es nicht geschafft diesen Typen zu erledigen ... bis Brownstone aufgetaucht ist. Das bedeutet, Brownstone ist im Grunde so etwas wie eine Ein-Mann-Armee.«

Leonard pfiff anerkennend. »Ja, diese ganze Harriken-Scheiße habe ich in den Nachrichten gesehen, aber das waren alles normale Kriminelle, keine magischen Freaks.«

»Verdammt richtig. Weißt du, bevor er sich die Harriken in Tokio vorgenommen hat, haben die ihm alle möglichen verrückten Killer hinterhergeschickt. Nicht nur irgendwelche gewöhnlichen Auftragskiller, sondern absolute Profis, von denen jeder Artefakte oder irgendwelche sonstigen magischen Fähigkeiten hatte.«

»Das wusste ich nicht.«

»Das liegt daran, dass du nur ein kleines Licht bist und kein großer Gangster oder so was.« Trey schnaubte verächtlich.

Leonard zuckte mit den Achseln. »Nun, irgendwie muss ich mir meinen Lebensunterhalt ja verdienen.«

»Indem du alte Omas ausraubst?«

Der Verbrecher schaute beschämt nach unten und räusperte sich. »Lass uns doch lieber noch ein wenig über Brownstone sprechen.«

Trey kicherte. »Okay. Nun, Brownstone ist stark genug es mit jedem aufzunehmen, ob er nun Magie hat oder nicht. Er kümmert sich nicht nur um Kriminelle von der Erde, weißt du? Er hat inzwischen auch schon mehr als nur ein paar Elfen-Kriminelle, die alle Arten von gruseliger Magie und anderen Scheiß aus Oriceran eingesetzt haben, den Garaus gemacht.«

»Was ist mit den Profi-Killern, von denen du erzählt hast? Waren das auch Oriceraner?«

»Nein, das waren Menschen, aber er hat einige oriceranische Killer ausgeschaltet, als die Harriken damals dieses Kopfgeld auf ihn ausgesetzt hatten.«

Leonard schüttelte den Kopf. »Davon habe ich gehört. Einige meiner Freunde dachten ernsthaft darüber nach, ihn zu verfolgen. Sie sagten, das wäre wie ein Sechser im Lotto.«

»Da du noch am Leben bist, hast du dich vermutlich dagegen entschieden?«

»Darauf kannst du einen lassen! Ich habe mich in meiner Wohnung versteckt, bis die ganze Scheiße vorbei war.«

Trey lachte. »Das war ziemlich schlau von dir. Diese ganzen Möchtegernkiller sind inzwischen entweder tot oder im Gefängnis, ob nun magisch oder nicht. Genau wie diese Profikillerin, gegen die er in Tokio gekämpft hat. Na ja, sie kam eigentlich aus Spanien, war aber in Tokio, als sie aufeinander trafen. Sie hatte so ein seltsames Artefakt, welches die Seelen ihrer Opfer aufsaugt und ihr eine unglaubliche Kraft geben konnte. Bevor Brownstone kam, hatte noch nie jemand einen Kampf gegen sie gewonnen.«

»Scheiße, meinst du etwa Elena Martinez?«

»Ja, so hieß sie. Ich war da selbst nicht dabei. Ich habe erst später davon erzählt bekommen.«

Leonard sah ihn fassungslos an. »Brownstone hat die Seelensammlerin erledigt? Ich dachte immer sie sei unsterblich.«

»Vielleicht war sie das ja auch tatsächlich, bis sie halt auf Brownstone traf.« Trey bog an einer Kreuzung ab. »Sieht so aus, als würde jeder denken, er könne meinen Boss einfach so zur Strecke bringen, aber hier ist ein Tipp von mir: Wenn Brownstone hinter dir her ist, stell dich lieber gleich der Polizei. Denn wenn dich Brownstone erst holen muss, dann wird das ziemlich wehtun.«

»Du übertreibst doch, oder?«

»Stell dir Brownstone einfach wie ein Sturm vor, der beschlossen hat, dir den Arsch aufzureißen. Du kannst dich vor dem Sturm verstecken oder einen Ort finden, der dich davor für eine Weile beschützt, aber du kannst ihn nicht besiegen.«

* * *

»Garfield«, rief Sergeant Mack von seinem Schalter aus. »Bring deinen Gefangenen her.«

Trey stand auf und dirigierte Leonard ohne weitere Schwierigkeiten zum Schalter. Der war inzwischen ziemlich kleinlaut geworden und wäre wahrscheinlich auch ohne Handschellen mitgekommen.

Der Kopfgeldjäger kicherte. »Hier, für dich noch eine kleine Info über Brownstone, Leonard.« Trey zeigte auf den Sergeant. »Der Cop hier, der die Kopfgelder bearbeitet, war bis letzte Woche der Vermieter von James Motherfucking Brownstone.«

Leonard starrte Sergeant Mack an. »Scheiße, ernsthaft?«

Der Polizist nickte. »Ja und er war ein wirklich guter Mieter. Hat immer pünktlich bezahlt und die Wohnung vorbildlich sauber gehalten. Es gab niemals irgendwelche Beschwerden.«

Der Verbrecher schüttelte den Kopf. »Ich kann einfach nicht glauben, dass Sie Brownstone persönlich kennen. Hey, warum war er überhaupt hinter den Harriken her?«

Sergeant Mack tippte einige Sekunden lang auf seiner Tastatur, bevor er antwortete. »Ernsthaft? Ich dachte, jeder wüsste inzwischen was da los war.«

Der Polizist warf Trey einen Blick zu und der andere Mann zuckte mit den Achseln. Er war selbst überrascht, dass Leonard das nicht wusste.

Dieser beugte sich nach vorne und flüsterte. »Ich habe ziemlich viel Scheiße darüber gehört und das Meiste klingt ziemlich verrückt. Angeblich hätten die Harriken seinen Sohn getötet, den er mit einer oriceranischen Prinzessin hatte. Außerdem hätten sie sein Haus in die Luft gejagt. Scheiße, ich habe sogar gehört, dass Brownstone nur deshalb die Harriken erledigt hat, weil irgendein Arschloch von denen ihn mit dem Auto geschnitten haben soll.«

»Nun, die Harriken *haben* tatsächlich sein Haus in die Luft gesprengt, beziehungsweise jemand hat es wegen eines Kopfgeldes von den Harriken getan.« Sergeant Mack schüttelte den Kopf. »Aber er war schon vorher aus einem anderen Grund hinter den örtlichen Harriken her.«

Trey schnaubte. »Diese dreckigen Schlampen hatten es verdient. Verdammte Feiglinge.«

Leonard schaute zwischen den beiden Männern hin und her und fragte: »Wie? Was? Womit fing alles an? Es ist ja nicht so, dass die Harriken gerade erst vor Kurzem nach LA kamen.«

»Die Harriken haben seinen Hund getötet.« Mack seufzte. »Sie waren der Meinung, sie könnten ihn dadurch einschüchtern, aber indem sie das taten, unterschrieben sie ihr eigenes Todesurteil.«

»Sie haben *seinen Hund getötet*? Wollen Sie mir etwa sagen, dass der Kerl Hunderte von Leuten umgebracht hat, nur weil sie seinen *Hund* getötet haben?«

»Ja, damit hat alles angefangen«, antwortete Trey. »Aber dann haben diese Idioten ihm die Killer auf den Hals gehetzt.«

Leonard sah beide völlig verwirrt an, der Unglaube stand ihm ins Gesicht geschrieben. »Die Bullen haben ihn damit davonkommen lassen?« Er wandte sich an den Sergeant. »Ich meine, Scheiße! Nicht nur das! Sie haben sogar ein Kopfgeld auf die Harriken ausgesetzt.«

Mack sah ihn scharf an. »Die Polizei kümmert sich um alle Fälle, die ihr gemeldet werden. Nun, es ist ja nicht so, als hätten die Harriken um Polizeischutz gebeten. Am Ende *hat* die Stadt LA dann tatsächlich ein Kopfgeld auf die gesamte Organisation der Harriken ausgesetzt. Die Harriken hätten sich nicht mit Brownstone anlegen sollen. Dann gäbe es sie vielleicht heute noch.«

Leonard starrte den Sergeant mit großen Augen an. »Scheiße. Was wäre, wenn Brownstone hinter mir her gewesen wäre. Was, wenn ich ihn verärgert hätte?«

Trey und Mack lachten beide schallend.

Leonard grunzte verärgert. »Was denn?«

»Warum, glaubst du, hat er die Brownstone-Agentur gegründet?« Trey richtete seine Krawatte. »Ich bin zwar hart, aber ich bin kein James Brownstone. Du bist ein Kopfgeld der Stufe eins und das würde normalerweise nicht mal dazu ausreichen, damit Brownstone aufsteht, es sei denn du hättest wichtige Informationen für die Polizei hier.« Er nickte Sergeant Mack zu.

Leonard stieß einen Seufzer der Erleichterung aus und hatte inzwischen offenbar komplett vergessen, dass er gerade im Begriff war, ins Gefängnis eingebuchtet zu werden.

Ein nachdenklicher Ausdruck erschien in Sergeant Macks Gesicht. »Ich kenne Brownstone nun schon seit mehreren Jahren. Auch wenn er in letzter Zeit wegen den Harriken öfters in den Medien ist, war es nicht immer so, dass er immer nur hochrangige Kopfgelder gejagt hat. Das sieht momentan wegen des ganzen Mists mit den Harriken nur so aus.«

»Wie war er denn früher so?«, fragte Leonard neugierig. »Was war das Seltsamste, an das Sie sich erinnern?«

»Vor ein paar Jahren hatte sich irgendeine Art seltsames oriceranisches Nilpferd-Alligator-Monster in die Kanalisation verirrt. Er hat es ganz allein gejagt und erledigt.«

»Scheiße, daran erinnere ich mich noch. Sie nannten es den ›Terror Down Under‹.«

Alle drei Männer lachten.

Mack nickte. »Yep. Brownstone hat nicht lockergelassen, bis er es erledigt hatte. Er ist buchstäblich durch Scheiße gewatet, um das Ding zu finden und auszuschalten. An dem Tag hat er zehn Arbeitern das Leben gerettet. Neulich hat er in Japan ein Monster aus Oriceran ausgeschaltet, das in die Gedanken der Leute eindringen konnte, um sie so in den Selbstmord zu treiben.«

Trey grinste. »Er ist eben nicht nur ein knallharter Kopfgeldjäger, sondern auch der knallhärteste Schädlingsbekämpfer der Welt.«

»Verdammt«, flüsterte Leonard. »Meinst du, ich könnte irgendwann der Brownstone-Agentur beitreten, wenn ich aus dem Gefängnis wieder herauskomme?«

Trey lachte. »Wenn du wieder rauskommst, kannst du das natürlich gerne versuchen.«

Kapitel 3

James gab Shay einen Kuss. »Meld dich ab und zu bei mir, damit ich weiß, dass du noch am Leben bist.«

Die Schatzjägerin stieg aus und öffnete die hintere Tür, um zwei große Koffer herauszuziehen, bevor sie ihm antwortete. »Die Wahrscheinlichkeit, dass du in irgendwelchen Ärger verwickelt wirst, ist weitaus größer, meinst du nicht?«

James grunzte. »Nun, das kommt ganz darauf an, wie man Ärger definiert.«

Shay stellte die zwei Koffer neben sich auf den Boden und holte dann noch eine längliche Tasche von der Rücksitzbank, die sie sich über die Schulter schlang.

James sah Shay fragend an. »Du willst dein Schwert mitnehmen und ganz normal am Schalter einchecken?«

»Ich habe die entsprechenden Unterlagen, dass es sich dabei um ein legitimes, historisches Artefakt handelt, das ich ganz legal transportieren darf. Sie grinste James an und zwinkerte. »Warum sollte ich etwas schmuggeln, wenn ich es nicht unbedingt tun muss?«

Er grunzte. Sie schmuggelte doch sowieso bereits mehrere Kisten mit Waffen und Messern.

»Glaubst du, dass du das Schwert brauchen wirst?«

Shay zuckte mit den Schultern. »Keine Ahnung. Ich bin in letzter Zeit für meinen Geschmack zu vielen magischen Arschlöchern begegnet. Es kann daher nicht schaden, sich ein paar zusätzliche Optionen offenzuhalten. Versuche in der Zwischenzeit bitte ausnahmsweise Mal, keine größeren kriminellen Organisationen zu verärgern, zumindest, solange ich weg bin.«

»Das kann ich leider nicht versprechen.«

»Na ja, aber dann warte wenigstens, bis ich wieder zurück bin, bevor du sie dir vornimmst.«

»Okay, *das* Versprechen kann ich dir geben.«

Shay warf ihm ein letztes Mal ein Lächeln zu und warf dann die Tür zu. Sie marschierte schnurstracks auf den Eingang des Flughafens von Los Angeles zu, die Koffer hinter sich herziehend, während sie die Tasche mit ihrem Schwert diagonal über ihren Rücken hängen hatte.

James startete seinen F-350. Es gab da ein paar Dinge, um die er sich nun erst einmal kümmern musste.

★ ★ ★

James wusste nicht, was ihn erwarten würde, als er an Zoes Haustür klopfte. Sein letzter Besuch bei der schönen Tränkehexe war ziemlich merkwürdig verlaufen, selbst für ihre Verhältnisse. Sie hatte ihm dennoch dabei geholfen, eine Expertin für Runenmagie zu finden, die ihm mit Alisons Zimmer helfen konnte.

Die Tür öffnete sich und gab den Blick auf die schwarzhaarige Magierin frei. Ihre blutunterlaufenen Augen deuteten auf einen gewissen Alkoholpegel hin. Der Professor trank regelmäßig, weil er es genoss, Zoe dagegen trank, weil das ihre magischen Fähigkeiten verbesserte. James hatte immer noch Schwierigkeiten, mit dieser Tatsache klarzukommen.

Sie trug ein hochgeschlitztes, silbernes Kleid, das für James Geschmack etwas zu viel von ihren Oberschenkeln und ihrem Dekolleté enthüllte. Er senkte nervös den Blick zum Boden.

»Hallo James«, begrüßte Zoe ihn grinsend und bedeutete ihm mit einer Geste, ihr in das mit Pflanzen überfüllte Wohnzimmer zu folgen. Eigentlich glich das Wohnzimmer mehr einem Dschungel. Allzu betrunken konnte sie heute nicht sein, denn sie sprach klar und deutlich.

James trat ein. »Hast du alles fertig bekommen?«

Sie zeigte auf eine große Kiste, die mit Dutzenden von Tränken gefüllt war. »Nur damit eins klar ist: Diese Tränke sind für normale Menschen. Bei dir würden sie nicht funktionieren, sondern wären sogar eher schädlich. Sind deine Mitarbeiter alles Menschen?«

»Ja, ganz stinknormale Amerikaner.« Er zuckte mit den Achseln. »Fürs Erste jedenfalls. Ich möchte, dass jeder von ihnen immer einen Heil- und Energietrank dabeihat, für alle Fälle.«

»Aber sie werden nicht auch diese hochgefährlichen, magischen Verbrecher jagen wie du, oder?«

James nickte. »Nein, aber eine Kugel ist für einen normalen Menschen genauso tödlich wie irgendein blöder Zauberspruch.«

Zoe seufzte. »Du hast einen ziemlich gefährlichen Job.«

»Nun, die Welt da draußen ist halt einfach gefährlich. Irgendjemand muss den Job ja machen.«

»Ja, aber warum ausgerechnet du?« Zoe drückte Brownstone die Kiste in die Hand. »Wirst du jemals deinen Frieden finden, James?«

»Nun, wenn die Arschlöcher aufhören würden, mein Haus in die Luft zu jagen, wäre das schon mal ein Anfang. Er blickte Zoe neugierig an. »Bin ich denn dein einziger Kunde, der diesen ganzen Scheiß bei dir kauft, weil er einen gefährlichen Job hat?«

Zoe zuckte mit den Schultern. »Ich habe schon ein paar Kunden, die ein ziemlich buntes Leben führen, aber die meisten meiner Kunden sind entweder andere Hexen, die Spezialtränke für ihre eigene Magie benötigen oder gelangweilte Hausfrauen, die auf der Suche nach ein klein wenig Magie sind, um ihr Leben aufzupeppen.« Die Magierin beugte sich vor und beschnupperte James. »Ah. Jetzt verstehe ich, warum du heute wesentlich entspannter bist als beim letzten Mal.« Sie kicherte.

James runzelte die Stirn. »Wovon redest du?«

»Der Mann ist Feuer. Die Frau ist Eis. Oder Yin und Yang, wenn das geläufiger ist.« Zoe hob einen schlanken Finger. »Diese Ausgewogenheit ist wichtig, besonders bei einem Feuer, das so heiß brennt wie deines.«

»Was?«

»Deine Freundin. Du bist doch mit jemandem zusammen, James, nicht wahr?«

James nickte zustimmend. »Ja, ich habe eine Freundin. Ist doch keine große Sache.«

»Keine große Sache? Die Frau, die es schafft, das Feuer von James Brownstone zu zähmen, muss ziemlich beeindruckend sein.«

»Das ist eine Art, sie zu beschreiben.«

Ein breites Lächeln erschien auf Zoes Gesicht. »Ich bin froh, dass du jemanden gefunden hast.« Plötzlich runzelte sie die Stirn und zeigte auf die Kiste. »Diese zwei lavendelfarbigen Tränke sind für das Mädchen – deine neue Tochter.«

»Alison? Aber was soll die denn mit Heil- oder Energietränken?«

»Nun, sie ist ein junges Mädchen. Diese Tränke werden ihr zu einer strahlenden Schönheit verhelfen.«

James runzelte die Stirn. »Sie ist ... nun, wie werden die Tränke bei einer magischen Person wirken?«

»Nun, dann wird ihre Schönheit doppelt so stark strahlen.«

Er warf den beiden Flaschen einen kritischen Blick zu. Er hatte von Zoe genug Tränke verwendet, um zu wissen, dass er ihr vertrauen konnte, aber er hatte sicher nicht die Absicht, seiner zukünftigen Adoptions-Tochter diese seltsamen Schönheitstränke zu geben. Die würde er vorerst lieber behalten.

»Wie viel bekommst du dafür?«, fragte James. »Du hast mir noch keinen Preis genannt, als ich die Tränke bestellt habe.«

»Tränke für *normale* Menschen sind weitaus einfacher herzustellen.«

James fragte sich, ob sie ahnte, wie unnormal er tatsächlich war.

Sie kann auf keinen Fall wissen, dass ich ein Außerirdischer bin.

»Also, sind sie billiger?«

Zoe nickte. »Dieses Mal brauchst du mir keine besonderen Zutaten zu besorgen. Bargeld reicht.«

Er räusperte sich. »Einfach nur Bargeld? Das ist tatsächlich ungewöhnlich.«

»Geld bewegt die beiden Welten, James. Aber um es klar zu sagen, billiger ist nicht dasselbe wie billig.«

»Wenn es Jemandem das Leben retten kann, ist es mir das wert.«

Sie blickte ihn neugierig an. »Dir liegt wirklich so viel an dem Leben dieser Männer?«

»Ich versuche gerade ein Unternehmen aufzubauen und das bedeutet, dass ich meinen neuen Mitarbeitern beweisen muss, dass mir ihr Leben nicht scheißegal ist.«

Zoe verschränkte ihre Arme, was den Nebeneffekt hatte, dass sie dabei ihre Brüste hochdrückte. Das Ärgerliche daran war, dass James sich sicher war, dass sie es diesmal nicht einmal mit Absicht tat.

»Interessant«, kam ihre Antwort. »Du bist Vieles, James Brownstone, aber vorhersehbar gehört nicht dazu.«

James zuckte mit den Schultern. »Okay, schick mir deine Rechnung und ich zahle so schnell es geht. Danke für deine Hilfe. Wir sehen uns dann.«

»Das werden wir in der Tat.« Sie schenkte ihm ein warmes Lächeln.

Der Kopfgeldjäger ging mit der Kiste in der Hand auf die Tür zu. Er hatte einen speziellen Schrank für die Lagerung von Tränken bestellt, der heute noch zu seinem Haus geliefert werden sollte. Bis dahin musste er nur verhindern, dass er in einen Autounfall geraten würde.

Das lief ja besser als gedacht. Ich könnte sogar noch schnell bei dem Barbecue-Restaurant hier in der Nähe vorbeischauen, bevor ich nach Hause fahre.

* * *

Bill warf einen Blick auf seine Tochter, die neben ihm lief. Sein Herz klopfte wild und er hoffte, dass die kleine, blonde Sechsjährige nicht merkte, wie besorgt er war. Ihr lustiger Familienausflug nach Vegas war momentan alles andere als lustig.

»Wir sind gleich da, Dina.«

Er holte tief Luft und blieb stehen. Die hellen Lichter von Las Vegas umgaben sie und drängten die Nacht zurück. Ein Blick zur Seite offenbarte einen Weg, der zwischen mehreren Gebäuden hindurchführte. Wenn sie den nehmen würden, müssten sie nicht um den ganzen Block herumlaufen und würden wieder irgendwo in der Nähe ihres Hotels herauskommen.

Das hoffte er jedenfalls.

Warum musste ich Dussel denn auch mein Telefon im Hotelzimmer vergessen?

Bill betrat die dunkle Gasse zwischen den Gebäuden, die ziemlich heruntergekommen aussah.

»Hier stinkt's«, bemerkte Dina und hielt sich die Nase zu.

Das Mädchen hatte recht. Es roch stark nach Urin und Bill nahm an, dass hier nachts Obdachlose schliefen.

Na ja, irgendwo müssen sie ja schlafen. Ich möchte heute nur nicht unbedingt einem von ihnen über den Weg laufen.

»Es tut mir leid, Liebling. Wir werden bald wieder in unserem Hotel sein. Das verspreche ich dir. Dann bestellen wir uns beide erst einmal ein schönes großes Eis.«

»Juhu! Ich will Schoko und Vanille.«

Bill lächelte sie an. »Okay, einmal ein großes Eis mit Schoko und Vanille für meine kleine Naschkatze.«

Eine Minute später erkannte er, dass die Gasse leider nicht in die Richtung zu ihrem Hotel führte. Bill sah sich verzweifelt um. Rechts zweigte eine etwas breitere Gasse ab, an deren Ende einige Gebäude in hellen Neonfarben leuchteten. Dort würde er sicher irgendwelche Leute finden, die er nach dem Weg fragen konnte.

»Lass uns dort drüben lang gehen, Schatz. Dort müssten wir wieder zurück auf eine der Hauptstraßen kommen.«

Dina blickte zu ihm auf. »Und dann bekomme ich mein Eis?«

»Ja, sobald wir wieder im Hotel sind, versprochen!«

Hinter ihnen erklangen plötzlich Schritte.

Okay, wir sollten besser schnell weitergehen.

Plötzlich breitete sich vor ihnen finsterer Nebel aus und tauchte die komplette Gasse in Dunkelheit.

Was zum Teufel? Woher kommt denn dieser Nebel auf einmal her? Das hinter uns ist bestimmt nur irgendein dummer Penner. Hoffe ich zumindest. Ich werde ihm einfach ein paar Dollar geben, dann lässt er uns hoffentlich in Ruhe und wir kommen aus dieser seltsamen Gasse raus.

Bill drehte sich um und erwartete hinter sich einen Obdachlosen zu sehen. Sein Herz machte einen Sprung und die Kehle schnürte sich ihm zu.

Hinter ihnen stand eine Gestalt, die komplett von diesem dunklen Nebel umhüllt war. Ihre leuchtend roten Augen starrten ihn an.

»Wir werden jetzt ein kleines Spiel spielen, mein kleiner Engel«, flüsterte Bill ihr zu.

»Ein Spiel?«

Bill packte Dina und hob sie nach oben zu einer Klimaanlage, die an der Seite des Gebäudes hing. »Sei ein braves Mädchen und klettere da rauf und dann in den Lüftungsschacht rein.«

»Das ist aber ein blödes Spiel, Daddy.«

»Tu's bitte mir zuliebe.« Er hatte keine Ahnung, was zum Teufel da hinter ihm vor sich ging, aber das spielte keine Rolle, solange seine Tochter in Sicherheit wäre.

Er sah zu, wie sie auf das Klimagerät kletterte und dann in den Schacht kroch.

Bill drehte sich zu der Figur hinter ihm um. »Äh, brauchen Sie etwas Geld oder so?«

Die Gestalt mit den leuchtend roten Augen kam auf ihn zu. »Ja, ich brauche etwas von Ihnen.« Die Stimme klang hohl und dumpf.

»Warten Sie, ich werde ...«

Ein höllischer Schmerz explodierte plötzlich in seiner Brust und er schrie entsetzt auf. Er sackte auf die Knie und schaute nach unten. Eine schwarze Tentakel hatte ihn aufgespießt. Jeder Schlag seines Herzens sandte eine weitere Schmerzwelle durch seinen Körper und sein Blut spritzte dabei auf den Boden.

»Ich brauche tatsächlich etwas«, wiederholte die Stimme. »Nämlich dein Leben.«

Bill hatte keine Chance, als der Mörder mit einer schnellen Bewegung seinen Kopf vom Körper trennte.

* * *

Dinas Augen weiteten sich vor Entsetzen und Tränen liefen ihre Wangen hinab. In der dunklen Gasse hatte sie nicht klar erkennen können, was geschehen war, aber sie hatte gesehen, wie ihr Vater auf die Knie gesunken war und wie er geschrien hatte. Dann war plötzlich überall Blut gewesen und der Kopf ihres Vaters zu Boden gefallen.

Der Mann mit den leuchtend roten Augen drehte sich zu ihr um.

»Lassen Sie meinen Daddy in Ruhe!«, rief Dina mit tränenerstickter Stimme.

»Ihn in Ruhe lassen? Keine Sorge. Ich werde ihn nicht auffressen, ich bin doch kein Monster. Ich musste ihn nur töten.«

»Du hast meinen Daddy umgebracht? Das werde ich dir heimzahlen!«, schluchzte sie.

»Ja.« Der Mann atmete tief ein. »Warum kommst du nicht runter und spielst ein wenig mit mir, Kleines?«

Dina fand einen kleinen Stein, der im Lüftungsschacht lag und warf ihn nach dem Killer. Der zuckte allerdings nicht einmal.

»Möchtest du deinem Vater nicht folgen, mein kleiner Engel?« Ein spöttisches Kichern folgte. »So hat er dich doch vorhin genannt, oder?«

Das Mädchen schluchzte weiter. »Ich werde Hilfe holen und dann werden sie dich fangen und bestrafen.«

Das Kichern wurde zu einem spöttischen Gelächter. »Es gibt niemanden, der mir gewachsen wäre. Ich bin der leibhaftige Tod und stärker als jeder von diesen erbärmlichen Menschen, die du holen könntest. Las Vegas ist jetzt mein Territorium und jeder, der sich mir in den Weg stellt wird sterben.«

Er drehte sich um und verschwand mit einem lauten Lachen in die Dunkelheit. »Kleines, dort oben wird dich so schnell niemand finden! Früher oder später wirst du herunterkommen müssen und dann werde ich dich kriegen.«

Der dunkle Nebel verschwand aus der Gasse und es wurde wieder etwas heller, aber Dina bekam nichts davon mit. Sie hatte die Augen geschlossen, damit sie die ekelhafte Szene unter ihr nicht sehen musste. Herunterzuklettern wäre Selbstmord, solange dieses Monster noch irgendwo in der Nähe war.

Sie blieb daher an Ort und Stelle. Sie weinte und schluchzte so lange, bis sie schließlich vor Erschöpfung einschlief.

* * *

Ein lautes klapperndes Geräusch weckte sie.

Dina blinzelte. Die hohen Gebäude verhinderten, dass es in der Gasse komplett hell wurde, aber die Sonne war inzwischen aufgegangen und hatte die Dunkelheit verdrängt.

Das klappernde Geräusch ertönte erneut. Das Mädchen kroch aus dem Schacht und blickte vorsichtig nach unten in die Gasse. Eine dunkelhäutige Obdachlose mittleren Alters wühlte in einer Mülltonne herum und fischte Dosen heraus, die sie in einen Müllsack steckte.

»Hilfe!«, rief Dina. Sie wedelte mit ihren Armen.

Die Frau blickte erschrocken nach oben, dann stand sie auf und ging auf das Mädchen zu.

»Hallo kleines Mädchen, wie bist du denn dort raufgekommen?«

Dina schluchzte und kroch aus dem Lüftungsschacht. »Mein Daddy hat mich hier oben in Sicherheit gebracht, vor diesem Typen mit den leuchtend roten Augen.«

»Ein Typ mit roten Augen?« Die Frau runzelte die Stirn. »Wo ist denn dein Daddy?«

Das Mädchen fürchtete sich davor, den Blick auf den Ort zu richten, wo die Leiche ihres Vaters liegen musste. Sie schloss die Augen und deutete mit dem Finger auf die Stelle. Jetzt, bei Tageslicht, war das Blut am Boden schon von Weitem sichtbar. Über dem Körper und dem abgetrennten Kopf schwirrten bereits Fliegen.

»Um Himmelswillen«, rief die Frau aus. Sie atmete mehrmals tief durch und wandte sich dann wieder Dina zu.

Die Obdachlose streckte beide Hände nach oben. »Komm, ich bringe dich hier weg.«

Dina ließ sich von der Frau nach unten helfen und dann bei der Hand nehmen. Sie gingen von dem Körper weg zur Vorderseite der Gasse. Nach gut dreißig Sekunden erreichten sie eine Nebenstraße.

Die obdachlose Frau zog ein Handy hervor. »Warte kurz, Schatz. Ich rufe jetzt erst einmal die Polizei.«

Dina musterte die Frau von oben bis unten. Sie trug schäbige Jeans,ein verwaschenes T-Shirt und eine zerrissene Jacke, was Dina zu dem Schluss kommen ließ, dass dies eine Obdachlose sein musste.

»Leben Sie auch in einer Mülltonne wie Oscar der Griesgram?«

Die Frau kicherte. »Nein, Schätzchen. Aber ich lebe auf der Straße.«

»Und trotzdem haben Sie ein Handy?«

»Ja, das sind eben meine Prioritäten, Schätzchen.« Die Frau wählte 911 und wartete. »Ja, ich möchte einen Mord melden und hier ist auch noch ein kleines Mädchen. Sie hatte sich versteckt. Sie hatte sich in einem Lüftungsschacht versteckt. Nein, das weiß ich nicht. Ich glaube es ist ihr Vater. Wo wir sind?« Sie gab die Adresse durch. »Okay, ich werde hierbleiben, bis ein Streifenwagen kommt.« Sie steckte das Handy zurück in ihre Tasche.

»Wer war das?«

»Die Polizei. Sie werden gleich da sein, aber sie dürfen mich nicht erwischen. Ich werde allerdings in der Nähe bleiben.«

Dina schluchzte. »Was ist, wenn der Typ mit den roten Augen zurückkommt?«

»Bei Tageslicht trauen sich Dämonen nicht raus. Monster schlagen immer nur nachts zu. Das weiß doch jeder. Bleib einfach hier, bis die Polizei kommt, okay?«

Das Mädchen nickte. Sie wagte es nicht, sich umzudrehen und in die Gasse zu blicken, aus Furcht, die Leiche ihres Vaters zu erblicken.

Die Frau eilte über die Straße und dann nach rechts. An der nächsten Straßenecke hielt sie kurz an und winkte Dina noch mal zu, bevor sie um die Ecke bog.

Dina stand einen Moment lang zitternd da und wusste nicht, was sie tun sollte. In der Ferne erklangen Polizeisirenen, die mit jeder Sekunde näher kamen. Das Mädchen setzte sich auf den Boden und wartete auf die Ankunft der Polizei.

Ein paar Minuten später hielten zwei Polizeiwagen mit quietschenden Reifen vor ihr an. Zwei Polizisten stiegen aus und gingen auf das Mädchen zu.

Beim Anblick der Polizisten brach sie in Tränen aus, die Erinnerung an das Erlebte drohte sie zu überwältigen.

Warte nur ab, du böser Mann. Ich werde jemanden holen, der dich bestraft, weil du meinen Daddy getötet hast.

Kapitel 4

James trug den Staubsauger in sein Wohnzimmer. Die neue Wohnung ließ sich ziemlich einfach sauber halten. Schon allein deshalb, weil sie so leer war.

Er hatte natürlich einige neue Möbel gekauft, aber das eigentliche Herzstück seiner alten Wohnung, das große Bücherregal mit solchen Schätzen, wie zum Beispiel seine signierten Rezeptbücher, waren in dem Feuer, welches der Angriff mit dem Raketenwerfer ausgelöst hatte, draufgegangen. Momentan hatte er nur einige wenige Bücher, die den Anfang einer neuen Sammlung bildeten, aber es würde höchstwahrscheinlich noch Jahre dauern, bis er den Großteil seiner verlorenen Bücher wieder zusammengetragen hatte – und einige seiner Bücher waren unersetzliche Einzelstücke gewesen.

Der Kopfgeldjäger seufzte, während er den Teppich staubsaugte. Er brauchte dringend irgendeine Ablenkung. Da er momentan weder auf der Jagd nach einem interessanten Kopfgeld war, noch Shay da war, die sonst einen Großteil seiner Aufmerksamkeit beanspruchen würde, grübelte er die ganze Zeit vor sich hin.

Die Brownstone-Agentur war recht gut angelaufen. Bisher war zwar Trey der einzige aktive Kopfgeldjäger, aber dieser erledigte alle Kopfgeldjobs, die er von der Polizei zugewiesen bekam, mit Leichtigkeit.

Wenn nun James auf einmal wieder damit beginnen würde, Kopfgelder der Stufe eins oder zwei zu jagen, würde er dabei nur Treys Dynamik stören.

James schaltete den Staubsauger aus und blickte verwundert zur Couch. Unter dieser lugte ein dünner Stofffetzen hervor. Er bückte sich und griff danach.

Der Kopfgeldjäger runzelte die Stirn, als er seinen Fund betrachtete: eines von Shays Unterhöschen. »Huh. Was macht *das* denn hier?«

Sie hatten natürlich jede Menge Spaß miteinander gehabt, aber das Alles hatte sich eigentlich immer nur im Schlafzimmer abgespielt, was den Aufenthalt des Höschens im Wohnzimmer zu einem echten Rätsel machte. Er ging ein paar Möglichkeiten in seinem Kopf durch.

Die einfachste Erklärung war natürlich, dass Shay es irgendwann in seinem Wohnzimmer ausgezogen hatte, als er mal nicht aufgepasst hatte. Aber auch exotischere Erklärungen, wie zum Beispiel, dass dies ein magisches Teleporterhöschen war, konnte man seit Oriceran nicht ganz von der Hand weisen.

James zuckte mit den Schultern und marschierte mit dem Höschen ins Schlafzimmer, wo er dann zu einer Kommode ging und dort die ›spezielle Shay-Schublade‹ öffnete, um es hineinzulegen.

Nachdem er dies erledigt hatte, ging er zum Badezimmer, um nachzuschauen, was dort alles gereinigt werden musste. Nach dem Wohnzimmer war dies der nächste Raum, den er sich vornehmen würde.

Er blieb an der Tür stehen und nahm seufzend das Waschbecken in Augenschein. Seine Seite war komplett leer und sauber, doch Shays Seite glich eher einem Supermarktregal für Körperpflegeprodukte, wo ein Damenrasierer, mehrere Shampoos, Spülungen, Make-up-Sets und natürlich Shays heiß geliebter Kristallschädel-Zahnbürstenhalter standen.

»Wahrscheinlich ist das Ding auch noch irgendwie magisch«, brummte James. »Antike atlantische Anti-Kariesmagie oder so ein Scheiß.«

Der Kontrast der beiden Waschbeckenseiten war ziemlich auffällig. Alle seine Toilettenartikel waren sauber und ordentlich an den dafür vorgesehenen Stellen im Schrank verstaut worden. Shays Seite des Waschbeckens war ein komplett chaotisches Durcheinander.

Vor nicht allzu langer Zeit hatte er in einem komplett durchorganisierten Singlehaushalt gelebt und jetzt hatte er plötzlich eine Freundin und eine Tochter.

»Ich habe immer noch Schwierigkeiten mich daran zu gewöhnen.« Er grinste. »Aber ich würde es um keinen Preis der Welt anders haben wollen.«

James' Handy klingelte im Wohnzimmer und er eilte dorthin. Vielleicht gab es ja ein neues Stufe-Fünf-Kopfgeld, das gerade dabei war die Stadt aufzumischen und die Polizei brauchte ihn, um den Kerl zu stoppen.

Als er das Handy in die Hand nahm und auf das Display schaute, begann er zu lächeln. Es war weder die Polizei noch Trey, die ihn anriefen, aber es *war* definitiv jemand, mit dem er gerne sprechen wollte.

»Hallo Alison«, meldete sich James.

»Hallo Dad.«

»Alles in Ordnung bei dir? Keine verrückten Oriceran-Kreaturen, die dir Probleme bereiten? Oder irgendwelche außer Kontrolle geratene Magie?«

Alison lachte. »Nein, es ist alles in Ordnung. Gibt hier überhaupt keine Probleme. Der Unterricht macht Spaß und es hat sich seit dem letzten Mal nicht viel geändert. Mein Energieblick hat sich verbessert. Ich kann jetzt Dinge wesentlich klarer sehen und oftmals kann ich auch erkennen, ob jemand mich anlügt.«

»Das ist ja toll«, freute sich James mit ihr. »Das wird dich sicher vor so einigen Enttäuschungen bewahren.«

»Na ja, ich bin nun schon eine ganze Weile hier, aber ich finde es immer noch ziemlich seltsam, dass alle Leute hier über magische Fähigkeiten verfügen und zaubern können.«

»Ja, die einzige Magie, die der Durchschnittsmensch in LA hat, ist die Fähigkeit, sich in jeder Situation verdammt unhöflich zu verhalten.« James runzelte die Stirn. »Wenn es nichts weltbewegend Neues gibt, warum rufst du denn dann an?«

Alison seufzte. »Nun, ich mach mir natürlich Sorgen um dich, da du ja momentan ganz allein bist, weil Tante Shay doch weggeflogen ist.«

Der Kopfgeldjäger lachte. »Ich war doch die ganze Zeit allein, bevor ich euch beide getroffen habe. Ich habe kein Problem damit, mal eine Weile allein zu sein.«

»Nur, weil du früher die ganze Zeit allein warst, heißt das nicht, dass es sich gut angefühlt hat.«

Einige Sekunden verstrichen, als James darüber nachdachte. Da war natürlich etwas Wahres dran.

Shay und Alison hatten eine Leere in seiner Seele gefüllt, von der er vorher nicht einmal etwas gewusst hatte. Sein Leben zuvor war zwar einfacher, aber auch viel langweiliger gewesen und es gab in den ganzen westlichen Bundesstaaten kein noch so gutes Barbecue, dass ihn mit der gleichen Befriedigung erfüllen konnte, wie er sie jetzt mit Shay und Alison empfand.

James räusperte sich. »Danke, Alison, aber mir geht es wirklich gut. Ich mache hier momentan nur ein wenig sauber, damit du dich in deinem neuen Zuhause nachher richtig wohlfühlst.«

»Zuhause. Das Wort hört sich gut an.«

»Gut, dass soll es auch.«

Alison lachte. »Aber meinetwegen musst du nicht unbedingt putzen. Ich kann den Dreck ja nicht einmal sehen.«

»Ja, aber wenn man nicht regelmäßig putzt, dann setzt sich überall Staub ab und das ist nun mal einfach unschön.«

»Du bekämst wahrscheinlich einen Herzinfarkt, wenn du unser Zimmer und das Bad hier in der Schule genauer betrachten würdest.«

James lachte. »Ich bin sicher, ich würde es überleben.«

»Vielleicht, aber ich würde es lieber nicht riskieren wollen.«

Sie lachten beide gemeinsam, dann seufzte Alison.

»Bedrückt dich was?«, fragte James.

»Na ja, es gibt da tatsächlich etwas, über das ich mit dir reden müsste.«

»Erklär mir dein Problem und ich werde mich sofort darum kümmern.«

Alison seufzte. »Nein, so meinte ich das nicht, Dad.«

»Was denn dann?«

James knirschte mit den Zähnen. Wurde Alison in ihrer Zauberschule etwa schikaniert? Das sollten sie nur wagen! Und es wäre ihm dann auch scheißegal, wie viele Hexen und Zauberer es dort gab. Er würde durch ihr verdammtes Tor marschieren und diesen Arschlöchern so lange Respekt vor seiner Tochter einprügeln, bis sie es kapiert hatten.

»Ich hatte einen Freund«, flüsterte Alison.

»Was?«, donnerte James. »Einen *Freund*? Wer ist es? Ich brauche sofort seinen Namen und du kannst ihm schon mal sagen, dass er bald einen Anruf von mir zu erwarten hat.«

Alison seufzte. »Nein Dad, genau das ist doch das Problem. Verstehst du?«

»Nein? Behandelt er dich schlecht? Ich habe im Moment nicht viel zu tun. Ich könnte heute noch in ein Flugzeug steigen, um ein kleines Vier-Augen-Gespräch mit diesem kleinen Punk zu führen.«

»Ich habe gesagt, dass ich einen Freund *hatte*, nicht, dass ich einen *habe*.«

James knurrte. »Er hat dich für ein anderes Mädchen verlassen? Denkt er etwa, er sei zu gut für dich? Ich kann in ein paar Stunden bei ...«

»Nein, er hat mich abserviert, weil er Angst vor dir hat, Dad«, schnappte Alison. »Wir hatten uns gerade erst vor zwei Tagen kennengelernt.«

»Oh.« Er versuchte zerknirscht zu klingen, auch wenn er eigentlich eine tiefe Zufriedenheit fühlte.

Alison seufzte. »Er hatte keine Ahnung, dass du mein Vater bist, als wir anfingen auszugehen. Es ist ja nicht so, dass wir uns in der Schule ständig mit unserem Nachnamen anreden. Dann kam es aber irgendwie einmal zur Sprache und er fragte nur: ›Brownstone, wie in James Brownstone?‹ Als ich ja sagte, flippte er komplett aus und sagte mir, dass wir uns sofort trennen müssten.«

»So ein dummer Feigling …« James atmete tief ein. »Wenn er sich so bescheuert verhalten hat, dann ist er ganz sicher nicht der Richtige für dich.«

»Ich bin hier doch nicht auf der Suche nach einem Ehemann, Dad. Ich wollte doch nur ein wenig Spaß.«

»Ich mein ja nur.«

»Na ja, ich will damit ja auch nur sagen, dass du bei deinem nächsten Besuch versuchen solltest, vielleicht etwas weniger einschüchternd zu sein.«

James seufzte.

»Entschuldigung«, murmelte er. »Tut mir wirklich leid, dass du so etwas erleben musstest. Ich würde dir ja gerne einen klugen Ratschlag geben, aber auf dem Gebiet der Verabredungen bin ich nicht gerade ein Experte. Ich werde Shay sagen, dass sie dich mal anrufen soll, wenn sie wieder zurück ist.«

»Nein, ist schon okay. Es war jetzt nicht so schlimm. Es ist ja nicht so, dass ich in diesen Typen wirklich verliebt war.«

James war glücklich das zu hören. »Ich verspreche, dass ich beim nächsten Mal, wenn ich wieder in der Schule bin, versuchen werde weniger einschüchternd zu sein.«

»Damit würdest mir echt einen großen Gefallen tun.« Ein paar Momente des Schweigens vergingen, bevor Alison fortfuhr: »Und ich bin ja auch nicht wirklich sauer auf dich, Dad. Ich verstehe ja, dass dieses ganze Elternding für dich noch ziemlich neu ist, aber du bist immerhin schon einmal ein viel besserer Dad, als Walt es je war.«

James seufzte erneut. Um ein besserer Vater als Walt Anderson zu sein, hatte es bereits ausgereicht, Alison nicht an Gangster zu verkaufen – das war eine verdammt niedrige Messlatte. Er würde das Kompliment trotzdem annehmen.

»Danke, Alison. Kann's kaum erwarten, dich bald mal wieder zu besuchen.«

»Ich auch. Aber jetzt muss ich los, tschau und ich liebe dich, Paps.«

James lächelte. All seine Anspannung löste sich bei diesen Worten in Luft auf. »Ich liebe dich auch, Alison.«

★ ★ ★

Am Abend machte sich der Kopfgeldjäger auf den Weg zu seiner Kirche. Die Priester in dieser einfachen, von riesigen Eschen umgebenen Steinkirche, waren maßgeblich dafür verantwortlich, ihn aufzuziehen und zu dem Mann zu machen, der er heute ist.

Sie nahmen einen Außerirdischen und machten ihn zu einem gottesfürchtigen Menschen, auch wenn sie davon nichts wussten. Irgendwann muss ich ihnen die Wahrheit erzählen, damit der Vatikan sie belohnen kann, vor allem dafür, dass sie mich die ganze Zeit über ertragen haben.

An manchen Tagen grübelte er darüber nach, ob der Käfer der Verzweiflung in Japan recht hatte und er Pater McCartney zu sehr belastet hatte, aber heute war keiner dieser Tage. Ausnahmsweise hatte er ein relativ ruhiges Gewissen. Er hatte schon über eine Woche lang niemanden mehr getötet.

Sieht so aus, als wäre ich bereits dabei, ein besserer Mensch zu werden.

James ging den Gang zwischen den Kirchenbänken entlang in Richtung Beichtstuhl. Er öffnete die Tür und trat hinein. Eine Bewegung in der anderen Kabine zeigte ihm, dass Pater McCartney dort bereits Platz genommen hatte.

Der Kopfgeldjäger räusperte sich. »Segne mich, Vater, denn ich habe gesündigt. Seit meiner letzten Beichte ist eine Woche vergangen, aber ich habe seitdem eigentlich nur sehr wenig getan, wegen dem ich um Vergebung bitten müsste.«

Ein leises Lachen erklang aus Pater McCartney's Kabine. »Nun, Gott hat für alles ein offenes Ohr, also erzähl ihm davon, was dich bedrückt und was dir auf dem Herzen liegt.«

»Das einzig Schlimme, was ich diese Woche getan habe, war, ein paar unhöfliche, dämliche Jugendliche zu verprügeln, die dabei waren eine Frau zu belästigen.«

Der Priester seufzte. »Ich verstehe. Aber du hast sie nicht getötet?«

»Nein. Ich habe ihnen nur eine kleine Lektion erteilt.«

»Wie hart hast du sie denn geschlagen?«

James konnte nicht verhindern, dass ihm ein leiser Lacher entwich. »Ich habe ihnen nur ein paar blaue Flecke verpasst und das war mit Sicherheit viel weniger schmerzhaft, als wenn diese Frau sie sich vorgeknöpft hätte.«

»Ich verstehe nicht. Diese Frau wäre auch allein mit ihnen fertig geworden?«

»Ja, aber dann hätten sie es wahrscheinlich nicht überlebt. Ich habe ihnen sozusagen eigentlich sogar einen Gefallen getan.« James zuckte mit den Schultern.

»Mich beunruhigt es etwas, dass du dich mit so jemand Gefährlichem abgibst. Eine Frau, die dich zu der Annahme verleitet, die Leute wären besser dran, durch dich verprügelt zu werden, als das, was sie ihnen antun würde.«

»Ja, das Leben ist manchmal echt merkwürdig, nicht wahr?«, antwortet James mit einem leichten Grinsen im Gesicht.

Der Priester seufzte. »Wie dem auch sei. Bete später zehn Ave-Maria als Buße und versuch bitte mal, dir ein paar Gedanken über gewaltlose, alternative Lösungen zu machen, James.«

»Das werde ich, Vater.« James drehte sich zur Tür um, verharrte dann aber mitten in der Bewegung. »Ich bin in letzter Zeit gar nicht dazu gekommen, nachzufragen, wie es um das Waisenhaus steht. Ist dort alles in Ordnung?«

»Oh, das Waisenhaus? Ja, dem geht es gut.« Pater McCartney's Stimme klang überrascht. »Sehr gut sogar. Zusätzlich zu all dem Geld, das wir von dir bekommen haben, scheinen wir inzwischen noch einen weiteren Gönner gefunden zu haben.«

»Wirklich? Das ist doch toll.«

»Ja. Ich muss allerdings zugeben, dass es mich etwas überrascht, dass dieser Spender komplett anonym bleiben wollte.«

»Nicht jeder will für seine gute Tat gelobt werden.«

Pater McCartney seufzte in seiner Kabine. »Und du hast mit dieser Spende nichts zu tun?«

James schüttelte den Kopf. »Warum sollte ich so etwas tun? Ich habe dem Waisenhaus doch bereits offiziell Geld zukommen lassen.«

»Ja, das stimmt. Vielleicht sollte ich mir einfach keine Gedanken darüber machen, wo das Geld herkommt, sondern stattdessen froh sein, dass ein barmherziger

Samariter den Kindern helfen möchte. Vielleicht hast du ja irgendjemanden inspiriert.«

»Vielleicht.«

»Nun, dann wünsche ich dir noch einen schönen Abend, mein Sohn.«

»Den wünsche ich dir auch, Vater.« James öffnete die Tür und verließ den Beichtstuhl.

Er wartete so lange, bis er wieder draußen in seinem Auto saß, bevor er sein Handy herauszog und eine Nachricht abschickte:

Unsere Spende an die Kirche ist angekommen. Ich weiß es zu schätzen, dass du dich darum gekümmert hast. XOXO.

Er hatte schon ein klein wenig ein schlechtes Gewissen, dass er den Priester in der Kirche angelogen hatte und das dürfte ihm sicher ein Stirnrunzeln des Großen Mannes im Obergeschoss einbringen, aber er wollte einfach unbedingt dem Waisenhaus helfen. Das musste doch wenigstens ein paar Pluspunkte wert sein. Trotz seiner einmaligen Aktienspende würde das Waisenhaus in ein paar Monaten wieder Geld benötigen. Wenn es nach James ginge, würde er sie in so viel Geld ertränken, dass es bis zur Wiederkunft des Herrn reichen würde.

James startete seinen F-350 und fuhr lächelnd von der Kirche weg. Er hatte immer versucht, ein möglichst einfaches Leben zu führen, aber nun spendete er heimlich an das Waisenhaus und half beim Schmuggeln von Artefakten.

Sein Lächeln verblasste. Stolz darauf zu sein, dass sein Leben nun so viel komplizierter geworden war, kam ihm ziemlich dämlich vor. Die Frauen in seinem

Leben füllten vielleicht das Loch in seiner Seele, aber verdammt noch mal, sie hatten sein Leben dermaßen verdammt kompliziert gemacht.

Sein Smartphone signalisierte eine neue Nachricht von Shay.

Verwende bitte nicht so einen Scheiß wie XOXO. Du bist doch kein Teenager mehr. Ich wette, nicht einmal Alison benutzt so etwas.

»O Mann, warum müssen Frauen denn immer so kompliziert sein?«, murmelte er vor sich hin.

* * *

Trey betrat die Schwarze Sonne und verweilte dann erst einmal einen kurzen Moment an der Tür, während er die bunte Mischung aus Kriminellen und Polizisten musterte, die sich an diesem Ort versammelt hatte. Er hatte ein ziemlich flaues Gefühl im Magen, denn neutraler Boden war einfach etwas Unnatürliches. Jeder musste sich am Ende für irgendeine Seite entscheiden. So funktionierte die Welt nun einmal.

Zum Teufel, was faselte er denn da? Er selbst war vor kurzer Zeit noch Chef einer Straßenbande gewesen und jetzt verdingte er sich als Kopfgeldjäger.

Nun, eigentlich spielte sein mulmiges Gefühl eh keine Rolle. Die Schwarze Sonne war einer der besten Orte in LA, wenn man Informationen haben wollte. Der Besitzer und Chef-Barkeeper Tyler mochte zwar ein Arschloch sein, aber er beherrschte seinen Job ziemlich gut.

Irgendwann wird die Zeit kommen, Arschloch, an der auch du deine Seite wählen musst. Achte dann gut darauf, dass du die richtige Seite wählst.

Trey schlängelte sich durch die dichte Menge und fand einen leeren Hocker an der Theke. Tyler stellte ihm nur Sekunden später bereits ein Glas vor die Nase.

»Ein Manhattan, wie immer, richtig?«, begrüßte ihn der Barkeeper mit einem Lächeln.

»Du bist ein verdammt guter Barkeeper, das muss man dir lassen.«

»Aber kein guter Mensch?«

Trey schnaubte, sagte aber nichts. Wenn es eine Sache gab, die er über Tyler gehört hatte, dann die, dass der Mann von Respekt besessen war – sogar mehr noch als Trey. Er sollte besser seine Worte sorgfältig wählen und ihm den nötigen Respekt erweisen, wenn er ihn als Informationsquelle behalten wollte.

Der Junior-Kopfgeldjäger hatte sogar in Erwägung gezogen, seinen Gangsterakzent abzulegen, aber angesichts der vielen Kriminellen, einschließlich der anwesenden Bandenmitglieder von anderen Straßengangs, war das vermutlich eine schlechte Idee. Manchmal musste man einfach die Fassade aufrechterhalten.

»Niemand von den Leuten hier ist ein guter Mensch, mich eingeschlossen«, antwortete Trey. Er nahm einen Schluck von seinem Manhattan. »Jeder hat irgendwo Dreck am Stecken.«

»Verdammt richtig.« Tyler starrte Trey eine ganze Weile lang an und schüttelte dann den Kopf. »Ich weiß einfach nicht, was ich von dir halten soll.«

»Nun, du hast mir sofort den richtigen Drink hingestellt. Ich bin sicher nicht hier um Stunk zu machen.«

Der Barkeeper schüttelte den Kopf. »Nein, das meine ich nicht. Es ist vielmehr so, dass ich immer Respekt davor hatte, was du als Bandenführer getan hast. Ihr hattet euch euer eigenes Revier erkämpft und habt dort auch gutes Geld verdient. Ihr habt es sogar irgendwie geschafft, dass Brownstone euch in Ruhe gelassen hat. Aber jetzt ...« Er zuckte mit den Schultern.

»Was ist denn jetzt?«

»Jetzt bist du plötzlich kein Bandenführer mehr. Du hast deine Gangfarben gegen einen Anzug eingetauscht und arbeitest nun für dieses Arschloch Brownstone. Das begreife ich einfach nicht.«

Trey nahm noch einen weiteren Schluck von seinem Manhattan. »Was bedeutet das jetzt genau, Tyler? Hast du nun ein Problem mit mir?«

»Nein, ich bin ja nicht Brownstone. Ich kümmere mich nicht darum was andere Leute tun, solange sie mir keinen Ärger machen. Nicht nur das, du gehörst jetzt zur Brownstone-Agentur und arbeitest für die Bullen, also wäre es eine äußerst schlechte Idee mich mit dir anzulegen.«

Trey schnaubte. »Weißt du, ich bin heute eigentlich nur auf einen Drink hierhergekommen. Vielleicht sollte ich zukünftig an einen Ort gehen, wo man mich besser behandelt.«

»Welcher Ort sollte das denn sein?«

Trey zuckte mit den Schultern. »Scheiße, ich weiß es nicht. Vielleicht gehe ich besser in eine Bar, die von dem verdammten Ku-Klux-Klan betrieben wird.«

Tyler zuckte zusammen. »Autsch, der war echt mies, Trey.« Er schüttelte den Kopf. »Nun, wie dem auch sei, dein Drink geht heute Abend auf mich.« Der Barkeeper ging zum anderen Ende der Bar und grummelte leise irgendetwas vor sich hin.

Dummer Idiot. Wenn es James nicht gäbe, hättest du keine schicken neuen Tische hier drin.

Der Junior-Kopfgeldjäger trank aus und wischte sich mit dem Ärmel den Mund ab. Sein Handy piepte.

Die Polizei bat ihn darum, ein Kopfgeld der Stufe eins für sie einzufangen, was in der Regel bedeutete, dass der Mann für sie höchstwahrscheinlich einen besonderen Wert als Zeuge hatte. Je schneller er gefasst wurde, desto besser.

Ich schätze, in einem hast du recht, Tyler. Ich habe mich tatsächlich geändert. Aber wir alle müssen uns früher oder später für eine Seite entscheiden.

Kapitel 5

Dina drückte ihre Beine an die Brust und weinte. Ihr Daddy war tot und dieser Typ mit den roten Augen lief immer noch frei herum. Die Polizisten hatten ihr zwar versprochen, dass sie ihn schnappen würden, aber gegen dieses Monster konnten sie einfach nicht gewinnen. Das hatte der Kerl zumindest behauptet.

Ein normaler Polizist wäre diesem Monster bestimmt nicht gewachsen. Sie brauchte so etwas wie einen magischen Ritter. So wie der aus ihrer Lieblingssendung ›*Die Abenteuer der tapferen Oriceran-Prinzessin*‹.

Sie zwang sich dazu, ihr Weinen zu unterdrücken, bis nur noch ein leises Schniefen zu vernehmen war. Sie musste stark sein, wenn sie ihren Daddy rächen wollte.

Dina hüpfte aus dem Plastikstuhl, der in einem karg eingerichteten Büroraum stand, in den die nette Dame vom Jugendamt sie gebracht und gesagt hatte, sie solle dort einen kleinen Moment warten. Sie holte die Fernbedienung vom Schreibtisch der Frau und schaltete den Fernseher an, der dort an der Wand hing. Sie fing an, durch die Kanäle zu zappen und schon nach dem fünften Mal umschalten hatte sie gefunden, was sie suchte.

Der Sender zeigte gerade das Bild eines muskulösen Mannes mit einem seltsamen Gesicht. Er sah nicht besonders hübsch aus, mit den ganzen Narben im Gesicht und diesen ganzen Tätowierungen.

»Der Kopfgeldjäger der Stufe sechs, James Brownstone, fängt eigentlich schon seit Jahren die gefährlichsten magischen Verbrecher ein, aber erst im letzten Jahr hat er durch mehrere hochkarätige Kopfgelder und seinen ›Ein-Mann-Krieg‹ gegen das inzwischen nicht mehr existierende japanische Verbrechersyndikat namens Harriken Berühmtheit erlangt.«

Auf dem Bildschirm erschien ein alter Mann mit Brille, der aussah als hätte er Verstopfung.

»Doktor Tasker, der Kriminologie-Experte vom UNLV wird uns nun seine Erkenntnisse über diesen inzwischen berühmten oder – je nachdem wen man fragt – *berüchtigten* Mann mitteilen.«

Doktor Tasker räusperte sich. »Sehen Sie, das Problem ist, dass unsere ganze Gesellschaft ... genauer gesagt, unsere gesamte *Zivilisation* darauf basiert, dass es keine Magie gibt. Momentan sind wir immer noch dabei, uns darauf einzustellen, wie wir mit den neuen, magischen Bedrohungen umgehen sollen. Unsere Gesetze und – ehrlich gesagt – auch unsere Strafverfolgungsbehörden sind für diese Aufgabe aktuell überhaupt noch nicht bereit. Männer wie James Brownstone füllen diese Lücke. Ich bin sicher, dass wir das in ein oder zwei Jahrzehnten alles in den Griff bekommen werden, aber momentan brauchen wir die Kopfgeldjäger, sonst würde unsere Gesellschaft bald von magischen Kriminellen überwältigt werden.«

Dina verstand nicht alles, was der alte Mann da sagte, aber sie verstand genug, um zu verstehen, dass James Brownstone magische Bösewichte zur Strecke brachte.

Sie hatte ihren Ritter gefunden.

Die Tür öffnete sich und die Frau vom Jugendamt trat ein. Sie blickte zum Fernseher und runzelte die Stirn.

»Schätzchen, solche Sachen solltest du dir nicht ansehen.« Sie nahm die Fernbedienung und schaltete den Fernseher aus.

»Kennen Sie diesen James Brownstone?«

»James Brownstone? Den Kopfgeldjäger?« Sie zuckte mit den Schultern. »Nun, ich habe natürlich schon von ihm gehört. Er ist ja ziemlich berühmt.«

Dina zeigte auf den Fernseher. »Da hat so ein alter Mann gesagt, dass Mister Brownstone magische Bösewichte jagt.«

»Er ist ein Kopfgeldjäger der Stufe sechs und die höheren Kopfgelder haben alle irgendwelche magischen Fähigkeiten, also ja, das stimmt.« Die Frau schaute Dina fragend an.

»Dann rufen Sie bitte Mister Brownstone an, damit er sich um den Typen mit den roten Augen kümmert.«

Die Frau seufzte und schüttelte den Kopf. »Auf den Mann, der deinen Vater getötet hat, ist leider momentan noch kein Kopfgeld ausgesetzt.«

»Das war kein Mann, sondern ein Monster!«

»Ja, natürlich, aber du bist ja jetzt hier und erst einmal in Sicherheit.«

Dina stellte fest, dass die Frau ihr anscheinend nicht glauben wollte.

Die Frau seufzte erneut, bevor sie fortfuhr: »Was ich damit sagen will, ist, dass so Leute wie James Brownstone ... nun, das sind keine Helden, keine strahlenden Ritter. Die tun das nur wegen des Geldes und solange auf diesen Verbrecher kein hohes Kopfgeld ausgesetzt ist, wird er ihnen ziemlich egal sein. Außerdem lebt dieser Brownstone nicht in Las Vegas, sondern in Los Angeles. Das ist ziemlich weit weg, Liebes.«

Dina sah trotzig zu Boden. Sie verstand nicht, warum die Frau nicht einfach Mister Brownstone anrief. Aber das spielt ja auch eigentlich keine Rolle. Sie hatte ihren magischen Ritter gefunden und sie würde ihn schon irgendwie dazu bringen, nach Las Vegas zu kommen, um dieses Monster mit den roten Augen zu töten, koste es was es wolle.

* * *

Charlyce beobachtete die Eingangstür der Polizeistation von der anderen Straßenseite aus. Keiner der vorbeigehenden Leute schenkte der obdachlosen Frau übermäßig viel Aufmerksamkeit.

Niemand sprach sie an oder drehte auch nur den Kopf in ihre Richtung. Sie wollten sie nicht sehen. Es war ihnen unangenehm.

Damit hatte sie gerechnet. Manchmal hatte es Vorteile, gewissermaßen unsichtbar zu sein.

* * *

Normalerweise war Lieutenant Maria Hall diejenige, die die Leute anschrie. Diesmal war sie jedoch diejenige, die angeschrien wurde.

Der Polizeichef fuchtelte wild mit seinem Handy herum. »Wissen Sie, was in dem Bericht steht, Lieutenant?«

»Dass wir eine gefährliche magische Bedrohung zur Strecke gebracht haben, die, wenn wir sie nicht neutralisiert hätten, womöglich Hunderte von Menschen getötet oder verletzt hätte?«

Ihr Boss sah sie mit zusammengekniffenen Augen an. »Vierundzwanzig Millionen Dollar. Sie haben in nur sieben Minuten satte vierundzwanzig Millionen Dollar vernichtet. Wie zum Teufel wollen Sie das rechtfertigen?«

Maria verschränkte die Arme. »Hätte das AET lieber eine gefährliche Bedrohung frei durch die Stadt wandern lassen sollen?«

»Ich habe Ihren Bericht gelesen. Sie hatten einen anonymen Hinweis bekommen. Der kam vielleicht ja von irgendeinem Halbwüchsigen, der sauer war, weil diese Magierin ihn bei irgendeinem dummen Videospiel geschlagen hat.«

»Bei allem Respekt, Sir, aber wir haben erst geschossen, nachdem sie uns zuerst angegriffen hat. Diese Frau war definitiv keine Unschuldige. Außerdem haben wir Beweise gefunden, dass diese Frau mit mehreren Morden an der Ostküste in Verbindung steht. Dazu kommt, dass Interpol uns mitgeteilt hat, dass sie vermutlich auch für mehrere Todesfälle in Europa verantwortlich ist. Das war nicht irgendeine unschuldige Magierin, die zufällig im Park spazieren ging. Das war eine magische Profikillerin, die wir zur Strecke gebracht haben.« Maria schoss wütend aus ihrem Stuhl hoch und stampfte den Fuß auf. »Nicht nur das, diese Frau steht auch irgendwie in Verbindung mit James Brownstone. Sie beschweren sich über ein paar Millionen Dollar? Was ist denn mit *dem*? Wie viel Schaden ist dieser Stadt denn schon entstanden, weil er gegen irgendwelche Verbrecher gekämpft und dabei einen halben Stadtteil in Schutt und Asche gelegt hat?«

Der Chef zeigte auf den Stuhl. »Setzen Sie sich wieder, Lieutenant. Sofort!«

Maria ließ sich stirnrunzelnd zurück in ihren Sitz fallen. »Dieser Brownstone ist an allem schuld, Sir. Sie sollten ihm diese Kosten in Rechnung stellen. Diese Frau war eine Freundin von ihm.«

»Dafür haben Sie keine Beweise.« Der Polizeichef legte sein Handy auf den Tisch und schüttelte seufzend den Kopf. »Verdammt noch mal, kommen Sie endlich über Brownstone hinweg. Sie können ihm nicht für alles die Schuld geben und in Ihrem eigenen Bericht steht doch, dass Sie ein seltenes und extrem kostspieliges Artefakt benutzt haben, um ihn über diese Frau zu befragen. Nun, ... frischen Sie doch mein Gedächtnis noch mal etwas auf, Lieutenant. Was haben Sie dabei über Brownstones Verbindung mit dieser Frau herausgefunden?«

»Irgendwie hat er es geschafft uns auszutricksen. Vielleicht hat er irgendeine Art Zauber benutzt, um ...«

»Oh, er hat also praktischerweise ›irgendeine Art Zauber‹ vorbereitet, nur für den Fall, dass Sie mit einem seltenen und teuren Artefakt auftauchen würden, einem Artefakt, dass wir normalerweise nicht verwenden?«

Maria stöhnte. »Verdammt, er steht in irgendeiner Verbindung zu dieser Frau. Eine Drohne hat die beiden zusammen bei diesem Vorfall am Flughafen gefilmt.«

»Wir sind Polizisten. Wir halten uns an Fakten und führen keine persönlichen Rachefeldzüge. Ich will von Ihnen nichts mehr über Brownstone sehen oder hören, es sei denn, Sie werden persönlich Zeuge, wie er ein Schwerverbrechen begeht.« Er hielt eine Hand hoch. »Und nein, einen Kerl zu verprügeln oder zu töten, auf den ein gültiges Kopfgeld ausgesetzt ist, zählt nicht.«

Maria öffnete schon ihren Mund, um ihm zu widersprechen, aber in diesem Moment klingelte das Telefon ihres Chefs.

Er griff mit einem Stirnrunzeln zum Hörer und hob ab. »Hallo? Ich hatte doch gesagt, dass ich nicht gestört werden möchte.« Einen Augenblick später zuckte sein Gesicht und er seufzte. »Es tut mir leid, Herr Bürgermeister. Ja, natürlich. Ja, ich verstehe.« Er warf Lieutenant Hall einen wütenden Blick zu. »Okay, ich werde es ihr sagen. Ja, wir haben sowieso gerade über dieses Thema gesprochen.« Dann legte er auf.

Marie wartete ungeduldig darauf, was der Polizeichef ihr vom Bürgermeister aus mitteilen würde. Seine nachlassende Wut deutete auf irgendeine große Sache hin.

»Das Konsulat von Oriceran hat sich gerade mit dem Bürgermeister in Verbindung gesetzt. Sie sind besorgt, dass dieser Vorfall, dieser schwere magische Angriff auf die Polizei negative Auswirkungen auf das Verhältnis zwischen der Erde und Oriceran haben könnte.«

»Was zum Teufel sollte die das denn kümmern? Diese Frau war keine Oriceranerin, sondern irgendeine magische Killerin von der Erde, zumindest sieht es momentan so aus.«

Der Chef schnaubte. »Nun es kümmert sie anscheinend so sehr, dass sie bereit sind, die Kosten für den Einsatz zu übernehmen und obendrein sogar noch ein wenig Geld für das AET-Budget zu spenden. Sie haben gegenüber dem Bürgermeister ausdrücklich erwähnt, dass sie die Arbeit des AETs sehr zu schätzen wissen und uns dabei unterstützen möchten, außer Kontrolle geratene Magier zu bekämpfen. Es wäre ihnen bewusst, wie schlimm solche Situationen werden können und sie möchten gerne alles in ihrer Macht Stehende tun, um die entsprechenden Behörden zu unterstützen.«

Maria lächelte. »Zum Teufel, anscheinend weiß wenigstens *irgendjemand* unsere Arbeit zu schätzen. Zu schade, dass es ausgerechnet Leute von einem anderen Planeten sein müssen.«

Der Chef schnaubte. »Nun, Sie haben Glück, dass ein Haufen Elfen, Zwerge und was weiß ich noch alles gekommen ist und Ihnen quasi den Arsch gerettet hat. Hören Sie gefälligst auf so blöde zu grinsen und hören Sie auch damit auf, Brownstone für Alles die Schuld zu geben und vor allem, verschwinden Sie verdammt noch mal aus meinem Büro.«

Leutnant Hall stand auf und salutierte. Sie schaffte es bis zur Tür, bevor es aus ihr herausplatzte.

»Okay, ich werde Brownstone für das hier nicht die Schuld geben, aber das bedeutet auch, dass er hierfür keinerlei Anerkennung bekommt!«

* * *

Hannah schaute zu ihrem Vater auf, als sie die dunkle Gasse betraten. »Wehe, das ist eine Falle.«

Ihr Vater antwortete grinsend. »Was denn für eine Falle?«

»Du hast gesagt, dass du neugierig bist, ob ich dieses Jahr gelernt habe tapfer zu sein.«

Er lachte. »Ja. Du kommst nächstes Jahr in die zweite Klasse. Du bist praktisch fast schon erwachsen.«

Hannah zuckte erschrocken zusammen, als in der Dunkelheit vor ihnen zwei glühend rote Augen auftauchten und packte ihren Vater fest am Arm. »Das ist nicht lustig, Dad.«

Er runzelte die Stirn und blieb stehen. »Keine Angst, mein Schatz. Daddy macht das schon.« Er räusperte sich. »Hey, wer immer da auch ist, verschwinde jetzt besser, bevor ich ungemütlich werde.«

»Und wenn ich das nicht tue?«, fragte eine hohl klingende Stimme zurück.

Ihr Vater griff unter seine Jacke und zog eine Waffe.

Hannah keuchte. »Du hast eine Waffe dabei?«

»Ich habe seit Kurzem immer eine Waffe mit.« Er richtete die Waffe auf die Stelle in der Dunkelheit, wo die rot leuchtenden Augen zu sehen waren. »Es gibt hier in Vegas viele Freaks. Ich habe dir doch davon erzählt, wie mein Kumpel hier vor ein paar Monaten überfallen wurde. Seitdem gehe ich lieber auf Nummer sicher.«

»Lass uns einfach abhauen und die Polizei rufen, Dad.«

Schallendes Gelächter schallte ihnen aus der Dunkelheit entgegen. »Eine Waffe? Polizei? Damit könnt ihr mich nicht stoppen.«

»Sie blödes Arschloch«, knurrte Hannahs Vater. »Hauen Sie lieber schnell ab oder ich pumpe Sie voll Blei.«

Hannah fing neben ihm an zu zittern und umklammerte fest seinen Arm. »Lass uns schnell von hier verschwinden. Bitte.«

»Los, schießen Sie«, rief die Stimme aus dem Schatten. »Das ist Ihre einzige Chance. Es wird zwar nicht funktionieren, aber so haben Sie zumindest theoretisch eine Chance.«

»Halten Sie den Mund«, rief Hannahs Vater und flüsterte Hannah dann zu. »Okay, Schatz, geh bitte zurück zur Straße, während ich kurz mit dem Kerl *rede*.«

»Dad, ich habe Angst«, flüsterte das Mädchen zurück.

Die Figur im Schatten kam näher auf sie zu.

»Das ist meine letzte Warnung«, rief der Vater des Mädchens. »Ich werde schießen!«

»Zu spät, Sie haben Ihre Chance versäumt«, kam die Antwort aus dem Schatten. »Jetzt werden Sie sterben.«

Hannahs Vater zog zweimal kurz hintereinander den Abzug durch. Seine Tochter schrie auf und hielt sich mit ihren Händen die Ohren zu.

Der Kerl in der Dunkelheit brach allerdings nicht getroffen zusammen, sondern er stürzte vielmehr direkt auf sie zu, wobei ein dunkler Nebel seine gesamte Gestalt umhüllte, außer seinen rot glühenden Augen. Der Umriss eines Armes erschien in der Dunkelheit, seine Finger krümmten und verdrehten sich, bis er eher wie eine scharfe Klinge aussah.

»Was zum Teufel?«, schrie Hannahs Vater. Er schoss so lange weiter, bis seine Waffe mangels Munition klickte. Der dunkle Nebel verdeckte alles bis auf den groben Umriss seines Ziels und der Mann brach weder zusammen, noch gab es irgendeinen Hinweis darauf, dass er getroffen worden war.

Hannah liefen die Tränen das Gesicht hinunter während sie zurückwich. »Nein, nein, nein, nein. Das gibt's doch nicht. *Das kann nicht sein*. Das ist doch nicht wahr.«

Ein gefleckter, lederartiger Arm tauchte aus der Dunkelheit auf. Die scharfe Klinge war allerdings keine Waffe, zumindest keine konventionelle. Es war ein Stück Knochen, das aus dem Arm herausragte. Hannah wich immer weiter zurück, bis sie mit dem Rücken gegen eine Wand stieß und nicht mehr weiterkonnte.

Das junge Mädchen schloss die Augen und sank langsam zu Boden, wobei sie ihr Gesicht mit den Händen bedeckte.

Ihr Vater schrie auf und seine Waffe fiel klappernd zu Boden. Eine Sekunde später gab es einen dumpfen Aufschlag. Hannah riskierte einen kurzen Blick und sie begann zu schreien.

Er hielt immer noch die Waffe in der Hand, aber die Hand lag nun abgetrennt am Boden. Daneben lag sein Kopf, dessen offene, leblose Augen sie anstarrten.

Der Mann mit den leuchtend roten Augen zog sich wieder in den Schatten zurück. »Lauf schnell davon, kleiner Engel.«

Hannah zwang sich auf die Beine, obwohl ihre Knie zitterten und die Zähne klapperten. Sie versuchte, loszulaufen, aber ihre Füße wollten ihr nicht gehorchen. Sie schluchzte vor sich hin und ihre Tränen verhinderten, dass sie etwas Anderes erkennen konnte, als nur das rote Leuchten dieser unheimlichen Augen in der Dunkelheit.

»Nun lauf schon los«, knurrte die Stimme. »Sie müssen es erfahren. Die ganze Welt soll wissen, dass ich es bin, der die Engel zum Weinen bringt.«

Hannah stolperte los und lief durch die Gasse zurück zur Hauptstraße, unter dem spöttischen Gelächter des Mörders.

Kapitel 6

Verdammt, ich bin fertig mit putzen«, murmelte James. »Scheiße.«

Die Fliesen glänzten und der Teppichboden sah sauberer aus als zum Zeitpunkt seiner Verlegung, die ohnehin erst ein paar Tage zurücklag. Es gab keinerlei schmutzige Wäsche zum Waschen oder irgendwelche verdächtig riechenden Lebensmittel. Er hatte inzwischen sogar schon alle Büsche in seinem Hof geschnitten und den Rasen gemäht.

Alles war sauber, organisiert und befand sich an seinem Platz. Alles war so schön ... einfach und unkompliziert, zumindest, solange er nicht ins Bad ging.

Jetzt musste er nur noch herausfinden, was er den Rest des Tages tun sollte.

James runzelte die Stirn und schüttelte den Kopf. Er hatte doch schon öfters mal ein paar Tage allein zu Hause verbracht und daher verstand er einfach nicht, warum er auf einmal diese seltsame Leere in seinem Herzen fühlte. Die Beichte hatte zwar ein wenig geholfen, aber sie nicht gänzlich beseitigt. Irgendetwas fehlte ihm, aber er hatte keine Ahnung was das sein könnte.

Als er durch die verschiedenen Zimmer wanderte und dann schließlich im Bad landete, wusste er plötzlich *genau* was ihm fehlte – oder genauer gesagt, wer.

Shay und Alison.

James seufzte. Verdammte Einsamkeit. Er hatte früher doch eigentlich immer allein gelebt, aber diese schmerzhafte Leere, die mit wahrer Einsamkeit einherging, hatte er da nie gespürt.

Shay ist gerade wegen eines Jobs außer Landes und Alison in der Schule. Ich kann sie doch nicht jeden Tag anrufen, nur weil ich mich einsam fühle.

Der Kopfgeldjäger grunzte. Es brachte aber auch nichts den ganzen Tag zu Hause herumzusitzen und Trübsal zu blasen. Er könnte ja ins *Leanan Sídhe* gehen und dort einen Drink nehmen.

Er verwarf diese Idee allerdings nach wenigen Sekunden wieder. Dort war es immer rappelvoll und sicher würden da auch wieder ein Haufen Leute ankommen und ihm irgendwelche dummen Fragen stellen oder ihn um ein verdammtes Autogramm bitten. Wenn er in den beliebten irischen Pub ginge, würde ihn das zwar auf andere Gedanken bringen, aber es wäre auch extrem anstrengend und nervig.

Nicht nur das, er schuldete dem Professor immer noch die Teilnahme an dem ›Schmutzigster-Barde‹-Wettbewerb. Er fürchtete, dass der Professor ihn erneut darauf ansprechen könnte und darauf hatte er absolut keine Lust.

Wo könnte er denn sonst hingehen? Was könnte er machen? Was könnte ihn aufmuntern und diese schmerzhafte Leere in seiner Seele füllen?

Ein breites Grinsen zeigte sich auf seinem Gesicht. Es gab eine Konstante in seinem Leben, etwas, das ihn garantiert auf bessere Gedanken bringen würde.

Barbecue. Natürlich nicht irgendein Barbecue, sondern das beste verdammte Barbecue der Welt.

»Auf nach Vegas, ins *Jessie Rae.*«, brummte er vor sich hin. Er schnappte sich seinen Mantel und machte noch einen kurzen Abstecher in den Keller, um dort eine .45er zu holen. Er erwartete in Las Vegas eigentlich keinen Ärger, aber er hatte auch neulich bei seinem Besuch des italienischen Restaurants keinen Ärger erwartet. Besser vorbereitet sein, als es später bitter zu bereuen.

Ich sollte auch noch ein paar Messer mitnehmen. Nur für alle Fälle. Eine Granate könnte auch nicht schaden. Aber nur eine.

Der Kopfgeldjäger war nun zwar deutlich besser bewaffnet als Otto Normalverbraucher, hatte aber für seine Verhältnisse eher wenig mitgenommen, während er sich auf den Weg zu seinem Auto machte. Er startete seinen F-350 und lächelte über die Tatsache, dass er letzte Nacht gerade erst noch mal vollgetankt hatte. Er würde auf dem Weg nach Las Vegas keinen Tankstopp einlegen müssen.

James kramte sein Handy hervor und schaltete Bluetooth ein, um es mit der Freisprecheinrichtung in seinem Auto zu synchronisieren. Dann startete er den ›*Sauce Wars*‹-Podcast und machte sich dann auf den Weg.

Er hörte dem Sprecher allerdings nur mit halbem Ohr zu, weil seine Gedanken ständig um Shay und Alison kreisten, die sich in sein Leben geschlichen hatten. Er hatte nun eine Freundin, genauer gesagt, eine Geliebte. Zum Teufel, in welchem Verhältnis stand er eigentlich zu Shay? Er hatte nicht den Hauch einer Ahnung, was das betraf.

Außerdem hatte er nun eine Tochter, um die er sich kümmern musste und er hatte in Mack und Trey Freunde gefunden. Zudem gehörte ihm nun eine Firma und ein Haufen Angestellte.

Sein einfaches und unkompliziertes Leben war gestorben. Nein, nicht einfach nur gestorben. Es war geradezu *pulverisiert* worden, von einem Raketenwerfer in tausend Stücke gesprengt.

Keep it simple, stupid. James hatte sein ganzes bisheriges Leben immer nach der KISS-Philosophie gelebt, aber das war nun einfach nicht mehr möglich, wenn er nicht alle Leute, die inzwischen in sein Leben getreten waren, zurücklassen wollte. Selbst wenn er Shay und Alison aus seinem Leben verbannen würde, sein Ruf würde ihm dennoch überallhin folgen.

Wenn einem die Leute erst einmal so einen Titel wie ›Geißel der Harriken‹ gaben, war es mit einem einfachen und unkomplizierten Leben vorbei.

James seufzte. KISS war vorbei. Selbst wenn nun irgendein Flaschengeist aus einem von Shays Artefakten herauskäme und ihm anböte, die Zeit zurückzudrehen, dann würde er ihm sagen, er solle sich schleunigst wieder zurück in seine Flasche verpissen.

Er fuhr auf die Autobahn nach Vegas auf.

Scheiß drauf. Wenn ich es eh nicht ändern möchte, nützt es auch nichts, ständig darüber nachzugrübeln. Ich kann vielleicht nicht zu meinem unkomplizierten Leben zurück, aber ich kann zumindest dafür sorgen, dass es nicht noch *komplizierter wird.*

⋆ ⋆ ⋆

Trey zupfte an seiner Krawatte und lächelte in die Kamera. Vor einer Polizeistation zu stehen und interviewt zu werden machte ihn unglaublich stolz.

Die Reporterin, die neben ihm stand, hatte einen echt geilen Hintern. Vielleicht sollte er sie nachher einfach mal fragen, ob sie mit ihm ausgehen möchte.

»Hier ist Nina Edgars mit einem Exklusiv-Interview mit einem Mann, dessen Name in letzter Zeit immer öfters genannt wird – Trey Garfield, ein Kopfgeldjäger von der neu gegründeten Brownstone-Agentur. Sie hielt ihm das Mikrofon vor die Nase. »Können Sie uns ein paar Sachen über den Kerl erzählen, den Sie gerade bei der Polizei abgeliefert haben?«

Trey schenkte der Frau und ihrer Kamera sein strahlendstes Lächeln. Diese Situation verlangte nach Gentleman Trey, nicht nach Gangster Trey. Er war froh, dass er heute einen seiner eleganteren Anzüge trug.

»Sicher, Nina. Der Kerl heute war keine besonders große Nummer. Zumindest nicht im Vergleich zu so einem Kaliber wie King Pyro oder ähnlichen Verbrechern.« Er lachte und die Reporterin stimmte in das Lachen mit ein. »Das soll natürlich nicht bedeuten, dass der Mann, den ich gerade abgeliefert habe, Anatoly Egorov, gänzlich ungefährlich war. Auf ihn war nicht ohne Grund ein Kopfgeld der Stufe zwei ausgesetzt. Der Kerl ist an der Westküste auf und ab gereist und hat dort für Geld Menschen getötet. Dadurch, dass ich ihn aus dem Verkehr gezogen habe, sind die Straßen jetzt wieder ein kleines bisschen sicherer geworden.«

Nina nickte. »Machen Sie sich keine Sorgen, dass er sich irgendwann dafür rächen könnte?«

»Wenn Anatoly aus dem Gefängnis kommt, bin ich hoffentlich schon lange irgendwo auf einer tropischen Insel im Ruhestand.«

Sie lachten erneut gemeinsam.

»Mister Garfield, wie haben Sie es denn nun eigentlich geschafft, diesen schwer fassbaren Killer ausfindig zu machen?«

»Nun, ich habe viele Kontakte zu den Leuten von der Straße. Die Sache ist die: Niemand kann sich hier in dieser Stadt unerkannt bewegen – nicht wirklich. Wenn ein Mann in der Stadt auftaucht, sehen ihn verschiedene Leute. Alles, was man tun muss, ist, diese Leute zu suchen. Selbst wenn jemand sich zu verstecken versucht, gibt es dennoch verräterische Spuren, denen man folgen kann, ... so in etwa sieht meine Arbeit aus.«

»Das ist natürlich alles sehr beeindruckend.« Ein gieriger Blick erschien in ihrem Gesicht.

Scheiße! Jetzt kommt der Pferdefuß.

»Stimmt es eigentlich, dass Sie, bevor Sie Kopfgeldjäger wurden, selbst ein Krimineller waren?«

Trey zwang sich, sie weiterhin anzulächeln. »Nun, ich habe früher eine kollektive Nachbarschaftsschutzvereinigung geleitet, wenn Sie das meinen.«

»Ist das Ihre Umschreibung für Ihre Straßengang?«

»Nun, das ist natürlich alles Ansichtssache, Nina. Ich möchte Sie aber darauf hinweisen, dass ich gerade deshalb die Straßen wie meine Westentasche kenne und daher auch genau weiß, wie sich Kriminelle verhalten. Das hilft mir nun dabei, gemeingefährliche Typen einzubuchten, bevor sie unschuldige Menschen verletzen können.«

Der gierige Glanz in den Augen der Frau wurde noch etwas stärker, während sie weiterredete. »Nun, das ist eine sehr interessante Ansicht, die Sie da vertreten, aber Ihr bisheriger Erfolg scheint Ihnen recht zu geben und Sie haben den Ruf, sich bei Ihren Verhaftungen immer extrem professionell zu verhalten.«

»Wir von der Brownstone-Agentur versuchen uns immer möglichst professionell und fair zu verhalten, auch wenn wir es mit irgendwelchen Auftragskillern zu tun haben.«

»Und es stört Sie nicht, dass Ihr Chef ein gemeingefährlicher Killer ist?«

Trey runzelte die Stirn. »Wie bitte?«

»James Brownstone, der Gründer Ihrer Agentur. Er hat eine Vielzahl seiner Kopfgelder einfach umgebracht, statt sie einzufangen.«

Trey zwang sich zu einem Lächeln. »Mister Brownstone musste sich bei zahlreichen Gelegenheiten gegen sehr gefährliche Männer verteidigen. Wenn man bedenkt, dass er normalerweise nur Kopfgelder der Stufe drei und darüber jagt, sollte klar sein, dass dies nicht nur einfach irgendwelche gewöhnlichen Kriminellen sind, sondern Kriminelle, die bereits eine große Anzahl Leute getötet haben und meist irgendwelche magischen Fähigkeiten oder Artefakte besitzen. Sind Sie wirklich der Meinung, Mister Brownstone hätte gegenüber dem Totenbeschwörer in Detroit Zurückhaltung üben sollen?«

Nina zuckte nur mit den Schultern. »Und was war mit den Harriken?«

Trey lachte. »Soweit ich weiß, war zu der Zeit auf die gesamte Organisation ein ›Tot oder Lebendig‹-Kopfgeld ausgesetzt. Die Polizei hat damals für ihn sogar die Straße abgesperrt, während er in das Gebäude hineinging, um sie zu neutralisieren.«

»Würden Sie also ihre Hand dafür ins Feuer legen, dass jede durch James Brownstone verursachte Tötung legal und gerechtfertigt war?«

Trey schnaubte. »Nina, ich würde meine Hand nicht

einmal dafür ins Feuer legen, dass alles, was Sie in Ihrem bisherigen Leben getan haben, legal und gerechtfertigt war.«

Die Reporterin runzelte die Stirn. »Sie wollen also damit sagen, dass es nichts gibt, was Sie uns über James Brownstone noch erzählen könnten?«

»Ob ich Ihnen noch etwas über Brownstone erzählen könnte? Aber sicher doch. Diese Stadt und dieses Land sind sicherer, weil er hier wohnt und arbeitet.« Trey zuckte mit den Schultern. »Verdammt, selbst Mexiko ist inzwischen eine ganze Ecke sicherer, seitdem er ein paar Mal dort war.« Trey sah sie mit zusammengekniffenen Augen an. »Er hat dort unten inzwischen schon einige Schwerkriminelle von der Straße geholt. Auch Japan hat davon enorm profitiert, dass er für eine Weile dort war.«

Nina drehte sich zur Kamera. »Das war das Ende unseres Interviews mit Trey Garfield von der Brownstone-Agentur, der uns ein paar interessante Dinge über seinen höchst umstrittenen Chef erzählt hat.«

Der Kameramann beendete seine Aufnahme und die Reporterin stürmte ohne ein weiteres Wort davon.

»Ich hätte sowieso nicht mit ihr ausgehen wollen, nachdem sie versucht hat, James in solch ein schlechtes Licht zu rücken«, murmelte Trey.

* * *

Der riesige Haufen abgenagter Rippen auf James Teller war ein Beweis für seinen großen Appetit, als auch für die Qualität des Essens. Er hatte eigentlich vorgehabt, sein Essen schön langsam zu genießen und sich die Herrlichkeit von *Jessie Rae's God Sauce* auf der Zunge zergehen zu lassen, aber seine Selbstbeherrschung hatte in dem Moment versagt, als der erste Bissen in seinem Mund gelandet war.

Ein älteres Ehepaar, das an einem der anderen Tische saß, schaute mehrere Male auffällig zu ihm rüber, bevor die Frau sich räusperte und ihn ansprach.

»Entschuldigen Sie, Sir, aber sind Sie nicht James Brownstone?«

Er zuckte mit den Schultern. »Ja, der bin ich.«

»Liebling, du hattest recht. Das ist tatsächlich dieser James Brownstone, dessen Bild dort an der Wand hängt.«

Das an der Wand hängende Bild zeigte James, wie er neben Mike, dem Besitzer von *Jessie Rae's*, stand. Es war James' erste Teilnahme an einem Barbecue-Wettbewerb gewesen. Er hatte dort den ersten Platz gemacht, was er aber mehr Mike zuschrieb, der ihm geholfen hatte, als seinen eigenen Fähigkeiten.

James musste grinsen. Er hatte im ersten Moment automatisch angenommen, dass das Paar ihn erkannt hatte, weil er als berühmter Kopfgeldjäger in der letzten Zeit sooft in den Nachrichten war. Es war ihm überhaupt nicht in den Sinn gekommen, dass sie ihn von seiner Teilnahme bei einem Barbecue-Wettbewerb her erkannt haben könnten.

Der Ehemann der Frau eilte zu ihm an den Tisch und streckte ihm seine knochige Hand entgegen. James schüttelte sie und das Paar setzte sich an seinen Tisch.

»Vielleicht können Sie einen Streit«, begann er, »zwischen meiner Frau und mir, in dem es um Barbecue geht, schlichten.«

»Nun, ich kann zumindest meine Meinung dazu abgeben. Allerdings ist die vielleicht ziemlich dumm«, sagte James.

Das Paar tauschte einen kurzen Blick aus, bevor der Ehemann ihm dann seine Frage stellte. »Gibt es eine Fleischsorte, die sich besser für Barbecue eignet als alle anderen?«

James schüttelte den Kopf. »Nicht wirklich. Es spielt eigentlich keine Rolle, welche Art von Fleisch man nimmt. Verschiedene Fleischsorten können ein völlig anderes Barbecue ergeben. Man kann die nicht so einfach miteinander vergleichen.«

Die Ehefrau zeigte auf einen Fernseher in der Ecke. »Sehen Sie mal, Mister Brownstone. Sie sind gerade im Fernsehen. Haben Sie einen weiteren Wettbewerb gewonnen?«

Er schüttelte den Kopf. »Nein, in letzter Zeit nicht und ich habe damals dieses eine Mal auch nur gewonnen, weil Mike mich tatkräftig unterstützt hat.«

Der Ton war zwar ausgeschaltet, aber die Sendung war mit Untertiteln versehen. Ein lokaler Sender in Las Vegas sendete anscheinend gerade ein Interview, das wohl vor ein paar Stunden in LA geführt worden war.

James beobachtete mit steinerner Miene, wie Nina Edgars Trey interviewte. Die Reporterin versuchte in diesem Augenblick gerade, James in ein möglichst schlechtes Licht zu rücken, aber sein Freund verteidigte ihn tapfer.

»Oh, wow«, kommentierte die Frau, als der Bericht zu Ende war. »Ich wusste gar nicht, dass Sie nebenbei auch noch ein berühmter Kopfgeldjäger sind. Machen Sie das als Hobby, neben dem Barbecue?«

James lachte.

* * *

Charlyce starrte ungläubig auf die verschiedenen Fernseher im Schaufenster, die alle ein Interview mit einem Kopfgeldjäger aus LA zeigten. Sie blinzelte mehrere Male, als ein gut gekleideter Kopfgeldjäger der Reporterin von seinem kürzlich erfolgreich abgelieferten Kopfgeld erzählte und energisch seinen Chef James Brownstone verteidigte.

»Das kann nicht mein Trey sein.« Sie schüttelte den Kopf. »Aber es gibt in LA eigentlich nicht so viele Trey Garfields. Er sieht immer noch genauso aus wie früher, nur erwachsener.« Sie schüttelte den Kopf und ging weiter.

Es war inzwischen mehrere Jahre her, seit sie das letzte Mal mit ihrem Neffen gesprochen hatte. Sie hatte es nicht *verdient*, mit ihm zu sprechen. Nicht nach allem was sie getan hatte.

Verdammt, das spielt jetzt alles keine Rolle, denn ich brauche deine Hilfe, Trey.

James Brownstone war vermutlich der einzige Mann, der mit diesem Monster mit den roten Augen fertig werden könnte.

Kapitel 7

Trey fuhr gerade mit seinem F-350 auf den Parkplatz des Hauses seiner Oma, als sein Handy klingelte. *Wahrscheinlich noch jemand, der nach dem Interview plötzlich mal wieder mit mir sprechen möchte.*

Anscheinend wollte jede beliebige Frau, mit der er irgendwann einmal ausgegangen war und jeder Kerl, mit dem er jemals mehr als fünf Worte gewechselt hatte, seit dem Interview mit ihm sprechen. Jeder wollte plötzlich mit Trey Garfield reden oder sich zumindest etwas Geld von ihm leihen.

»Scheiße, ist doch nicht so, als wäre ich plötzlich steinreich geworden, verdammte Schmarotzer«, murmelte er vor sich hin, während er auf das Handydisplay blickte.

Trey runzelte die Stirn. Die Anrufer-ID verriet nichts über seinen Anrufer, abgesehen davon, dass der Anruf anscheinend aus Las Vegas, Nevada kam. Er kannte dort allerdings niemanden. Er hatte Kalifornien in seinem ganzen Leben noch nie verlassen. Das Handy klingelte immer noch, während er darüber nachdachte, ob er rangehen sollte.

»Ach egal. Ist wahrscheinlich nur irgendjemand, der mir ein Geschäft anbieten will.« Er drückte die Taste zur Gesprächsannahme. »Hallo, hier ist Trey. Was wollen Sie von mir?«

Ein überraschtes Keuchen erklang auf der anderen Seite der Leitung.

»Wer ist da?«, fragte er.

»Ich ... Es ist schon eine ganze Weile her, Trey.«

Er kniff die Augen zusammen. Die Stimme klang irgendwie vertraut, aber er konnte sie einfach nicht einordnen.

»Wer ist da?«, wiederholte er nochmals.

Ein langer Seufzer folgte. »Hier ist deine Tante Charlyce.«

»Was zur Hölle? Tante Charlyce? Du ...« Er starrte verwirrt auf das Handydisplay, als könne ihm das Auskunft über seinen Anrufer geben. Es war schwer zu glauben, aber die Stimme klang tatsächlich nach der Frau, an die er sich erinnerte. »Oma hat mir gesagt, dass du irgendwann einfach verschwunden bist. Ich habe damals gedacht, dass sie nur nett sein wollte und das nur eine Umschreibung dafür war, dass du dich zu Tode gesoffen hast.«

»Ich bin nicht stolz darauf, wer ich war und ich bin auch nicht stolz darauf, mit wem ich mich damals eingelassen habe. Am Ende war es nicht nur der Schnaps, sondern ich hing eine ganze Weile lang auch noch an der Nadel. Ich gebe niemandem außer mir selbst die Schuld dafür. Ich war einfach nicht stark genug und habe dich und alle anderen in meinem Umfeld im Stich gelassen.«

»Was auch immer. Wenigstens hast du kein Kind zu Hause zurückgelassen, so wie meine Mutter. Sie ist damals einfach abgehauen.«

»Das ist doch alles Vergangenheit. Es ist besser in die Zukunft zu schauen.«

Trey schnaubte. »Wieso ruft meine drogensüchtige Tante mich jetzt eigentlich an? Was ist los, brauchst du Geld für Drogen? Dafür bekommst du von mir keinen Cent. Für sowas musst du dir jemand anderen suchen, um ihn anzubetteln.«

»Nein, ich brauche kein Geld. Ich habe damit aufgehört. Jesus hat mich gerettet und ich habe den Drogen und dem Schnaps abgeschworen. Ich bin nun clean und nüchtern, das schwöre ich.«

»Wie lange bist du schon weg von der Nadel und dem Alkohol? Seit du mich gestern Abend im Fernsehen gesehen hast?«

Die Frau seufzte. »Ein Monat. Momentan versuche ich etwas Geld zusammen zu sparen, um wieder auf die Beine zu kommen – das schwöre ich bei Gott. Ich bin nicht besonders stolz auf das, was ich getan habe, aber ich brauche nun deine Hilfe. Ich habe mit den Drogen angefangen, weil ich immer nur an mich selbst gedacht habe, aber jetzt habe ich die Chance erhalten, jemand anderem zu helfen.«

»Du willst also doch Geld von mir? Damit du ein paar anderen Junkies helfen kannst?« Trey lachte höhnisch. »Plötzlich will jeder etwas von mir, aber als es mir schlecht ging, während ich versuchte im Ghetto zu überleben, war ich euch allen ziemlich scheißegal. Die einzigen Menschen, die sich je wirklich für mich interessiert haben, waren meine Oma und James Brownstone. Also, nein, du wirst von mir kein Geld kriegen. Es ist mir dabei scheißegal, das wir blutsverwandt sind.«

»Ich will kein Geld von dir.«

»Warum sonst rufst du mich nach sieben Jahren dann verdammt noch mal an?«, knurrte Trey entnervt.

»Wegen ... James Brownstone. Ich habe mich über ihn informiert. Er ist ein guter Mann. Gott hat ihn gesegnet.«

»Gott hat ihn gesegnet? Er *ist* ein knallharter Typ, also könnte das durchaus sein.«

»Ich habe gehört, dass er ein sehr religiöser Mensch ist. Regelmäßig in die Kirche geht.«

Trey seufzte. »Und da dachtest du, du könntest ihn um etwas Geld anbetteln? Ist es das? Ich hasse es ja, dir das sagen zu müssen, aber Mister Brownstone lässt sich keine verfluchte Respektlosigkeit gefallen.«

»Nein, verdammt, hör mir zu!«, zischte Charlyce. »Hier in Las Vegas ist etwas wirklich Böses zugange.« Sie begann zu flüstern. »Etwas absolut Unnatürliches. Jedenfalls kein Wesen von Oriceran. Ich habe im Internet gelesen, dass Mister Brownstone nicht nur gegen böse Menschen, sondern auch gegen böse Monster kämpft. Darum wollte ich ihn bitten – wir brauchen hier einen von Gott gesegneten Mann, der dieses teuflische Monster bekämpft.«

»Glaubst du wirklich diesen abgedrehten Schwachsinn? Erwartest du wirklich, dass ich dir irgendetwas davon glaube?«, schrie Trey sie an. »Woher soll ich wissen, dass du momentan nicht einfach nur high bist?«

»Du kannst dir die Nachrichten anschauen, über das kleine Mädchen, das seinen Vater verloren hat. Irgendjemand hat seinen Kopf abgetrennt und seinen Körper zerstückelt. Jemand absolut Böses. Ein Dämon. Es gibt doch dieses Loch zwischen den Welten. Die Oriceraner können dort hindurch, also können das vielleicht auch Satans Lakaien? Wir brauchen hier dringend Hilfe, denn die Polizei wird damit nicht allein fertig.«

Trey atmete erst einmal ein paarmal ruhig ein und aus, während er über alles nachdachte, was sie gesagt hatte. Er kümmerte sich normalerweise nicht um Dinge, die außerhalb von Los Angeles passierten. Wenn irgendeine magische Kreatur in Las Vegas herumirrte, könnte es sich vielleicht ja wirklich um ein Kopfgeld der Stufe vier oder fünf handeln. Das könnte James eventuell tatsächlich interessieren.

Verdammt, wenn es wirklich ein Monster war, würde man ihn *sogar mit hoher Wahrscheinlichkeit brauchen.*

»Gut«, murmelte Trey. »Ich werde deine Geschichte überprüfen, aber dazu muss ich nach Vegas kommen und mich mit dir treffen.«

»Ich weiß, dass sowohl deine Mutter als auch ich dir Unrecht getan haben. Ich bin nur froh, dass Oma dich nicht im Stich gelassen hat.«

»Ich werde James auf keinen Fall informieren, bevor ich mich nicht mit dir getroffen habe und deine Geschichte doppelt überprüft habe. Ich melde mich bei dir, sobald ich in Vegas angekommen bin.«

»Gott segne dich, Trey und Danke«, flüsterte Charlyce mit tränenerstickter Stimme. »Vielen Dank.«

Trey beendete das Gespräch und starrte noch einige Zeit auf sein Handydisplay, bevor er den Kopf schüttelte. »Was für eine schwachsinnige Geschichte. Wahrscheinlich ist das alles nur Blödsinn und ich verschwende damit nur meine Zeit.«

Trey schüttelte erneut den Kopf, bevor er James eine Nachricht schrieb. Er wollte zwar seinen Boss nicht mit dem Blödsinn von seiner Tante belästigen, aber er war immer noch sein Chef und musste erfahren, dass Trey für ein paar Tage die Stadt verlassen würde.

Hallo James, ich muss für ein oder zwei Tage nach Vegas. Momentan sind hier keine laufenden Kopfgelder offen.

Er startete sein Auto und fuhr los. Ein paar Minuten später signalisierte sein Handy ihm eine neu eingetroffene Nachricht.

Vegas? Dann solltest du unbedingt bei Jessie Rae's vorbeischauen und dort Barbecue essen.

Trey kicherte. »James und sein verdammtes Barbecue. Ich frage mich, was er gerade macht. Wahrscheinlich liegt er in seinem neuen Haus auf dem Sofa und schaut sich irgendwelche Barbecue-Sendungen an.«

* * *

Charlyce ging durch die schmale Gasse und nickte einigen befreundeten Obdachlosen zu. »Hallo Mildred. Hi Bobby.«

»Hallo Charlyce«, Bobby winkte ihr zu.

Mildred war gerade dabei, eine Plastiktüte in ihren Einkaufswagen zu legen. »Du warst in letzter Zeit nicht besonders oft hier.«

»Ich habe in verschiedenen Gebieten nach Dosen gesucht. Versucht, zu etwas Geld zu kommen. Ich wollte euch fragen, ob ihr mir eventuell helfen könntet.«

»Wir haben kein Geld. Meinst du, wenn wir welches hätten, würden wir hier auf der Straße leben?«

Bobby und Mildred brachen beide in schallendes Gelächter aus.

Charlyce schüttelte den Kopf. »Nein, ich brauch kein Geld von euch, aber eventuell hättet ihr einen Tipp für mich, wo ich mich mal duschen könnte und ein paar halbwegs passable Kleider finde.«

»Eine Dusche und neue Kleidung?« Bobby musterte sie nachdenklich. »Willst du dich auf nen Job bewerben? Spar dir die Mühe. Die fragen dich als Erstes nach einer festen Adresse und wenn du ihnen dann eine Obdachlosenunterkunft nennst, werden sie dich mit absoluter Sicherheit nicht einstellen. Deshalb habe ich das Suchen aufgegeben.«

»Nein, es geht nicht um einen Job, jedenfalls noch nicht.« Charlyce seufzte. »Mein Neffe kommt vorbei, um mich zu treffen. Wir haben uns sieben Jahre lang nicht mehr gesehen. Als ich damals abgehauen bin, war ich bereits ... ziemlich tief gesunken, also erwartet er nicht besonders viel von mir.«

Bobby und Mildred nickten beide wissend.

»Vielleicht solltest du dein Handy verkaufen«, schlug Bobby vor.

Charlyce schüttelte den Kopf. »Nein, das kann ich nicht. Dieses Handy ist mein Ticket, um einen Job zu finden und wieder in die normale Gesellschaft zurückkehren zu können. Ohne Internetzugang bist du heute nichts.«

»Duschen kannst du doch drüben bei der Obdachlosenmission«, warf Mildred ein. »Die haben vielleicht auch ein paar Klamotten für dich. Wenn du ein wenig Geld hast, könntest du es auch mal im St. Vincent's versuchen. Das ist ein Second-Hand-Laden und die Sachen dort sind meistens ziemlich billig.«

»Danke für den Tipp. Ich werde da auf alle Fälle mal hingehen.« Charlyce seufzte. »Ich habe vor dem Treffen einen ziemlichen Bammel.«

»Mach dir darüber keine Sorgen. Entweder er nimmt dich so wie du bist oder er lässt es sein.«

»Hat einer von euch schon mal jemanden aus seiner Familie getroffen?«

Bobby zuckte mit den Schultern und Mildred schüttelte den Kopf. »Ich habe schon seit zwanzig Jahren keinen Kontakt mehr. Sieben Jahre sind im Vergleich dazu gar nicht so schlimm.« Sie lächelte. »Ich wünsch dir viel Glück. Du hast es geschafft, mit den Drogen und dem Alkohol aufzuhören, da sollte dir ein kleines Familientreffen doch nun wirklich keine Angst einjagen.«

Bobby nickte zustimmend.

Charlyce schenkte beiden ein Lächeln. Sie würde niemals eine Zukunft haben, wenn sie sich ihrer Vergangenheit nicht stellte und dieses kleine Mädchen brauchte dringend ihre Hilfe. Sie selbst war definitiv nicht stark genug, um sich dem Bösen zu stellen, das momentan in Las Vegas wütete, aber sie würde alles in ihrer Macht Stehende tun, um jemand zu finden, der damit fertig würde.

★ ★ ★

Detective Lafayette starrte auf den Bericht am Computer und schüttelte den Kopf. Der Killer hatte schon wieder zugeschlagen – inzwischen waren es bereits vier Morde in weniger als einer Woche. So langsam zeichnete sich ein Muster ab, er suchte sich scheinbar immer nur männliche Erwachsene, die mit ihren Kindern unterwegs waren. Die letzten beiden Mordopfer passten zwar nicht ganz in dieses Muster, da diesmal sowohl der Vater, als auch die Mutter getötet worden waren. Aber auch in diesem Fall war ihr Kind mit dabei und musste alles mit ansehen.

Er lehnte sich in seinen Stuhl zurück und stieß einen langen Seufzer aus. »Wie verlässlich sind die Zeugenaussagen einer traumatisierten Sechsjährigen, einer Siebenjährigen und einer Fünfjährigen?«

Sein Partner, Detective West, zuckte mit den Schultern. »Nun, wir haben jetzt vier Tote, alle wurden enthauptet und verstümmelt. Zwei Morde sind nachts in engen, dunklen Gassen passiert und das Ehepaar starb auf einem dunklen Parkplatz. Die kleinen Mädchen haben ihre Eltern jedenfalls ganz sicher nicht enthauptet und aufgeschlitzt.«

»Ja, das meine ich ja auch nicht, aber was ist mit der Beschreibung des Täters?«

»Sie haben alle dasselbe ausgesagt – irgendein komischer, dunkler, wabernder Nebel und rot glühende Augen. Selbst wenn die letzten beiden Kinder in den Nachrichten von den Morden gehört haben sollten, die Sache mit den rot glühenden Augen haben wir nicht öffentlich gemacht. Es ist absolut unmöglich, dass sich alle drei Kinder exakt dieselben Details ausgedacht haben.« Detective West schnaubte. »Alle drei Kinder haben außerdem noch ausgesagt, dass der Killer sie als Engel bezeichnet hat, genauer gesagt, dass er alle ›Engel zum Weinen bringen wird‹. Es ist absolut unmöglich, dass die drei sich das ausgedacht haben sollen! Wir sollten vielmehr froh sein, dass wir nach den entsetzlichen Erlebnissen, die sie hatten, noch so viel verwertbare Informationen aus ihnen herausbekommen haben.«

Detective Lafayette raufte sich die Haare. »*Fuck*. Du weißt was das bedeutet, nicht wahr?«

»Ja. Es ist eindeutig. Da ist irgendein magischer Killer unterwegs. Wenn wir nur sowas wie eine Spur oder einen Anhaltspunkt hätten, könnten wir direkt das AET auf ihn hetzen, aber der Wichser ist nicht gerade leicht festzunageln. Es könnte sogar sein, dass er sich herumteleportieren kann.«

Detective West warf einen Blick auf eine Karte, die vor ihnen an der Wand hing. Sie hatten darauf jeden der Tatorte mit Stecknadeln markiert. Die Orte lagen über die ganze Karte verstreut, teilweise mehrere Kilometer voneinander entfernt. Es war ein viel zu großes Gebiet, um es zu überwachen, selbst wenn sie jeden einzelnen Beamten des Las Vegas Metropolitan Police Department hinzuziehen würden.

»Wir sollten da vielleicht noch eine andere Möglichkeit in Betracht ziehen«, schlug Detective Lafayette vor.

»Was denn? Sollen wir warten, bis dieser Wichser die Hälfte der Eltern in Vegas umgebracht hat? Oder bis er entscheidet, dass es besser ist, auch die Kinder gleich mit umzubringen? Er hat sie bisher nicht angerührt, aber wer weiß schon, was in dem Kopf dieses kranken Schweins vor sich geht?«

»Wir haben immerhin eine grobe Beschreibung.«

Sein Partner lachte. »Ja, ein Schattenmonster mit rot glühenden Augen, das seinen Arm in ein knöchernes Messer transferieren kann, dunkle Tentakel erzeugt? Mit so etwas bekommen wir nicht mal ansatzweise eine Untersuchung genehmigt, selbst wenn wir genau wüssten, wo wir suchen müssen.«

»Ja, aber es wäre genug, um ein Kopfgeld auf ihn auszusetzen.«

Detective West schüttelte den Kopf. »Ja, aber mit welchem Geld? Unser Budget gibt so etwas nicht her und wir haben gerade erst mit den Ermittlungen begonnen.

Die Stadt wird dafür sicher keine Gelder lockermachen, solange wir nicht mehr Informationen über den Täter liefern können. Ohne Geld werden wir sicher auch keine anständigen Kopfgeldjäger bekommen.«

Detective Lafayette nickte. »Nun, wir könnten uns an die Nevada Resort Association wenden. Der erste Mord geschah ganz in der Nähe der Casinos. Das Letzte, was die Casinobesitzer brauchen können, ist ein Serienmörder, der ihre Kunden abschlachtet. Wir sollten mit ihnen reden und darauf hinweisen, dass wir bisher die Öffentlichkeit noch gar nicht großartig darauf hingewiesen haben.«

»Du willst dadurch also gewissermaßen Geld von den Casino- und Resortbesitzern erpressen?«

»Na ja, es ist ja eigentlich keine Erpressung. Es ist doch in ihrem eigenen Interesse, dass ihre Gäste sich sicher fühlen.« Detective Lafayette zuckte mit den Schultern.

Detective West lachte. »Genau das Gleiche behaupten die Mafiosi auch immer.«

Kapitel 8

James unterdrückte ein Gähnen, als er auf den Hotelparkplatz fuhr. Er hatte eigentlich vorgehabt, gleich wieder nach LA zurückzukehren, aber die Nachricht von Trey hatte ihn seine Meinung ändern lassen. Soweit James wusste, hatte der Junior-Kopfgeldjäger Kalifornien bisher noch nie verlassen und plötzlich musste er unbedingt nach Vegas? Da war etwas faul und Trey würde vielleicht seine Unterstützung brauchen. Er vertraute Trey natürlich, wollte aber für alle Fälle doch in der Nähe sein, um ihm im Notfall helfen zu können.

Außerdem war er nach dem leckeren Essen doch etwas müde geworden und es wäre sicher keine schlechte Idee, sich vor der Rückreise erst noch einmal eine Nacht auszuruhen.

Er parkte seinen Truck und ging zum Eingang des Hotels.

Ich muss aufpassen. Ich will auf keinem Fall, dass Trey denkt, ich würde ihm nicht vertrauen. Vielleicht hat sein Besuch hier in Vegas ja auch gar nichts mit seinem Job zu tun, aber ich bleib mal lieber in der Nähe, falls er doch ein paar zusätzliche Muskeln braucht.

Die Hoteltür öffnete sich automatisch und James marschierte schnurstracks zur Rezeption. Die verblichenen

Teppiche und der abblätternde Putz deuteten zwar darauf hin, dass dies hier kein Fünf-Sterne-Resort war, aber es gab hier zumindest keine Junkies, die draußen herumlungerten oder irgendwelche Schießereien. James wollte einfach nur einen Platz zum Schlafen, wo er ungestört die Nacht verbringen konnte, ohne dass jemand versuchen würde ihn zu überfallen.

Der Rezeptionist kam aus einem Nebenzimmer und musterte James mit einem kritischen Blick, während er sich mit der Hand durch sein glatt-gegeltes Haar fuhr. »Brauchen Sie ein Zimmer?«

»Ja, aber eigentlich nur für eine Nacht«, antwortete James.

»Wir vermieten erst ab zwei Nächten. Ein Zimmer für nur eine Nacht gibt's bei uns nicht.«

Der Kopfgeldjäger runzelte die Stirn und überlegte, wie lange Trey wohl in Vegas bleiben würde. »Nun, dann nehme ich ein Zimmer für eine komplette Woche.«

Der Rezeptionist lachte. »Okay, das klingt schon besser. Füllen Sie bitte die Registrierung aus. Falls Sie früher auschecken wollen, müssen Sie Ihre Kündigung achtundvierzig Stunden vorher einreichen. Ansonsten stellen wir Ihnen die komplette Zeit in Rechnung.«

»Alles klar, damit kann ich leben.«

Es war nicht so, dass die paar Kröten James arm machen würden. Er gab wahrscheinlich für ein durchschnittliches Feuergefecht mehr Geld für Munition aus, als ihn die komplette Woche in diesem Hotel kosten würde. Er fummelte seine Kreditkarte aus der Brieftasche und reichte sie dem Rezeptionisten.

Dieser strahlte ihn an, als hätte er gerade eine ganz tolle Idee. »Hey, ich hätte da eventuell einen Vorschlag für Sie, wie Sie für die komplette Woche nichts zu bezahlen bräuchten.«

James schaute ihn fragend an. »Hm? Was genau meinen Sie?«

»Ich bin auf der Suche nach einem Türsteher. Sie sehen ziemlich eindrucksvoll aus und allein Ihre Anwesenheit würde wahrscheinlich schon ausreichen, um das gröbste Gesindel zu verscheuchen. Sie schieben abends ein paar Stunden Wache und brauchen dafür Ihr Zimmer nicht zu bezahlen. Außerdem bekommen Sie jeden Morgen ein kostenloses Frühstück.«

Der Kopfgeldjäger lachte. »Tut mir leid, Kumpel. Ich habe leider schon einen Job.«

Der Rezeptionist sah sichtlich enttäuscht aus. »Na ja, da kann man nichts machen. Aber falls Sie ihre Meinung noch ändern sollten, einfach hier unten anrufen.«

★ ★ ★

Zehn Minuten später saß James im Zimmer 202 auf dem Bett und fragte sich, was zum Teufel er eigentlich überhaupt tun würde, wenn Trey ihn nicht um Hilfe bitten würde. Er würde mindestens ein oder zwei Tage hierbleiben müssen, nur für den Fall der Fälle. Was sollte er nur den ganzen Tag tun? Es war ja nicht so, dass er sich den ganzen Tag ins *Jessie Rae's* setzen und Barbecue essen konnte.

Verdammt, es gibt hier doch bestimmt irgendetwas, was ich unternehmen könnte.

James blickte auf den Nachttisch, auf dem ein paar Flyer lagen. Las Vegas war nicht irgendein winziges

Dorf. Es würde hier doch sicher irgendetwas Interessantes geben.

»Wahre Leidenschaft wird durch Musik und Tanz entfacht«, las er von einem der Flyer ab, der ein Bild von einer Frau in einem Paillettenkleid zeigte, die gerade von einem Mann herumgewirbelt wurde. »Lernen Sie tanzen.« Er legte den Flyer zurück auf den Nachttisch.

Ob Shay gerne tanzt? Manchmal mag sie es edel und vornehm und manchmal ist es ihr egal. Verdammt, ich sollte sie unbedingt mal fragen, wenn sie wieder zurück ist.

James seufzte. Er hatte sich zuvor nie Sorgen darüber machen müssen, ob er tanzen lernen sollte. Er bereute es keinesfalls, dass er nun mit Shay zusammen war, aber manchmal vermisste er dennoch sein einfaches und unkompliziertes Leben.

Vielleicht nennt man mich dann nicht mehr den Granitgeist, sondern den Tanzgeist. Er grinste.

Sein Magen knurrte, daher sah er sich noch ein paar weitere Flyer an, auf der Suche nach einem anständigen Ort zum Essen. Ein Bild eines riesigen, saftigen Burgers erweckte seine Aufmerksamkeit. Ein In-N-Out-Burger in ungefähr einem Kilometer Entfernung bettelte geradezu um einen Besuch.

So ein wenig Bewegung und ein kleiner Imbiss klangen verlockend. Er überlegte kurz, ob er Trey anrufen und fragen sollte, was los sei, entschied sich dann aber dagegen.

»Jetzt wird erst einmal was gegessen, über den Rest mach ich mir dann später Gedanken.«

* * *

Detective Lafayette klickte mit der Maus auf mehrere der Dropdown-Menüs und sah sich die darin enthaltenen Optionen an. Er seufzte.

»Verdammt ist das kompliziert. Hast du so was schon mal gemacht, West?«

Der andere Polizist nickte. »Ja, ein paar Mal, bevor ich zur Mordkommission versetzt wurde. Warum?«

»Dann schau dir doch mal bitte diese Optionen an.« Lafayette zeigte auf den Bildschirm. »Option 2B: Bitte geben Sie an, ob das Kopfgeld auf einen Toten oder auf einen Lebendigen ausgesetzt wird. Was zum Teufel soll das bedeuten? Warum sollte jemand ein Kopfgeld auf einen Toten aussetzen?« Er schüttelte den Kopf. »Meinen die damit vielleicht ein ›tot oder lebendig‹-Kopfgeld?«

»Erinnerst du dich noch an diesen Zombie-Typen, der vor ein paar Jahren geschnappt wurde? Nun, technisch gesehen war der ja tot, aber der schlurfte trotzdem in der Gegend rum und griff Leute an, bis sie ihn schließlich in die Luft gesprengt haben. Denke mal, dass die Option so was meint.«

Lafayette seufzte. »Scheiß Oriceran. Wenn wir doch nur eine Lösung hätten, um diese beschissenen Portale zu schließen und damit die Magie loszuwerden.« Sein Blick wanderte auf eine Zeile am oberen Bildschirmbereichs: **VORAUSSICHTLICHE KOPFGELDSTUFE: STUFE EINS**. »Verdammt, wir brauchen mindestens ein Kopfgeld der Stufe drei oder höher, um irgendeinen fähigen Kopfgeldjäger dafür zu interessieren.«

Detective West zuckte mit den Schultern. »Nun, wir haben doch die rot glühenden Augen und die Fähigkeit zum Gestaltwandeln, also haben wir schon mal einen Mörder mit einer magischen Fähigkeit. Geb das erst mal alles ins System ein, damit sollten wir dann locker Stufe drei oder mehr erreichen.«

»Ja, okay, dann wollen wir mal sehen.«

Detective Lafayette fand die entsprechenden Menüs und trug die entsprechenden Informationen ein, bevor er sich erneut zu seinen Kollegen umdrehte. »Die zweite Zeugin hat gesagt, dass ihr Vater mehrere Schüsse auf den Mörder abgefeuert hat. Wir haben sowohl Pistole als auch die Patronenhülsen gefunden, daher hat sie mit ziemlicher Sicherheit die Wahrheit gesagt, was bedeutet, dass dieser Kerl sehr wahrscheinlich kugelsicher ist. Das sollte doch mindestens eine weitere Stufe bringen, oder?«

Detective West schüttelte den Kopf. »Das reicht wahrscheinlich immer noch nicht, um ihn auf Stufe vier zu bringen. Erinnerst du dich noch an diesen Bastard vom letzten Jahr? Obwohl der auch kugelsicher war, wurde er trotzdem nur auf Stufe drei eingestuft, weil er weder stark noch schnell war.«

»Und was ist mit diesem Schatten-Mist?« Detective Lafayette runzelte die Stirn. »Da gab es doch ... Moment, wo war noch mal die Option versteckt? Ah, da ist sie ja. Unidentifizierte Sinnes-Manipulation, ein oder mehrere Sinne.« Er wählte diese Option aus und dann klickte er noch den Punkt ›Physischer Widerstand gegen Schusswaffen‹ an.

VORAUSSICHTLICHE KOPFGELDSTUFE: STUFE VIER.

Die beiden Polizisten sahen sich mit einem zufriedenen Grinsen im Gesicht an. Natürlich wäre es ihnen am liebsten, wenn die Polizei den Mann selbst schnappen würde, aber sie mussten die Bürger von

Las Vegas beschützen. Kopfgeldjäger konnten oftmals Informationsquellen nutzen, auf die die Polizei keinen Zugriff hatte.

Detective Lafayette sah sich noch ein paar weitere Optionen an. »Vielleicht gibt es da ja noch irgendetwas, mit dem wir ihn auch noch auf Stufe fünf bringen können.«

Detective West zuckte mit den Schultern. »Das glaube ich nicht. Dafür müsste er Fähigkeiten haben, die ihn zu einem Massenmörder machen könnten und wir haben bisher keine Hinweise dar...« Er beugte sich vor, um den geöffneten Menüpunkt auf den Bildschirm zu studieren, wo ›Beschwörung von nicht-terrestrischen Wesen oder Kontrolle von leblosen Objekten.‹ stand.

»Was zum Teufel soll *das* denn sein?«

»Na ja, damit ist wahrscheinlich jemand gemeint, der zum Beispiel Geister oder Gespenster beschwören oder Zombies erschaffen kann. Stufe fünf wird in der Regel nur für Typen vergeben, die in der Lage sind, eigenhändig eine halbe Stadt in die Luft zu jagen oder eine Armee zu erschaffen.«

Detective Lafayette klickte noch ein paar weitere Menüs an und schüttelte dann den Kopf. »Stufe vier ist ja schon einmal nicht schlecht, aber wir haben leider immer noch nicht allzu viele Informationen über seinen Aufenthaltsort. Was, wenn er dennoch nicht gefunden wird?«

»Keine Angst.« Detective West deutete auf die Stelle, wo die Informationen über die Opfer standen. »Schau dir die bisherigen Taten dieses Typen an. Nur weil er magische Fähigkeiten hat, ändert das nichts an der Tatsache, dass er sich wie ein stinknormaler Serienmörder verhält.«

»Wie meinst du das?«

»Dieser Kerl ist machtbesessen. Sobald er davon erfährt, dass ein Kopfgeld auf ihn ausgesetzt ist, wird er von sich aus versuchen diese Kopfgeldjäger zu finden und sie zu erledigen. Schick das Kopfgeldgesuch einfach so ab und ich wette, der Bastard wird auf den erstbesten Kopfgeldjäger losgehen, der hier auftaucht.«

⋆ ⋆ ⋆

Versuchsobjekt XJ422 starrte auf das Handy, das er einem der Opfer abgenommen hatte. Er hatte eigentlich fest damit gerechnet, dass die Polizei das Telefon orten und zu ihm kommen würde. Dann hätte er endlich öffentlich seine Macht demonstrieren können, indem er die Polizisten getötet hätte. Er hatte gewartet und gewartet, aber es war niemand gekommen.

Sie wissen nichts von dem Handy. Vielleicht sollte ich sie einfach anrufen?

Es kribbelte ihm in den Fingern, endlich eine Chance zu erhalten, seine wahre Macht auszutesten. Er wollte der Polizei beweisen, dass sie ihm nicht mal ansatzweise gewachsen waren.

Er blickte auf das Mobiltelefon und überlegte. Nein. Dafür war die Zeit noch nicht reif, noch nicht. Er musste erst noch mehr Angst erzeugen, er musste zuerst noch mehr von den kleinen Engeln zum Weinen bringen. Das Entsetzen in ihren Gesichtern erfüllte ihn mit Befriedigung und versetzte ihn nahezu in einen Rauschzustand.

Ich brauche einen neuen Namen – einen, der bei den Leuten Furcht und Schrecken erzeugt.

Versuchsobjekt XJ422 runzelte die Stirn, als er versuchte, sich an seinen ursprünglichen Namen zu erinnern. Die Erinnerung daran war verschwunden, verdrängt von Dunkelheit und unsäglichen Schmerzen.

Das machte ihm allerdings nicht wirklich etwas aus. Normale Namen erzeugten bei den Menschen weder Furcht noch Terror.

Vielleicht hat mir ja die Polizei einen Namen gegeben. Vielleicht habe ich bereits einen Namen erhalten, der Angst und Schrecken verbreitet.

Er öffnete den Webbrowser auf dem Handy. Einen Augenblick später war er auf der offiziellen Webseite des Las Vegas Metropolitan Police Department. Ein blinkender Text erregte seine Aufmerksamkeit.

NEUES KOPFGELD DER STUFE VIER WURDE AUSGESETZT.

Er tippte auf den blinkenden Text.

DIE POLIZEI VON LAS VEGAS HAT EIN NEUES KOPFGELD AUF EINEN KRIMINELLEN DER STUFE VIER AUSGESETZT. ES WIRD VON DER STADT LAS VEGAS UND DURCH EINE GROSSZÜGIGE SPENDE DER NEVADA RESORT ASSOCIATION FINANZIERT.

Im Folgenden die offiziell verfügbaren Informationen über den sogenannten ›Rote-Augen-Killer‹:

Unbekannter, vermutlich männlicher Mörder, verantwortlich für aktuell mindestens vier Morde in der Stadt Las Vegas. Zu den Opfern gehören drei erwachsene Männer und eine erwachsene Frau. Aufgrund seiner bisherigen Opfer scheint der Killer sich hauptsächlich auf Eltern mit kleinen Kindern spezialisiert zu haben. Der Mörder hat bisher noch keine Kinder umgebracht, aber es steht zu

befürchten, dass er in Zukunft auch davor nicht länger zurückschrecken wird.

Zu seinen Fähigkeiten gehört eine nicht näher identifizierte sensorische Manipulation, die sich als die Fähigkeit manifestiert, lokalisierte Dunkelheit zu erzeugen. Des Weiteren scheint er kugelsicher zu sein und kann durch physische Manipulation seines Körpers höchstwahrscheinlich so etwas wie eine Knochenklinge erzeugen. Die Opfer wurden zumindest mit einem Objekt dieser Art verstümmelt und anschließend enthauptet.

Eine vollständige Beschreibung des Täters ist zurzeit leider nicht verfügbar, aber alle bisherigen Zeugen berichten übereinstimmend, dass sich der Täter in eine Art dunklen Nebel einhüllt und leuchtend rote Augen hat.

Bitte beachten Sie, dass die Gefährlichkeit dieses Täters auf STUFE VIER eingestuft wurde. Dieses Kopfgeld darf nur von einem Kopfgeldjäger mit der entsprechenden Lizenzierung angenommen werden.

Der Täter soll nach Möglichkeit lebend abgeliefert werden, ansonsten wird das Kopfgeld um fünfzig Prozent reduziert.

Alle lizenzierten Kopfgeldjäger, die sich auf die Jagd nach diesem Täter machen möchten, sollten dennoch äußerste Vorsicht walten lassen und davon ausgehen, dass der Täter noch weitere unbekannte Waffen oder Fähigkeiten besitzt, die nicht in diesem Text genannt wurden. Bitte beachten Sie, dass diese zusätzlichen Fähigkeiten dazu führen

könnten, dass der Täter gefährlicher ist, als es die aktuelle Kopfgeldstufe vermuten lassen würde.

Die Stadt Las Vegas und das Las Vegas Metropolitan Police Department sind nicht verantwortlich für eventuelle Todesfälle, Verletzungen oder den Verlust von Eigentum, die durch die Verfolgung des Rote-Augen-Killers entstehen könnten.

Bitte beachten Sie, dass alle potenziellen Schäden in der rechtlichen Verantwortung des jeweiligen Kopfgeldjägers liegen und nicht der Stadt Las Vegas oder dem Las Vegas Metropolitan Police Department anzulasten sind.

Bitte beachten Sie, dass alle Kopfgelder der Kopfgeldjagdsteuer des Staates Nevada und der Einkommensteuer unterliegen. Alle ausgezahlten Gelder werden elektronisch an die Finanzbehörde gemeldet.

Klicken Sie hier für weitere Informationen und für weitere rechtliche Hinweise.

»Stufe vier? Rote-Augen-Killer? Hm, der Name gefällt mir. Das ist immerhin schon mal ein Anfang, aber das reicht mir noch nicht.« Er warf das Handy auf den Boden und trat darauf, bis es komplett zerstört war. »Ich muss ihnen unbedingt meine wahre Macht demonstrieren. Ich werde sie dermaßen das Fürchten lehren, dass noch ihre Enkelkinder davon sprechen werden.«

Der Rote-Augen-Killer stieß ein höhnisches Gelächter aus. Bald schon würde er alle Engel im Himmel zum Weinen bringen.

* * *

Doktor Simmons seufzte lautstark, als er sich den Artikel über das neue Kopfgeld auf der großen Projektionsleinwand im Konferenzraum durchlas. Die vier Männer in Anzügen drehten sich zu ihm um und sahen ihn fragend an.

»Das Versuchsobjekt ist immer noch auf freiem Fuß, Doktor Simmons«, merkte ein silberhaariger Mann mit einem strengen Gesichtsausdruck an. Doktor Anders. »Unsere ... Investoren werden sehr verärgert sein. Das ist eine Katastrophe.«

»Investoren? Sie meinen diese verdammten Gangster? Wir hätten uns niemals mit ihnen einlassen dürfen.«

Doktor Anders schnaubte. »Bis vor ein paar Tagen schien Ihnen das noch ziemlich egal zu sein. Für Sie war nur wichtig, dass jemand Geld für Ihre Forschung zur Verfügung stellt und wenn wir das Versuchsobjekt rechtzeitig wieder einfangen, dann könnten wir ganz normal weitermachen.«

»Wir ... vielleicht ist es noch nicht zu spät. Wir können es noch schaffen.«

»Wie?«

Doktor Simmons zeigte auf den Bildschirm. »Es sieht momentan ganz so aus, als hätte die Polizei noch nicht allzu viele Informationen. Sie haben bisher nur eine sehr allgemeine Beschreibung. Noch werden sie es nicht zu uns zurückverfolgen können.«

Doktor Anders schlug mit der Hand auf den Tisch. »Wir müssen das Versuchsobjekt unbedingt vor der Polizei finden. Wenn die Behörden ihn erst in die Hände bekommen, können sie die Spur vielleicht doch irgendwie bis zu unserem Labor zurückverfolgen.« Er sah jeden der Männer eindringlich an. »Ich denke, wir sind uns alle einig, dass wir es uns auf keinem Fall leisten können, dass die Oriceraner mitbekommen, dass wir gentechnische Experimente durchgeführt haben, in denen wir verschiedene Arten von oriceranischer und menschlicher DNA vermischt haben. Sie würden dieses Labor sofort zerstören, uns ins Gefängnis stecken lassen und den Schlüssel wegwerfen. Sie dürfen niemals erfahren, dass wir auch ohne den Einsatz von Magie alles erreichen können, solange wir Zugang zu biologischen Proben von magischen Wesen haben.«

»Genehmigen Sie einfach den Einsatz meines Teams und ich werde dafür sorgen, dass wir das Versuchsobjekt vor der Polizei und den Kopfgeldjägern schnappen. Dann müssen wir uns auch keine Sorgen mehr um unsere Investoren oder um die Oriceraner machen.«

Doktor Anders nickte. »Sehr gut. Es spielt auch keine Rolle, ob das Versuchsobjekt dabei draufgeht. Stellen Sie nur sicher, dass die Leiche wieder hier ist, bevor jemand anders sie findet.« Er stand auf und zupfte seine Krawatte zurecht. »Ich werde jetzt unsere Investoren kontaktieren und ihnen mitteilen, dass wir bereits dabei sind, uns um das Problem zu kümmern.«

Ein weiteres Mitglied der Geschäftsleitung räusperte sich. »Aber was passiert, wenn die Polizei oder ein Kopfgeldjäger das Versuchsobjekt zuerst findet?«

»Dann sollten sie besser hoffen, dass sie ihre Lebensversicherungsprämien pünktlich bezahlt haben.«

Kapitel 9

James ging die Straße entlang, die Hände in den Taschen, während ihn nur noch ein paar hundert Meter von ein paar ›In-N-Out Double-Doubles Animal Style‹-Burgern trennten. Sein knurrender Magen sorgte dafür, dass seine Gedanken momentan nur ums Essen kreisten und er sich keine Sorgen um Trey, Shay oder Alison machte. Er wunderte sich, warum er eigentlich jetzt schon wieder so hungrig war, wo er doch vor ein paar Stunden erst ein ausgiebiges Barbecue im *Jessie Rae's* genossen hatte.

Zwei Männer auf der anderen Straßenseite erregten seine Aufmerksamkeit, als sie ein Spirituosengeschäft betraten. Einer griff dabei in seine Jacke und zog etwas heraus. Im hellen Licht einer Straßenlaterne glitzerte irgendetwas Metallisches, möglicherweise war es eine Pistole oder vielleicht aber auch nur ein kunstvolles Feuerzeug. Aus der Entfernung war es nicht genau zu erkennen.

Er seufzte.

Nicht mein Problem. Ich bin schließlich Kopfgeldjäger und kein Polizist. Einfach weitergehen. Geht mich nichts an. Auf diese beiden dämlichen Straßenpunks ist sicher kein Kopfgeld ausgesetzt.

James marschierte weiter und richtete seinen Blick auf den Burgerladen vor ihm. Die Double-Doubles riefen nach ihm und außerdem wäre seine Zeit viel zu schade, um irgendwelchen Kleinkriminellen von einem Überfall auf einen Spirituosenladen abzuhalten.

Er ging noch ein paar Meter weiter, bevor er anhielt und mit den Augen rollte.

Wenn er jetzt einfach weiterginge und diese Typen würden dann jemanden verletzen oder töten, was würde wohl Alison dazu sagen. Sie würde ihn zu Recht fragen, warum er ohne zu zögern bereit war, vorbeizukommen, um irgendeinen beliebigen Jungen an ihrer Schule zu erschrecken, aber nicht bereit war, Kriminelle davon abzuhalten, einen Laden zu überfallen.

»Verdammte Scheiße«, murmelte James. Er blieb stehen und schaute zum Schnapsladen. »Na ja, ich müsste sowieso mal aufs Klo.«

* * *

Andy wischte sich die Nase am Ärmel ab und sah sich um. Ein Pärchen stand im hinteren Bereich vorm Weinregal und begutachtete verschiedene Weinflaschen, während ein anderer Mann im Gang mit den diversen Biersorten auf und ab ging und sich dabei nachdenklich das Kinn rieb, als wäre er ein Bierkenner.

»Jake«, flüsterte er. »Ich weiß nicht, Mann. Es sind zu viele Leute hier. Das wird keine saubere Sache. Du hast gesagt, es wäre ein völlig sicheres Ding.«

»Scheiß doch auf die Leute«, flüsterte der andere zurück. »Von denen hat sicher keiner eine Knarre dabei. Wir müssen uns nur beeilen und das Ding durchziehen, Bruder.«

Die Eingangstür hinter ihnen öffnete sich, aber keiner von den beiden schaute hin. Ein weiterer Kunde würde momentan auch keinen weiteren Unterschied machen.

»Lass uns einfach ein paar Minuten warten, dann werden sicher einige von den Leute gehen«, schlug Andy vor. Er blickte sich um und sah gerade noch, wie sich die Toilettentür hinter dem Neuzugang schloss. »Scheiße, hast du gesehen, wer da aufs Klo gegangen ist?«

Jake schüttelte den Kopf. »Nein. Aber das spielt sowieso keine Rolle.« Er grinste. »Es sei denn, es wäre irgend so ein Scheißbulle gewesen.«

»Egal. Lass uns die Sache jetzt einfach schnell durchziehen.«

⋆ ⋆ ⋆

James zog gerade wieder seinen Reißverschluss hoch, als der Alarm losging.

Er seufzte. »Wenigstens haben sie mich fertig pinkeln lassen.« Er knackte seine Knöchel und verließ die Kundentoilette. Es war an der Zeit, ein paar junge Männer über Recht und Ordnung aufzuklären.

Die beiden Idioten standen vor der Kassiererin und schwenkten ihre Kleinkaliberpistolen umher. Eine Glasbarriere war von der Decke herabgesaust und hatte die Kassiererin vor den Räubern in Sicherheit gebracht.

»Du machst dieses Scheißding jetzt besser sofort wieder auf«, schrie gerade einer der Gangster. Er richtete seine Waffe auf das Pärchen am Weinregal, die ihn erschreckt aus weit aufgerissenen Augen anstarrten. »Aber sofort, sonst werde ich diese beiden Arschlöcher hier erschießen. Willst du wirklich deren Tod auf dem Gewissen haben?«

Der andere Ganove richtete seine Waffe auf den Mann in dem Gang mit den Biersorten, der dort ängstlich auf dem Boden kniete und seine Hände in die Höhe hielt. »Und diesen Kerl werden wir auch umlegen.«

Die Kassiererin schüttelte allerdings nur den Kopf. »Die Polizei ist bereits auf dem Weg. Lasst einfach eure Waffen fallen und gebt auf. In ein paar Monaten seid ihr doch sowieso wieder draußen. Ihr macht es so doch nur noch schlimmer.«

»Glaubst du etwa, wir machen nur Spaß?«, schrie der erste Ganove. Er schoss auf die Kassiererin. Dünne, spinnennetzartige Risse breiteten sich von der Einschlagstelle aus, aber das Sicherheitsglas hielt.

Die Frau schrie entsetzt auf und ihr Mann zerrte sie schützend hinter sich. Weinflaschen knallten auf den Boden und verspritzten Wein in alle Richtungen.

Der Mann im Biergang warf sich auf den Boden und bedeckte seinen Kopf mit beiden Händen, während er leise vor sich hin schluchzte.

Jake schlug mehrere Male mit seiner Waffe auf das Glas ein. »Scheiße!« Er rannte zur Ausgangstür und versuchte sie zu öffnen, hatte jedoch keinen Erfolg. »Hältst du das für ein Spiel, du blöde Schlampe? Meinst du wirklich, wir würden nicht Ernst machen?« Er ließ von der Tür ab und marschierte auf das Pärchen zu.

Der Mann hob abwehrend seine Fäuste, aber der Gangster schlug ihn einfach mit dem Griff seiner Pistole zu Boden. Dann hielt er der Frau die Pistole an den Kopf. Sie wimmerte und schluchzte.

»Ich zähle jetzt bis zehn und wenn bis dahin die Glasbarriere und die Ausgangstür nicht aufgehen, leg ich dieses Miststück hier um.« In der Ferne erklang eine Sirene. »Oh, klar, genau dann, wenn *ich* den örtlichen Schnapsladen ausraube, müssen die Bullen natürlich irgendwo in der Nähe sein.« Er fuchtelte mit seiner Waffe herum. »Warum zum Teufel läuft heute Abend einfach alles schief?«

James hatte nun genug von diesem Schwachsinn. Das Einzige, was noch schlimmer war als ein Krimineller, war ein inkompetenter und weinerlicher Krimineller. Er marschierte auf den Mann zu, der immer noch seine Waffe an den Kopf der Frau hielt.

Dieser hörte ihn kommen und drehte sich zu ihm um. »Du willst hier wohl den Helden spielen, du hässlicher Hurenso...«

Der Kopfgeldjäger griff nach dem Handgelenk des Mannes und riss seinen Arm nach oben. Aus der Pistole löste sich ein Schuss, der in die Decke einschlug, wodurch beide Männer mit Gips und Holzsplittern überschüttet wurden.

James packte den Kerl am Hemd und zog ihn auf sich zu. Dann gab er ihm eine harte Kopfnuss, mit der er ihm die Nase brach. Blut spritzte aus der gebrochenen Nase des Mannes, während er stöhnend zu Boden fiel. Der Kopfgeldjäger trat die Waffe von ihm fort und richtete seine Aufmerksamkeit nun auf dessen Partner.

»Jake!«, rief der andere Ganove aus, dann sah er Brownstone wütend an. »Dafür wirst du bezahlen, du Dreckschwein.«

»Letzte Chance um aufzugeben, Arschloch«, knurrte James. »Wenn du weitermachst, werde ich gleich ernsthaft sauer. Ich wollte eigentlich schon längst vor einem saftigen Burger sitzen.«

In diesem Moment kam gerade ein Polizeiauto mit quietschenden Reifen vor dem Geschäft zum Stehen.

* * *

Die beiden Polizisten gingen hinter ihrem Fahrzeug in Deckung während sie mit ihren Gewehren auf die Eingangstür zielten. Sie zuckten zusammen, als im Laden mehrere Schüsse erklangen und eine der Fensterscheiben zersplitterte.

Officer Silvers blickte fragend zu seinem Partner. »Scheiße. Was zum Teufel ist da drin los?«

Der knirschte mit den Zähnen. »Verdammt, wir müssen jetzt sofort da rein. Wir können nicht erst noch auf Verstärkung warten.«

Zwei dumpfe Schläge ertönten und beide Polizisten riskierten einen kurzen Blick, die Waffen im Anschlag. Zwei Körper lagen auf dem Boden vor dem Geschäft. Irgendjemand hatte sie offensichtlich durch das zerbrochene Fenster geworfen.

Offizier Silvers blinzelte. »Was zum Teufel ...?«

Einen Augenblick später kletterte eine Gestalt durch das Fenster. Die Polizisten richteten ihre Waffen auf sie.

»Las Vegas PD!«, riefen die Polizisten unisono.

»Heilige Scheiße!«, entfuhr es Officer Silvers einen Moment später. »Das ist doch James Brownstone!«

Die Aufmerksamkeit der Polizisten fiel auf die beiden Männer, die vor dem Geschäft auf dem Boden lagen. Beide Männer stöhnten leise vor sich hin. Wer auch immer sie waren, sie waren noch am Leben und die Anwesenheit des Kopfgeldjägers ließ vermuten, dass sie keinesfalls irgendwelche unschuldigen Opfer waren.

Die Polizisten blickten sich fragend an, hielten aber ihre Waffen im Anschlag. James Brownstone war berüchtigt dafür, dass er mindestens genau so viel Ärger verursachte, wie er löste und dies hier war nicht LA, sondern Las Vegas.

Brownstone stand nun auf dem Bürgersteig und strich sich ein paar Glassplitter von seiner Jacke und seiner Hose. Er stampfte zu den beiden stöhnenden Männern hin und packte sie am Nacken.

»Wahrscheinlich werden sie versuchen, mir dafür eine Klage anzuhängen oder irgend so einen Scheiß«, murmelte der Kopfgeldjäger. Er schleppte sie zum Polizeiauto hin und warf sie dort auf den Boden. »Zwei bewaffnete Räuber. Drinnen gibt es mehrere Zeugen und sicher auch ein Video von der Überwachungskamera. Sie haben einen Kerl dort mit der Pistole bewusstlos geschlagen, gedroht alle dort drin umzubringen und sind im allgemeinen ziemliche Arschlöcher.«

Die Polizisten blinzelten verwirrt und nickten.

Brownstone zuckte mit den Schultern. »Ich muss leider weiter, ich habe noch was Wichtiges vor.«

Officer Silvers räusperte sich. »Wir brauchen leider noch eine offizielle Aussage von Ihnen, Mister Brownstone.«

»Ich habe Ihnen gerade eine gegeben«, brummte er und drehte sich um, um wegzugehen. »Ich habe keine Lust irgendwelchen Papierkram zu erledigen. Das bringt mein Feng Shui durcheinander oder so was in der Art. Außerdem habe ich jetzt verdammt noch mal einen ziemlichen Hunger.« Er marschierte los.

Der zweite Polizist, Officer Riviera, wandte sich an seinen Partner. »Was sollen wir jetzt machen? Ihn aufhalten?«

»Willst *du* versuchen, James Brownstone aufzuhalten?« Officer Silvers deutete auf die vor ihnen liegenden

Kriminellen. »Ein Typ, der gerade zwei bewaffnete Typen zusammengeschlagen und durch ein Fenster geworfen hat? Ganz zu schweigen von den ganzen anderen Dingen, die er bisher getan hat? Wir bräuchten vermutlich ein komplettes AET-Team, um ihn zu stoppen.«

»Aber was ist mit seiner Aussage? Und wo zum Teufel geht er hin?«

Officer Silvers schaute sich um und entdeckte eine bekannte rot-weiß-gelbe Werbetafel in der Nähe. »Mach dir darüber keine Sorgen. Wir packen jetzt zuerst einmal diese Typen ins Polizeiauto und sprechen dann mit den Zeugen. Ich glaube, ich weiß, wo wir ihn nachher finden werden.«

Sie legten den beiden Verdächtigen Handschellen an und packten sie auf den Rücksitz. Officer Silvers betrat anschließend den Schnapsladen und schüttelte den Kopf, als er an dem zerstörten Fenster vorbeikam.

»Ich bin Officer Silvers«, verkündete er, als er den Laden betrat. »Geht es allen gut?«

Die Kassiererin drückte einen Knopf, der die Glasbarriere langsam nach oben fahren ließ, begleitet von lautem Knirschen. Sie zeigte auf eine schluchzende Frau, die sich um einen am Boden liegenden Mann kümmerte. Der Mann war anscheinend bei Bewusstsein, aber sein Gesicht war komplett blutverschmiert.

»Diese Wahnsinnigen wollten uns alle umbringen«, rief die Frau. »Wenn dieser andere Mann nicht gewesen wäre, wäre ich jetzt wahrscheinlich tot!«

Offizier Silvers nickte ihr zu und ging dann zu dem Verwundeten hinüber. »Sir, geht es Ihnen gut?«

Der Mann blinzelte ein paar Mal und seufzte dann. »Es ging mir schon besser, aber ich werde es überleben. Dieser Bastard hat mich überrascht, das ist alles.«

»Ich werde Ihnen jetzt erst einmal einen Krankenwagen rufen. In der Zwischenzeit nehme ich Ihre Aussagen auf.«

* * *

Dreißig Minuten später waren die beiden Verdächtigen auf dem Weg zur Wache, alle Zeugenaussagen aufgenommen und der verletzte Mann war zusammen mit seiner Frau von einem Krankenwagen abgeholt und ins Krankenhaus gebracht worden. Alles in allem war dieser bewaffnete Raubüberfall ziemlich glimpflich ausgegangen.

Die Beweise schienen alle darauf hinzudeuten, dass dies nur aufgrund des Eingreifens von James Brownstone der Fall war. Alle Zeugen berichteten übereinstimmend, dass die Räuber gerade im Begriff waren, die Frau hinzurichten.

Officer Silvers war zwar überaus dankbar, dass niemand gestorben war, aber das änderte dummerweise nichts an der Tatsache, dass er immer noch eine Aussage von James Brownstone brauchte.

Er stieg in seinen Polizeiwagen und sah seinen Partner seufzend an. »Wir haben so ziemlich alles erledigt, bis auf eine Sache.«

»Was denn?«

»Wir haben die Aussage von James Brownstone noch nicht.«

Sein Partner seufzte. »Sind wir denn sicher, dass er es wirklich ist?«

Offizier Silvers lachte. »Kennst du noch jemanden, der so aussieht und zwei bewaffnete Kriminelle ausschalten und durch eine Fensterscheibe schleudern kann?«

»Brauchen wir seine Aussage denn überhaupt? Ich meine, wir haben doch alle Aussagen von den anderen Zeugen.«

»Der Captain hat mich diesen Monat schon zweimal wegen unvollständiger Papiere angemacht.« Officer Silvers schüttelte den Kopf. »Und dich doch auch, oder? Wir müssen uns jetzt einfach nur überlegen, was das kleinere Übel ist – James Brownstone oder der Captain.«

»Der Captain hat meines Wissens noch keine kompletten Verbrecherorganisationen ausgelöscht.«

»Ja, das ist wohl wahr.«

»Trotzdem bin ich nicht besonders scharf darauf, vom Captain schon wieder eine Standpauke gehalten zu bekommen.« Officer Riviera schaute aus dem Fenster. »Du hast vorhin gesagt, dass du eine Vermutung hast, wo Brownstone sein könnte?«

Der andere Polizist zeigte auf ein Werbeplakat. »Ja, war jetzt nicht besonders schwierig. Dort hinten ist ein In-N-Out-Burger und er hat ja erwähnt, dass er ›verdammt noch mal einen ziemlichen Hunger‹ habe. Lass uns mal nachsehen, ob er noch da ist.«

»Was, wenn nicht?«

»Dann müssen wir uns eben was einfallen lassen.«

* * *

Die Officer Silvers und Riviera betraten das In-N-Out-Burger-Restaurant, halb in der Hoffnung, dass der berühmte Kopfgeldjäger bereits fertig gegessen hatte und schon wieder gegangen war. Einen Mann zu verärgern, der zwei bewaffnete Kriminelle mit Leichtigkeit ausschalten und durch ein Fenster werfen konnte, war nicht gerade ihre Vorstellung von Tapferkeit. Im Gegenteil, so etwas war einfach nur dumm.

Das Glück war in dieser Nacht allerdings nicht mit ihnen. James Brownstone saß an einem Tisch in der Ecke und mampfte gerade einen weiteren Double-Double, während mehrere leere Schachteln bereits vor ihm lagen.

Scheiße, was muss dieser Kerl für einen Hunger gehabt haben.

Die Polizisten gingen auf ihn zu. Beide Männer hatten ziemliches Herzklopfen.

Offizier Silvers holte tief Luft und schluckte. »Mister Brownstone? Ähm, könnten wir kurz mit Ihnen reden?«

Der Kopfgeldjäger schaute vom Tisch auf. »Sicher. Was brauchen Sie?«

»Wir ... ähm ... Wir brauchen leider immer noch Ihre Aussage.«

Der Polizist schwitzte, während er fürchtete, dass der Kopfgeldjäger ihn gleich packen und durch ein Fenster werfen würde.

»Muss ich was schreiben?«, fragte Brownstone.

Beide Polizisten schüttelten den Kopf.

Brownstone deutete auf die beiden freien Stühle auf der anderen Seite seines Tisches. »Dann helfe ich natürlich gerne. Entschuldigen Sie bitte, dass ich vorhin einfach so abgehauen bin, aber ich war echt verdammt hungrig.« Er nahm einen weiteren Bissen von seinem Double-Double. »Schießen Sie einfach los.« Er nickte ihnen zu. »Wollen Sie vielleicht auch was essen? Die Dinger sind echt gut. Kommen zwar nicht an das Barbecue von *Jessie Rae's* ran, sind aber trotzdem wirklich lecker.«

Officer Silvers stieß ein nervöses Lachen aus. »Äh, nein, ist schon okay. Wir nehmen nur kurz Ihre Aussage auf und sind dann auch gleich wieder verschwunden.«

Kapitel 10

Trey atmete tief durch, als er auf den Parkplatz vor dem Naturpark fuhr. Obwohl er dem Treffen mit seiner Tante zugestimmt hatte, wollte er dennoch sicherstellen, dass es an einem neutralen Ort stattfand und ein weitläufiger Park schien ihm dafür eine gute Wahl zu sein. Seine Erfahrungen aus seiner Zeit als Bandenführer machten es ihm schwer, einem ehemaligen Junkie zu vertrauen.

Glaube niemals etwas, das dir Jemand erzählt, der völlig verzweifelt ist. Menschen lügen in so einer Situation fast immer ... na ja, manche lügen natürlich auch, wenn sie nicht verzweifelt sind.

Ein kleiner Hoffnungsschimmer hielt sich dennoch hartnäckig und versuchte ihn davon zu überzeugen, dass Charlyce tatsächlich kein Geld von ihm wollte. Eine Hoffnung keimte in ihm auf – eine Hoffnung, dass er vielleicht bald wieder eine Familie hätte.

Lass dich bloß nicht einlullen. Du weißt doch wie diese Junkies sind. Ihr Anruf kam direkt nach diesem Interview, genau wie die von all den anderen Bekannten, die sich plötzlich wieder an ihn erinnert hatten.

Trey stieg aus seinem F-350 aus und betrat einen Feldweg, der zu einem kleinen Spielplatz in der Ferne führte. Die Morgensonne hing tief am ansonsten wolkenlosen

Himmel, als er durch den Park ging. Eine Frau in einem verblichenen blauen Kleid saß dort auf einer Bank. Sein Herz setzte einen kurzen Moment aus.

Entspann dich. Vielleicht ist das ja gar nicht Tante Charlyce.

Er setzte seinen Weg fort und näherte sich der Parkbank. In diesem Moment drehte sich die Frau zu ihm um.

Trey schluckte nervös und sein Puls raste. Sieben Jahre waren eine verdammt lange Zeit. Die Jahre hatten in ihrem Gesicht offensichtlich tiefe Spuren hinterlassen und ihr Lebenswandel hatte wahrscheinlich auch keinen unwesentlichen Anteil daran gehabt. Dennoch gab es keinen Zweifel, dass diese Frau, die dort auf der Bank saß, seine Tante Charlyce war.

Er atmete tief durch und ging auf sie zu, die Hände steckten in den Taschen seiner Anzugjacke.

»Hallo Tante Charlyce«, sprach Trey sie an. Er lächelte nervös. »Lange nicht gesehen.«

Seine Tante stand zitternd auf und sah ihn an. »Ich habe mich vor diesem Moment gefürchtet, Trey. Seit dem Moment an dem ich dich angerufen habe. Ich bin nicht mehr die Frau, die du mal gekannt hast und ich schäme mich für das, was aus mir geworden ist. Es bedeutet mir unglaublich viel, dass du gekommen bist, denn ich weiß, dass ich es nicht verdient hätte.«

Treys Augen füllten sich mit Tränen. Sieben Jahre. Da seine Mutter schon vor langer Zeit gestorben war, hatte er ansonsten nur seine Oma gehabt. Nun hatte er ein weiteres Familienmitglied gefunden, von dem er gedacht hatte, es wäre schon seit Langem tot. Es war fast so, als hätte man ihm etwas sehr Wertvolles geschenkt, von dem er nicht einmal gewusst hatte, dass er es unbedingt haben wollte.

Der Damm in seinem Inneren brach und er eilte vorwärts, um die Frau in seine Arme zu schließen. Charlyce stieß einen überraschten Schrei aus, als Trey sie umarmte und gut dreißig Sekunden lang sagte keiner der beiden ein einziges Wort, bevor sie anfing leise zu schluchzen.

»Es tut mir so leid, Trey. Ich habe echt Mist gebaut.«

Trey ließ sie los und zog ein Taschentuch aus seiner Hosentasche, welches er ihr reichte, während er sich die Tränen an seinem Ärmel abwischte.

»Das macht nichts«, antwortete er mit zitternder Stimme. »Ich habe in meinem Leben auch eine Menge Mist gebaut, daher habe ich absolut kein Recht, dir irgendwelche Vorwürfe zu machen. Mir hat damals ein völlig Fremder geholfen, wie könnte ich dir dann meine Hilfe verweigern?« Er schüttelte den Kopf. »Niemand von meiner Familie braucht auf der Straße zu leben, wenn ich ihm ein Zimmer geben kann.«

»Danke Trey, vielen Dank.« Charlyce schnäuzte in das Taschentuch. »Es tut mir so leid.«

Trey schluckte. Die Tränen drohten zurückzukommen, aber er schaffte es, sie zurückzuhalten. Nicht aus Scham oder Stolz – einen verloren geglaubten, geliebten Menschen wiederzufinden war Grund genug ausgiebig zu weinen – sondern weil er seine Tante nicht noch mehr aus der Fassung bringen wollte.

»Wie ich neulich schon am Telefon sagte«, brachte er hervor, »hat Oma immer gesagt, dass du einfach so, von heute auf morgen, verschwunden wärst. Ich wusste, dass du öfters mal ein bisschen zu viel getrunken hast, aber ich dachte eigentlich immer, dass du das im Griff hättest.«

Charlyce seufzte. »Ja, das stimmt. Aber ich hatte damals einen Freund, mit dem ich zu der Zeit zusammen war. Er hat mir lauter schöne Lügen aufgetischt, wie zum Beispiel die, dass er es bald zu etwas bringen würde und dass ich mit ihm gehen sollte. Er war auch derjenige, der mich auf Heroin gebracht hat.«

Trey zuckte zusammen. »Verdammt, wo ist dieses Schwein? Ich würde mich gerne mal mit ihm unterhalten.« Seine Hände ballten sich zu Fäusten.

Seine Tante zuckte mit den Achseln. »Keine Ahnung. Ich habe den Kontakt zu ihm schon vor ein paar Jahren abgebrochen, aber das spielt jetzt auch keine Rolle mehr. Eine Sache, die ich inzwischen gelernt habe, ist die, dass ich anderen nicht die Schuld für meine Fehlentscheidungen geben kann. Er mag zwar derjenige gewesen sein, der mich mit den Drogen bekannt gemacht hat. Aber ich bin diejenige gewesen, die sie dann anschließend weiter genommen hat.« Sie seufzte. »Die Jahre vergingen wie im Rausch, bis ich vor achtzehn Monaten endlich erkannt habe, dass es so nicht weitergehen kann, weil ich sonst bald draufgehen würde. Es dauerte eine ganze Weile, bis ich es geschafft hatte, aber jetzt bin ich clean. Ich habe versucht, mir ein wenig Geld zusammen zu sparen und mir einen Job zu suchen, aber das wird sicher noch eine ganze Weile dauern. Es ist leider nicht so, dass die Leute besonders scharf darauf sind, Ex-Junkies einzustellen, die außerdem noch keinen festen Wohnsitz haben.«

Trey legte seine Hand auf ihre Schulter. »Nun, am besten wäre es, wenn du jetzt erst einmal mit mir zurück nach LA kommen würdest. Ich weiß, dass unsere Oma sich riesig freuen würde, dich wiederzusehen.«

»Glaubst du das wirklich?«

Er nickte. »Ich *weiß* es. Wir sind eine Familie und das wird auch immer so bleiben.«

»Aber ich habe euch alle im Stich gelassen. Ich habe dich enttäuscht. Ich habe alle enttäuscht.«

Trey schnaubte. »Nur, weil du einige Dinge getan hast, auf die du nicht besonders stolz bist? Ich wette, du müsstest noch mal sieben Jahre auf der Straße leben, um mich diesbezüglich einzuholen. Aber das spielt jetzt keine Rolle. Familie ist Familie und wir werden dafür sorgen, dass du wieder auf die Beine kommst. Ich habe jetzt eine gute, ehrliche Arbeit, die es mir ermöglicht, Menschen zu helfen. Nun werde ich meiner Tante helfen.«

Charlyce stieß einen zufriedenen Seufzer aus und begann zu lächeln. Sie deutete auf seinen schicken Anzug. »Sieh doch nur mal an, was aus dir geworden ist. Ein schicker Kopfgeldjäger, der im Fernsehen Interviews gibt. Ich hatte mir immer Sorgen um dich gemacht ...« Sie schüttelte den Kopf. »Nun, das spielt jetzt keine Rolle mehr, schätze ich.«

»Du hast recht. Ich bin jetzt ein Kopfgeldjäger und stehe auf der richtigen Seite des Gesetzes. Du lebst vielleicht auf der Straße und hast Drogen genommen, aber jetzt bist du von den Drogen weg und bald bist du auch von der Straße weg. Ich weiß aus erster Hand, was aus jemandem werden kann, wenn man ihm eine echte Chance gibt.« Er lächelte sie aufmunternd an.

Treys Tante zog ihn in eine weitere enge Umarmung. Sie blieben einen langen Moment eng umschlungen so stehen, bevor sie ihn losließ.

Charlyce sah ihm in die Augen und nickte. »Die Person, die dir diese Chance gab – das war er, oder? James Brownstone?«

Trey nickte. »Ja.«

»Ich muss unbedingt mit ihm sprechen. Nicht, weil ich ihn um Geld anbetteln möchte, sondern wegen des Dämons, von dem ich dir erzählt habe.«

»Einen Moment. Ich schick ihm gleich eine Nachricht, aber vorher gehen wir beide erst mal was essen.« Er deutete in Richtung seines Wagens. »Komm mit.«

Charlyce und Trey gingen in Richtung seines Trucks. Trey schrieb James wie versprochen eine Nachricht.

Hallo James, könntest du mir bitte einen Gefallen tun und mich bei nächster Gelegenheit anrufen?

Schon wenige Sekunden später signalisierte sein Handy eine eingegangene Nachricht.

Wie wäre es, wenn wir uns einfach treffen? Ich bin momentan nämlich auch in Las Vegas. Schick mir doch einfach eine Adresse und ich werde hinkommen.

Trey starrte einen Moment lang entgeistert auf sein Handy und fragte dann seine Tante. »Gibt es in der Nähe irgendein gutes Restaurant?«

»Den Block runter gibt es ein *Denny's*.«

»Perfekt.«

Er kopierte die Adresse aus dem Internet und schickte sie James.

Ich werde dort mit meiner Tante auf dich warten. Sie braucht deine Hilfe.

Brownstone ist hier in Vegas? Ich wette, er hatte wieder mal Sehnsucht nach diesem Barbecue-Restaurant, von dem er immer so schwärmt.

Trey schüttelte grinsend den Kopf. Eigentlich war es ja auch egal, ob es göttliche Vorsehung, Glück oder einfach nur James' Barbecue Gelüste waren. Brownstone würde einen Weg finden, um seiner Tante zu helfen, da war er sich sicher.

James Brownstone hatte Trey nicht nur aus einem Leben voller Kriminalität befreit, sondern trug nun indirekt auch noch zur Wiedervereinigung seiner Familie bei.

Verdammt, James. Wie soll ich das jemals wieder gutmachen?

★ ★ ★

Drei Männer in Kampfanzügen betraten das dunkle, verlassene Lagerhaus. Ihre Sturmgewehre hielten sie im Anschlag, jederzeit bereit zu feuern. Sonnenlicht strömte durch die geöffnete Tür, durchdrang die Schatten und brach sich in den dicken Staubwolken, die in der Luft schwebten. In einer Ecke standen mehrere Kisten und am Boden lagen überall zerbrochene Schaufensterpuppen herum.

Ein totes Gebäude. Das perfekte Versteck für einen verrückten Mutanten.

»Ist es wirklich sicher, dass er hier ist?«, fragte einer der Männer.

Der Teamleiter nickte. »Ja, Doktor Simmons hat gesagt, dass sich das Versuchsobjekt irgendwo im Umkreis von hundert Metern um diese Position herum aufhalten muss, basierend auf den Satellitendaten. Er sagte etwas von einer speziellen Energiesignatur, die sie tracken können. Ich habe davon keine Ahung. Das ist alles irgend so eine wissenschaftliche Scheiße. Jedenfalls muss er irgendwo hier drin sein und wir müssen ihn finden.«

Das dritte Teammitglied knurrte. »Blöde Missgeburt. Er hätte lieber im Labor bleiben sollen.«

»Und warum hätte ich das tun sollen?«, fragte eine hohle Stimme aus einer dunklen Ecke der Lagerhalle.

Die drei Männer drehten sich und zielten mit ihren Gewehren auf die Stelle, wo sie glühend rote Augen aus der Dunkelheit heraus anstarrten.

»Versuchsobjekt XJ422«, rief der Teamleiter. »Wir haben den Befehl, dich zurück ins Labor zu bringen, tot oder lebendig. Ergib dich oder wir werden dich umlegen.«

Höhnisches Gelächter hallte durch die Lagerhalle. »Ich bin nun nicht mehr Versuchsobjekt XJ422. Ich bin jetzt der ›Rote-Augen-Killer‹. Ich bin der Tod. Der Schrecken, der in der Dunkelheit lauert.«

»Das ist deine letzte Chance dich zu ergeben, du Freak.«

»Danke, dass ihr mir das mit der Energiesignatur verraten habt. Das war eure einzige Chance mich zu finden. Sobald ich euch getötet habe, werde ich dafür sorgen, dass dies nicht noch mal gelingen kann.«

Der dunkle Nebel in der Ecke schien zu wachsen und flog dann plötzlich auf die Männer zu.

»Feuer frei!«, rief der Teamleiter.

Dutzende Kugeln durchlöcherten die Wände, als die Männer aus allen Rohren auf den Feind feuerten. Der Nebel verschwand und Versuchsobjekt XJ422 sprang auf die andere Seite des Raumes. Eine Kugel traf seinen gesprenkelten, lederartigen, nackten Körper und er heulte vor Schmerz auf.

Die Dunkelheit in dem Lagerhaus lichtete sich plötzlich. Es wäre zu viel gesagt, es nun gut beleuchtet zu nennen, aber es war jetzt merklich heller als zuvor.

Ja. Du scheinst doch nicht so hart zu sein, du verdammtes Stück Scheiße.

Der Teamleiter grinste und feuerte einen weiteren Schuss ab. Er verfehlte nur knapp, als sein Ziel sich hinter ein paar Kisten in Deckung brachte. Eine blutige Spur führte direkt zu dessen Versteck.

»Na, damit hast du wohl nicht gerechnet, du Arschloch. Wir sind nicht irgendein idiotischer Tourist mit einer harmlosen Spielzeugpistole. Du hättest dich ergeben sollen, XJ422.«

Der Teamleiter schob ein neues Magazin in seine Waffe und bedeutete seinen beiden Kollegen mit einer Geste, dass sie vorrücken sollten. Die Enttäuschung stand ihm ins Gesicht geschrieben. Er hatte sich eigentlich immer schon gefragt, wie es wohl wäre, es mal mit einem der stärkeren Mutanten aus dem Labor aufzunehmen. Die Meisten von ihnen waren nutzlose Freaks, die gewöhnlich nur ein paar Tage lebten, aber es gab auch einige wenige, wie XJ422, die besser gelungen waren. Was für eine verdammte Verschwendung.

»Komm raus, komm schön raus aus deinem Versteck«, sang der Teamleiter. »Ich habe heute meinen großzügigen Tag. Wenn du jetzt mit erhobenen Händen herauskommst, dann wirst du am Leben bleiben ... zumindest, bis du wieder im Labor bist.«

Plötzlich flog eine der Kisten auf den Teamleiter zu und dieser eröffnete das Feuer. Die Kugeln trafen zwar, änderten aber nichts an dem Kurs der Kiste und so traf sie ihn mit voller Wucht und riss ihn zu Boden.

XJ422 sprang auf eines der anderen Teammitglieder zu, wobei einer seiner Arme sich in eine Knochenklinge und der andere sich in ein Tentakel mit Widerhaken verwandelt hatte.

Dem unglücklichen Mann gelang es gerade noch, einen einzigen Schuss abzugeben, bevor der Mutant ihm mit der Knochenklinge seinen Arm direkt oben an der Schulter abtrennte. Der Mann schrie auf, während er zu Boden stürzte und das Blut aus ihm herausspritzte. Dann tötete ihn der Mutant, indem er ihm mit dem Tentakel das Herz herausriss und es quer durch die Lagerhalle schleuderte.

»Scheiße!« Der Teamleiter stellte sein Gewehr auf Dauerfeuer und zog den Abzug durch.

Das Versuchsobjekt zuckte ein paar Mal und schnappte sich dann den Toten vom Boden und hielt ihn wie ein Schutzschild vor sich. Kugeln durchsiebten den Leichnam und eine Sekunde später erkannte der Teamleiter, dass XJ422 den Körper des Mannes gar nicht als Schutzschild benutzen wollte. Stattdessen schleuderte er die Leiche auf seine Gegner. Die beiden Männer sprangen aus dem Weg und der Teamleiter nahm erneut sein Ziel ins Visier und zog den Abzug durch. Die Waffe klickte allerdings nur.

»Scheiße.« Er wich zurück, warf das leere Magazin aus und griff hastig in seine Tasche, um ein neues Magazin herauszuziehen.

Das Versuchsobjekt war über und über mit Blut bedeckt und blutete aus mehreren Wunden. Der Teamleiter lächelte, als er das neue Magazin in seine Waffe schob. Sie würden gewinnen. Dieser beschissene Mutant hatte keine Chance gegen ein ordentliches Sturmgewehr.

Sein selbstgefälliges Grinsen verschwand allerdings bereits einige Sekunden später, als XJ422 den Hals seines verbliebenen Teammitglieds mit seiner Knochenklinge durchtrennte. Blut spritzte aus der Öffnung und sein Kopf fiel zu Boden. Der nun kopflose Leichnam fiel wie in Zeitlupe um.

»Du verdammtes Schwein!«

Der Teamleiter zog erneut den Abzug durch und feuerte auf seinen immer noch blutenden Gegner. Er würde definitiv nicht irgendwo in einem gottverlassenen Lagerhaus durch die Hand so eines Laborfreaks sterben.

Das Versuchsobjekt zuckte bei jedem Einschlag und sein Blut färbte den Boden rot. XJ422 fiel zuerst auf die Knie und dann nach vorne auf den Bauch.

Der Teamleiter atmete mehrmals tief durch. Er hatte es geschafft. Das Arschloch war tot.

Er ging grinsend auf die Leiche zu. Er hatte natürlich ein wenig Mitleid mit seinen beiden Teamkollegen, aber es war nicht so, dass er sie besonders gut gekannt hatte.

»Du hättest vorhin mein Angebot annehmen und dich ergeben sollen, du Freak.«

In diesem Moment sprang der Mutant auf und ein ungeheuerlicher Schmerz fuhr in den Arm des Teamleiters. Er versuchte abzudrücken, nur um wenige Sekunden später qualvoll festzustellen, dass sein rechter Unterarm zusammen mit seiner Waffe vor ihm auf dem Boden lag.

Das Versuchsobjekt stand grinsend vor ihm, leckte in aller Seelenruhe das Blut von der Knochenklinge und trennte ihm dann mit einem sauberen Schnitt auch noch den anderen Arm ab. Der Teamleiter stürzte schreiend vor Schmerzen zu Boden.

XJ422 beugte sich über ihn und seine roten Augen leuchteten heller als je zuvor. Seine Wunden begannen bereits sich wieder zu schließen.

»Ich habe den Leuten im Labor immer zugehört, auch wenn sie dachten, ich könne sie nicht hören. Ich weiß Dinge, von denen sie keine Ahnung haben, dass ich sie weiß.« Er kniete neben dem Sterbenden nieder, grinste und entblößte einen Mund voller scharfer Reißzähne. »Es gibt viele Raubtiere, aber keines ist so wie ich. Keines von ihnen kann DNA assimilieren. Diese anderen Penner waren alle wertloser Müll, aber du hast dich als würdig erwiesen, assimiliert zu werden.« Das Versuchsobjekt leckte sich die Lippen. »Und du hast mir auch noch diese wunderbaren Spielsachen mitgebracht. Ich weiß es sehr zu schätzen, was du alles für mich getan hast.«

Der Teamleiter schrie ein letztes Mal auf, als die Reißzähne von XJ422 in seine Kehle schlugen.

Kapitel 11

Maria betrat die Schwarze Sonne. Normalerweise besuchte sie morgens keine Bars, daher überraschte sie die gähnende Leere hier doch ein wenig. Es war schon eine ganze Weile her, seit sie das Lokal so leer gesehen hatte.

Ich schätze, selbst Kriminelle fangen mit dem Trinken nicht vor dem Mittagessen an.

Sie marschierte schnurstracks zur Theke. Sie nickte Kathy höflich zu, obgleich sie keinen Drink wollte. Sie brauchte Tyler. »Ist Ihr Boss da?«

Kathy nickte. »Ja, er ist hinten.«

»Könnten Sie ihn für mich holen?«

Kathy lächelte. »Aber sicher, Lieutenant.« Die Brünette machte sich auf den Weg zu Tylers Büro und einen Augenblick später kam sie mit ihm im Schlepptau wieder zurück.

Tyler grinste. »Normalerweise sind Sie nicht so früh am Morgen hier, Lieutenant. Was verschafft mir die Ehre?«

Maria zuckte mit den Schultern. »Nun, ich bin offensichtlich nicht hier um mich zu betrinken.«

Tyler kam zu ihr hin und beugte sich dann verschwörerisch über die Theke. »Weswegen sind Sie denn dann hier, Lieutenant?«

»Ich habe Informationen erhalten, dass ein Kopfgeld der Stufe fünf in die Stadt kommen wird und ich habe mich gefragt, ob Sie da eventuell etwas gehört haben könnten.«

Der Barkeeper seufzte und rieb sich den Nacken. »Es tut mir leid, aber ich kann Ihnen da leider nicht helfen, Lieutenant. Nicht, wenn es um Jemanden mit der Stufe fünf geht.«

Maria blinzelte. »Mmh, wieso?«

Er hob seine Hände hoch. »Sehen Sie, ich habe einen Grundsatz. Kleine Fische sind kleine Fische. Wenn sie Stufe drei oder niedriger sind, dann gebe ich gerne Informationen raus, aber Jemand, auf den ein Kopfgeld der Stufe vier oder höher ausgesetzt ist ... Nun, da lasse ich lieber die Finger davon. So Jemanden möchte ich definitiv nicht verärgern«

Lieutenant Hall starrte ihn an. »Nun, wieso glauben Sie, dass es besser ist, stattdessen *mich* zu verärgern?«

Tyler zuckte mit den Schultern. »Nun, Sie können mir weder die Haut bei lebendigem Leib abziehen, noch mich in einen Zombie verwandeln.« Er sah sich einen Moment lang verschwörerisch um, bevor er ihr zuflüsterte. »Das Einzige, was ich Ihnen sagen kann, ist, dass ein Stufe-Fünf-Verbrecher tatsächlich vor Kurzem hier nach LA gekommen ist.«

Maria starrte den Wirt einen Moment lang missmutig an. Sie könnte ihm zwar drohen oder ihn verhaften, aber wenn sie das täte, dann würde sie damit die mühsam errungene Neutralität dieses Ortes zerstören. Selbst wenn sie hin und wieder bei kleineren Sachen mal wegschauten, war es für die Polizei doch insgesamt von Vorteil, Zugang zu diesem Ort zu haben.

Sie holte tief Luft und nickte dann. »Ich kann nicht gerade sagen, dass mir das gefällt, aber ich kann Ihre Bedenken zumindest nachvollziehen. Allerdings hätte ich da noch ein weiteres Anliegen, bei dem Sie mir hoffentlich weiterhelfen können.«

Tyler seufzte. »Was denn noch?«, fragte er.

»Die Oriceraner haben zwar einen Haufen Geld für die Polizei und das AET gespendet, aber wir haben es trotzdem immer noch nicht geschafft, einen Großteil der Ausrüstung und der Schutzamulette, die bei der Schlacht in dem Park zerstört wurden, zu ersetzen und es wird vermutlich auch noch eine ganze Weile dauern, dies über die normalen Kanäle zu tun.«

»Okay?«

»Ja, Sie halten Ihre Steuererklärung für einen bürokratischen Albtraum? Versuchen Sie doch mal magische Gegenstände vom Staat zu erhalten. Diese verdammte Scheiße muss von dermaßen vielen Abteilungen genehmigt werden.« Maria schüttelte den Kopf. »Keiner will die Verantwortung dafür übernehmen und schickt mich mit meinen Antragsformularen von Pontius zu Pilatus. Ich komme mir fast schon vor wie Asterix und Obelix, als sie losgeschickt werden, um den Passierschein A38 zu holen.«

»Also sind Sie jetzt auf der Suche nach ... inoffiziellen Kanälen?«

Maria seufzte. »Nun, es könnte sicher nicht schaden, wenn ich für dringende Fälle eine Alternative hätte.«

»Haben Sie es schon mal direkt beim oriceranischen Konsulat versucht?«

Sie schüttelte den Kopf. »Nein. Bisher noch nicht und ich bezweifle auch, dass es dort wesentlich schneller ginge.«

»Ja, nun, das stimmt wahrscheinlich. Ich hätte da natürlich auch noch eine etwas weniger offizielle Alternative.«

»Und die wäre?«

»Dannec. Das ist ein Elf.« Tyler grinste. »Aber ich würde bei ihm nicht unbedingt in Ihrer Polizeiuniform auftauchen, wenn Sie verstehen, was ich meine.« Er gab ihr eine Adresse. »Mehr kann ich nicht für Sie tun.«

Ein verdammtes Kopfgeld der Stufe fünf ist hier in unserer Stadt unterwegs und wir haben so gut wie keine Anti-Magie-Deflektoren mehr. Ohne die haben wir keine Chance gegen so Jemanden.

Maria schnaubte. »Wir haben das Geld dafür und diese scheiß Bürokraten kommen einfach nicht in die Pötte. Für meine Männer sind diese Schutzamulette überlebensnotwendig und wenn ich dafür die Regeln ein klein wenig beugen muss, dann ist mir das scheißegal. Danke, Tyler.« Sie drehte sich um und marschierte auf den Ausgang zu.

* * *

James setzte sich zu Trey und seiner Tante an den Tisch. Eine gewisse Ähnlichkeit war nicht zu übersehen, obwohl seine Tante verdammt dünn aussah und ihre eingefallenen Wangen auf Mangelernährung hindeuteten.

»Es freut mich Sie kennenzulernen, Mister Brownstone«, sagte die Frau. »Ich bin Charlyce.«

»Schön, Sie kennenzulernen, Charlyce. Ich wusste gar nicht, dass Trey eine Tante hat.«

Trey seufzte.

»Ich lebe momentan auf der Straße und wir haben uns über sieben Jahre nicht mehr gesehen.«

»Scheiße, sieben Jahre?« James warf Trey einen fragenden Blick zu, aber der zuckte nur mit den Schultern.

Charlyce winkte ab. »Das spielt jetzt erst mal keine Rolle. Heute geht es nicht um mich, sondern um ein kleines Mädchen namens Dina.«

James sah sie verwundert an. »Wer ist denn Dina?«

»Jemand hat ihren Vater direkt vor ihren Augen getötet. Ich fand sie in einer dunklen Gasse, wo sie sich in einem Lüftungsschacht versteckt hatte.«

Der Kopfgeldjäger blickte verwirrt zwischen Trey und Charlyce hin und her. »Das ist natürlich schrecklich, aber was genau hat das mit mir zu tun?«

»Es stand nichts darüber in den Nachrichten, aber es war ein magisches Monster, das den Vater des Mädchens getötet hat.« Charlyce schüttelte den Kopf. »Es hat ihn enthauptet. Ich habe die Polizei belauscht, als sie die Aussage des Mädchens aufgenommen haben. Sie erzählte ihnen von einem seltsamen dunklen Nebel, aus dem glühende roten Augen herausleuchteten und dass ein Monster ihren Vater getötet habe.« Die Frau griff über den Tisch und nahm James' Hand. »Bitte, Mister Brownstone. Dieses entsetzliche Monster muss aufgehalten werden. Ich habe die Leiche gesehen. Das hat kein normaler Mensch getan. Las Vegas braucht Sie. Dina braucht Sie.«

James blickte sie nachdenklich an. »Warum interessieren Sie sich so sehr für dieses Mädchen?«

»Nun ich ... ich habe sie dort in dieser Gasse gefunden und wollte ihr unbedingt helfen. Ihr Vater wurde vor ihren Augen ermordet. Momentan kümmert sich das

Jugendamt um sie. Das Mädchen hat anscheinend keine weiteren Familienangehörigen und irgendjemand muss doch schließlich etwas für sie tun.« Sie seufzte. »Außerdem war das kein Einzelfall. In den letzten Tagen gab es mehrere solcher Todesfälle. Die Polizei versucht die Sache herunterzuspielen, aber ich habe meine eigenen Informationsquellen.«

James legte nachdenklich die Stirn in Falten und wandte sich dann an Trey. »Hast du eigentlich schon mal nachgeschaut, ob es inzwischen vielleicht schon ein Kopfgeld auf diesen Typen gibt?«

»Nein, ich bin ja eigentlich auch nur wegen meiner Tante hergekommen«, antwortete Trey.

»Und ich bin nur hier, weil ich mal wieder im *Jessie Rae's Barbecue* essen wollte.« James kramte sein Handy aus der Tasche und startete die offizielle Kopfgeldjäger-App. Er änderte den Standort von Los Angeles nach Las Vegas und startete die Suche nach den aktuell verfügbaren Kopfgeldern. »Oh, da ist vor Kurzem gerade erst ein Neues reingestellt worden. Ein Krimineller der Gefahrenstufe Vier, der sogenannte ›Rote-Augen-Killer‹. Sieht ganz so aus als wäre das der Kerl.«

Charlyce nickte. »Ja, das ist er. Werden Sie sich dieses Monster vornehmen, Mister Brownstone?«

James grunzte. »Na ja, ich habe momentan sowieso nichts Besseres vor.«

»Gott segne Sie, Mister Brownstone.«

Trey runzelte die Stirn. »Ich will mitkommen, James.«

Der Kopfgeldjäger blickte seinen Schützling nachdenklich an. Trey leistete gute Arbeit und hatte sich in Los Angeles bewährt, aber eine Stufe vier mit unbekannten magischen Fähigkeiten könnte sich als zu gefährlich erweisen. Wie sollte er ihm das nun klarmachen, ohne seinen Stolz zu verletzen?

Verdammt, ich brauche eine gute Idee, um einen Grund zu finden, dass er nicht mitkommen kann.

»Trey, du musst hier bei deiner Tante bleiben. Ihr habt euch sicher eine Menge zu erzählen. Außerdem muss jemand auf dieses kleine Mädchen aufpassen, nicht dass der Typ sie sich doch noch schnappt.«

James bezweifelte zwar, dass der Mörder dieses Risiko eingehen würde, aber zumindest hätte Trey eine Aufgabe.

Trey nickte. »Okay, ich werde dafür sorgen, dass niemand der Kleinen zu nahe kommt.«

Charlyce lächelte. »Danke, dass Sie sich die Zeit genommen haben, einer obdachlosen Pennerin zuzuhören, Mister Brownstone.«

»Du bist ja jetzt nicht mehr obdachlos«, warf ihr Neffe ein, »und auch nicht mehr allein.«

* * *

Maria stieg aus ihrem Auto und sah sich um. Halb verfallene Wohnhäuser standen rechts und links der Straße und ein paar zwielichtige Gestalten, die wahrscheinlich irgendeiner Straßengang angehörten, lungerten in einer Hofeinfahrt in der Nähe herum. Auf den ersten Blick unterschied sich dieser Ort gar nicht so von vielen anderen Orten in LA. Na ja, abgesehen von dem Mann mit den spitzen Ohren vielleicht, der sie von der anderen Straßenseite aus anstarrte.

Das Gebiet hier war den Meisten unter dem Namen Elfenstadt bekannt. Hier lebten hauptsächlich Oriceraner, sowohl Neuankömmlinge als auch Erdenfamilien mit oriceranischen Wurzeln. Es gab in der Stadt natürlich auch noch einige andere Orte, wo überwiegend Oricerancer wohnten, aber die interessierten sie momentan nicht, denn Dannec wohnte nun mal genau hier.

Maria fühlte sich in ihrer schwarzen Lederjacke sichtlich unwohl und vermisste ihre Polizeiuniform. Sie trug einfache blaue Jeans, schwarze Lederstiefel und unter ihrer Jacke ein schlichtes weißes Hemd. Damit erregte sie hier keine besondere Aufmerksamkeit, genoss andererseits aber auch nicht den Respekt, der mit einer Polizeiuniform verbunden war.

Lieutenant Hall marschierte los, während sie sich an den Hausnummern orientierte. Nur noch zwei Häuser weiter, dann wäre sie da.

»Yo, Baby«, rief ein Mann ihr von der anderen Straßenseite aus zu. »Ich habe hier etwas langes Hartes, das dir sicher gefallen würde.«

Maria zeigt ihm den Mittelfinger und ging weiter. Der Mann lachte.

Ein anderer Mann pfiff ihr nach. »Willkommen in der Elfenstadt, Süße. Komm rüber und lass uns ein wenig Spaß haben.«

Sie schnaubte.

Was für Idioten. Maria war es eigentlich ziemlich scheißegal, ob jemand ein Mensch, Elfe, Halbdrache oder was auch immer war. Auch, ob sie auf der Erde oder auf Oriceran geboren waren, spielte für sie keine Rolle. Sie hatte nur ein Problem mit Kriminellen und übermächtigen Wesen, die dachten sie stünden über dem Gesetz. Der durchschnittliche Oriceraner ließ sich meist nichts zuschulden kommen, während so Männer wie Brownstone dagegen ständig Ärger verursachten.

Die Dinge würden sich sicher irgendwann ändern, aber im Moment gab es nur das AET, dass diese Mächtigen in Schach halten konnte.

Maria blieb vor einem blauen Wohnhaus stehen. Sie betrat die klapprige, verrostete Außentreppe, die sie hinauf in den zweiten Stock brachte, wo sie dann weiter zu einer Wohnung im hinteren Teil marschierte, tief Luft holte und an die heruntergekommene Tür klopfte.

Hinter der Tür rumpelte es und dann wurde sie einen Spalt weit geöffnet. Ein zerbrechlich wirkender, alter Elf blickte durch den Türspalt.

Er musterte seine Besucherin argwöhnisch von oben bis unten. »Ich kenne Sie nicht. Wer sind Sie?«

»Maria.«

»Was wollen Sie?«

»Ich bin auf der Suche nach Dannec.« Sie beugte sich nach vorne und flüsterte. »Ich will mit ihm über den Kauf von ein paar magischen Artefakten zu sprechen.«

»Magische Artefakte? Was soll das sein.«

Maria knurrte. »Ein Elf, der noch nie was von magischen Artefakten gehört hat? Irgendwie seltsam, oder?«

»Nun, dies ist eine seltsame Welt und eine seltsame Zeit. Auf Wiedersehen!«

»Halt, warten Sie. Tyler von der Schwarzen Sonne hat mir Ihre Adresse gegeben und gesagt Sie könnten mir sicher weiterhelfen.«

Der Elf verengte die Augen. »Tyler hat Sie hierhergeschickt?«

»Ja.«

Die Tür wurde zugezogen.

»Scheiße«, entfuhr es Maria. Kaum da und schon hatte sie es versaut.

Einen Augenblick später öffnete sich die Tür wieder und der Elf bedeutete ihr einzutreten. »Folgen Sie mir bitte.«

Maria trat ein und musste dann erst einmal schlucken. Im Wohnzimmer standen mehrere Tische, auf denen sich magische Gegenstände und Artefakte stapelten. Darunter waren Zauberstäbe, Kristalle, Halsketten, Knochen, Münzen und noch eine Reihe anderer verschiedener Gegenstände, deren Sinn ihr verborgen blieb.

Ihr Instinkt als Polizistin sagte ihr, dass die Hälfte der Sachen hier höchstwahrscheinlich illegal waren, aber sie war heute nicht gekommen, um den Mann ins Gefängnis zu bringen. Sie war hierhergekommen, um sicherzustellen, dass ihr AET-Team den nächsten Einsatz überleben würde. Außerdem gab es einen Unterschied zwischen der Vermutung, dass etwas illegal sein könnte und dem *Wissen, dass* es illegal war.

Der Elf musterte sie misstrauisch. »Was für magische Artefakte suchen Sie denn, Maria?«

Sie griff langsam in ihre Tasche und zog einen entladenen Magiedeflektor heraus. Der Kristall war komplett schwarz.

Dannec streckte seine Hand aus und Maria reichte ihm den Deflektor.

»Gute Qualität«, murmelte die Elfe. »Genauer gesagt, ist das nicht nur *gute* Qualität, sondern das ist Regierungskram.« Er blickte sie scharf an. »Das bekommt man nicht so einfach.«

»Es tut doch eigentlich nichts zur Sache, wo ich das herhabe, oder?«

»Nun, wenn Sie wollen, dass ich Ihnen helfe, sollten Sie ehrlich zu mir sein. Das ist nur fair, meinen Sie nicht?«

Maria warf einen Blick zur Tür und überlegte, ob sie nicht lieber gehen sollte, bevor sie dann den Kopf schüttelte. »Das ist ein Deflektor vom AET. Ich bin Lieutenant Maria Hall vom LAPD und ich leite die AET-Abteilung.«

Der gelangweilte Gesichtsausdruck des Elfen änderte sich nicht. »Weshalb interessiert sich das AET für mich? Halten Sie mich etwa für einen gefährlichen Verbrecher?« Er kicherte. »Nun ja, meine Ex-Frau würde Ihnen da sicherlich zustimmen.«

»Das AET interessiert sich nicht für Ihren Arsch, sondern wir sind nur daran interessiert, ob Sie uns mehr von diesen Magiedeflektoren besorgen können oder etwas Vergleichbares, das genauso gut funktioniert.« Maria zuckte mit den Schultern. »Wir brauchen diese Deflektoren und man hat mir gesagt, Sie könnten sie uns besorgen.«

»Ich kann, aber das wird nicht billig.«

»Geld sollte kein Problem sein.«

Dannec grinste sie an. »Das ist Musik in meinen Ohren. Wissen Sie, ich habe da ein paar Gerüchte gehört.«

»Welche?«

Der Elf fuchtelte mit seinen Händen herum und deutete eine große Schlacht an. »Anscheinend kam es vor kurzem im Park zu einem ziemlich heftigen Kampf zwischen einem Magier und dem AET.« Er sah sie eindringlich an. »Sie haben verdammtes Glück, dass Sie noch leben, Lieutenant.«

Maria zeigte auf den Deflektor. »Das war kein Glück. Wir waren optimal ausgerüstet und genau darum stehe ich jetzt hier.«

Dannec nickte. »Natürlich.« Er gab ihr den verbrauchten Deflektor zurück. »Wissen Sie, wie Sie sich den ganzen Ärger hätten ersparen können?«

»Nein, wie denn?«

»Sie hätten einfach James Brownstone zu Hilfe rufen sollen. Sie wissen schon, den Kopfgeldjäger.«

Maria knurrte ihn wütend an. »Das war keine Sache, bei der Brownstone uns hätte helfen können.«

»Ich verstehe. Nun, wie viele Deflektoren brauchen Sie denn nun?«

Maria überlegte kurz. »Zwanzig sollten erst einmal reichen.«

Er nannte ihr einen ziemlich hohen Preis und die Polizistin zuckte zusammen. Sie hatte nicht wirklich erwartet, dass die Dinger billig sein würden, aber der genannte Betrag versetzte ihr doch einen ziemlichen Schock.

Dannec lachte. »Entspannen Sie sich, Leutnant Hall. Meine Deflektoren haben eine etwa dreißig Prozent höhere Absorptionsrate als die von der Regierung.« Er rieb sich nachdenklich am Kinn. »Okay, ich könnte Ihnen fünfzehn Prozent Rabatt gewähren, wenn Sie mir im Gegenzug einen kleinen Gefallen gewähren würden.«

Maria blinzelte. »Einen ›kleinen‹ Gefallen?«

»Ja.« Er zuckte mit den Schultern. »Natürlich nichts Illegales, nur einen kleinen Gefallen.«

Maria biss die Zähne zusammen und überlegte. Auch wenn der Gefallen nicht illegal sein sollte, war es dennoch gefährlich einem Kriminellen etwas zu versprechen. Doch dann musste sie an die Schlacht im Park denken: Die verwundeten Männer und diese verdammte Hexe, die immun gegen Kugeln zu sein schien.

»Einverstanden«, murmelte sie.

»Gut, gut. Dann hätte ich da nur noch eine letzte Sache.«

»Ja?«

Dannec schmunzelte. »Haben Sie oder Ihre Männer irgendwelche Vorbehalte gegen ungewöhnliche magische Artefakte?«

»Definieren sie ›ungewöhnlich‹.«

»Nun ja, sowas wie Amulette aus Hühnerknochen oder Schädeln.«

Maria entgleisten die Gesichtszüge, als sie sich vorstellte, wie das AET demnächst mit Schädeln oder Hühnerknochen um den Hals herumlaufen würde. »Äh ...«

Dannec brach in ein schallendes Gelächter aus.

Maria blinzelte. »Sie haben mich eben nur verarscht, oder?«

»Ja, aber Sie hätten Ihr Gesicht sehen sollen. Köstlich.«

Maria konnte nicht anders, als in sein Gelächter einzustimmen. »Eigentlich sind Sie doch ganz in Ordnung, Dannec.«

Kapitel 12

Tessa schlenderte über den Walk of Fame in Hollywood und betrachtete die Terrazzosteine mit den fünfzackigen Sternen im Inneren. Doch keiner der berühmten Namen interessierte sie besonders. Um sie herum machten Touristen Fotos von sich und den Steinen oder waren auf der Suche nach dem Stern ihres Lieblingsschauspielers.

Sie zischte wütend und zog dabei einige neugierige Blicke von in der Nähe stehenden Touristen auf sich. Diese Schauspieler, Regisseure und Musiker, die einen Platz auf dem Walk of Fame erhalten hatten, was hatten die denn schon geleistet? Die Leute durch Unterhaltung von der Wahrheit der menschlichen Existenz abgelenkt?

Die nackte Wahrheit der menschlichen Existenz bestand aus Schmerz und Elend. So etwas wie Liebe und Glück war nur eine Illusion. Aber durch Stärke und Macht konnte man sich aus der Dunkelheit befreien.

Tessa schüttelte den Kopf. Die ganzen Menschen um sie herum waren alle unwürdig. In gewisser Weise waren es gar keine echten Menschen. Sie waren nicht stark genug, um als ›Mensch‹ bezeichnet werden zu dürfen. Sie waren Geister, schwache Echos lebender Seelen. Außerdem waren sie alle bereits tot, wussten es aber noch nicht.

Ich habe mich als stark erwiesen. Deshalb bin ich glücklich und die anderen sind alle unglücklich. Deshalb versuchen sie sich mit seichter Unterhaltung abzulenken.

Ihre Hand glitt in ihre Handtasche und sie streichelte den darin befindlichen Stab mit seiner Smaragdspitze.

Sie blieb stehen und beobachtete eine Weile die Fußgänger um sie herum. Es wäre so einfach, jetzt ihre Macht zu entfesseln und Dutzende, wenn nicht sogar Hunderte von Menschen zu töten. Sie würde dabei ja nicht wirklich Menschen töten, sondern nur diese Geister von ihrem Elend erlösen.

Tessa stieß einen langen Seufzer aus. Sie machte sich keine Sorgen wegen der Polizei oder dem AET. Sie hatte gehört, dass das LA-AET-Team letzte Woche in einen Kampf mit einer ziemlich starken Magierin verwickelt gewesen war und dabei nur ganz knapp die Oberhand behalten hatte. Daher bezweifelte sie, dass sie sich davon bereits ausreichend erholt hatten, um mit ihr fertig zu werden. Sie leckte sich die Lippen. Es war einfach zu verlockend.

Aber dann nahm Tessa doch ihre Hand aus der Handtasche.

Nein. Die Behörden waren keine Bedrohung für sie, aber es gab hier einen Mann, der ihr gefährlich werden könnte. James Brownstone.

»Ich werde brav sein, James Brownstone«, flüsterte Tessa. »Vorerst zumindest.«

* * *

James betrat die geschäftig wirkende Polizeistation von Las Vegas. Der Lärm, den dutzende Polizisten,

Zivilisten und zickige Kriminelle verursachten, war ohrenbetäubend. Ein paar der Leute warfen ihm kurze, verstohlene Blicke zu und flüsterten leise miteinander.

Er seufzte. Der Kopfgeldjäger kam inzwischen mit den Polizisten von LA relativ gut klar, vor allem dank Sergeant Mack und seinen Kollegen. Obwohl James nun schon viele Male in Las Vegas gewesen war, hatte er es dabei kaum mit der Polizei zu tun gehabt und wusste auch nicht, wo sich die Kopfgeldabteilung befand.

Verdammt, er war doch eigentlich nur hergekommen, um sich mal wieder *Jessie Rae's* Barbecue schmecken zu lassen.

Einer der Polizisten blickte plötzlich in seine Richtung und runzelte dabei nachdenklich die Stirn.

Scheiße! Hat der vielleicht irgendein Problem mit mir?

Der Polizist setzte sich in Bewegung und marschierte direkt auf James zu, wobei er auf seinem Weg sogar einen Verdächtigen in Handschellen zur Seite schob.

»Passen Sie doch auf!«, schimpfte der Verdächtige.

Der Polizist beachtete diesen nicht weiter und setzte seinen Weg zu James ungehindert fort. Er blieb dann direkt vor dem Kopfgeldjäger stehen und musterte ihn von oben bis unten.

»Sie sind doch James Brownstone, oder?«

»Ja«, rumpelte James.

»Dann folgen Sie mir bitte.« Der Detective drehte sich auf der Ferse um und marschierte auf den Ausgang zu.

Der Kopfgeldjäger blinzelte ein paar Mal verwundert und schüttelte dann den Kopf. Er hatte keine Ahnung, warum der Polizist wollte, dass er das Gebäude verließ, anstatt ihn in sein Büro zu bitten. Vielleicht war dies ja seine Art, James mitzuteilen, er solle sich aus Las Vegas verpissen oder so etwas in der Art.

Scheiße. Was geht hier vor sich? Wartet draußen vielleicht das AET auf mich?

James ging hinter dem Polizisten her und wurde mit jedem Schritt nervöser. Er wollte der Polizei ja vertrauen, da sie doch schließlich alle auf der gleichen Seite standen, aber seine Erfahrungen mit Lieutenant Hall und der AET-Abteilung in LA hatten ihm klargemacht, dass manche Polizisten ihn anscheinend einfach nicht mochten.

Andererseits blieb ihm eigentlich gar nichts anderes übrig, als den Leuten hier zu vertrauen. Er brauchte die Hilfe der örtlichen Polizei und dabei war seine Paranoia eher hinderlich.

Der Polizist blieb vor einer Straßenkreuzung stehen und wartete darauf, dass die Fußgängerampel auf Grün schaltete. Dann eilte er über die Straße und James folgte ihm, nun total verwirrt.

»Ich habe gehört, dass Sie ein großer Barbecue-Fan sind, Mister Brownstone«, begann der Polizist.

James lachte. »Ja, das stimmt. Ich bin wirklich ein ziemlicher großer Barbecue-Liebhaber. Wusste gar nicht, dass sich das inzwischen schon so weit herumgesprochen hat.«

»Nun ja, ich steh selbst auch unheimlich auf Barbecue.« Der Polizist seufzte. »Aber ich habe selten Zeit dafür. Es ist einfach zu ...«

»Zeitaufwändig«, beendete James für ihn.

»Ja, genau. Wer hat denn schon ein ganzes Wochenende Zeit dafür?« Der Polizist überlegte einen Moment. »Wenn Sie Barbecue mögen, dann gibt es hier ein Restaurant, dass Sie unbedingt besuchen müssen. Die haben das beste Barbecue, dass ich je gegessen habe und ich war schon in vielen Restaurants.«

James Herzschlag beschleunigte sich, als er gespannt darauf wartete, vielleicht ein neues Barbecue-Restaurant entdecken zu können, dass ihm bisher entgangen war.

»Das Restaurant heißt *Jessie Rae's*«, fuhr der Polizist fort. »Es sieht von außen ziemlich unscheinbar aus, daher gehen die meisten Leute einfach daran vorbei, aber die haben ein verdammt gutes Barbecue. Die haben auch schon alle möglichen Preise gewonnen.«

James lachte. »Ja, das *Jessie Rae's* kenne ich bereits. Ich bin eigentlich nur deshalb hierhergekommen, um mal wieder dort leckeres Barbecue zu essen.«

»Sie sind nur wegen dieses Restaurants nach Vegas gekommen?«

»Ja.«

Der Polizist rieb sich das Kinn. »Wissen Sie was? Ich kann Sie verstehen. Sie sind ein Mann mit erlesenem Geschmack, Brownstone.«

James zuckte mit den Schultern. »Nicht, dass ich neugierig wäre, aber wo gehen wir eigentlich hin?«

»Oh, ich schätze das hätte ich Ihnen gleich sagen sollen. Wir sind auf dem Weg zu einem Büro des Jugendamtes. Es gibt dort etwas, das ich Ihnen unbedingt zeigen möchte. Übrigens, ich bin Detective West. Ich bin bei der Mordkommission.«

James kam dieser Name bekannt vor. »Oh, Sie sind der leitende Ermittler des Rote-Augen-Killer-Falls.«

»Ja, der bin ich. Wir werden nachher noch ausführlicher darüber reden. Ich wollte nur sicherstellen, dass Sie sich das hier zuerst angesehen haben.«

Sie näherten sich dem Gebäude des Jugendamtes. James' Anspannung war während des kurzen Gesprächs über Barbecue komplett verflogen, aber als er erfuhr, dass der Polizist hier der leitende Ermittler des Rote-Augen-Killer-Falls war, kam sie wieder zurück. Er war ja gerade deshalb zum Polizeirevier gegangen, um mit jemandem über den Fall zu sprechen.

Er mochte zwar wegen des Barbecues nach Vegas gekommen sein, aber er würde nun so lange bleiben, bis er diesen Serienmörder gefasst hatte.

Sie betraten das Gebäude, welches das Jugendamt beherbergte. Drinnen angekommen, winkte Detective West einer Frau an der Rezeption zu und ging dann in Richtung eines nahe gelegenen Flurs.

Er führte James zu einem unscheinbaren Raum und öffnete die Tür. Der Kopfgeldjäger trat ein. An der gegenüberliegenden Wand befand sich ein Einwegspiegel, durch den man auf der anderen Seite zwei kleine Mädchen mit Puppen spielen sah. Eine Frau mittleren Alters saß auf einem kleinen Stuhl und schaute auf ihr Handy. Das eine Kind, ein kleines, blondes Mädchen, war vielleicht vier oder fünf Jahre alt. Das andere Mädchen war vermutlich ein paar Jahre älter. James war sich nicht sicher. Er war nicht so gut darin, das Alter von Kindern zu schätzen.

Detective West räusperte sich. »Da Sie sofort gewusst haben, dass ich der leitende Ermittler von dem Fall bin, nehme ich an, dass Sie gekommen sind, um Informationen über den Rote-Augen-Killer einzuholen.«

James nickte. »Ja, genau so ist es.«

»Drei kleine Mädchen haben inzwischen ihre Eltern verloren. Eine hatte Glück, denn sie hatte

Verwandte in der Stadt. Diese beiden hier haben leider keine nahen Verwandten, also werden sie wohl in einem Heim landen. Das ist es, was dieses Arschloch tut, Brownstone. Er tötet die Leute vor den Augen ihrer Kinder.« Detective West schüttelte den Kopf. »Selbst wenn diese Kinder irgendwann von einer lieben Familie adoptiert werden, müssen sie dennoch für den Rest ihres Lebens damit zurechtkommen, Zeuge dieser Morde gewesen zu sein.«

Das kleine, blonde Mädchen drehte sich zu ihnen um. Es war, als würde es James hinter dem Spiegel sehen können und blickte ihn mit traurigen Augen direkt an.

Waisenkinder. Genau wie ich.

Sein Magen verkrampfte sich. Was für eine schreckliche Scheiße hatte er wohl mit ansehen müssen, bevor seine Eltern ihn auf die Erde geschickt hatten? Er hatte keinerlei Erinnerungen daran, aber vielleicht war das ja auch eine Gnade.

James drehte sich um und ging auf die Tür zu.

»Brownstone, wo wollen Sie hin?«, rief der Polizist ihm nach.

Er ignorierte Detective West und ging um die Ecke zum Eingang des Spielzimmers.

James öffnete die Tür und betrat den Raum. Die Frau auf dem Stuhl stieß einen Schrei aus, sprang auf und ließ dabei fast ihr Handy fallen.

»Was machen Sie da, Brownstone?«, rief Detective West hinter ihm.

James blickte auf das kleine Mädchen vor ihm. Das andere Mädchen im Raum warf ihm nur einen kurzen Blick zu, bevor sie ihre Aufmerksamkeit wieder auf ihre Puppe richtete.

Das kleine, blonde Mädchen vor ihm blickte zu ihm auf. Ihre Augen weiteten sich. Sie ging mit winzigen Schritten auf ihn zu, bis sie direkt vor ihm stand und schlang dann ihre Arme um sein Bein. Tränen rannen über ihr Gesicht.

»Ich bin James Brownstone«, rumpelte er.

»Ich bin Dina.« Sie schluchzte. »Ich habe dem Killer mit den roten Augen gesagt, dass ich jemanden holen würde, der ihn bestraft und ich habe die nette Dame gebeten, Sie anzurufen.«

»Mich?«

Er warf der Frau einen fragenden Blick zu, aber die zuckte nur mit den Schultern.

Das Mädchen nickte. »Ich habe gebetet, dass jemand dich holt, damit du den Mörder meines Vaters finden und bestrafen kannst. Der alte Mann im Fernsehen hat gesagt, dass du böse Menschen bekämpfst.«

Was für ein alter Mann im Fernsehen? James starrte auf das Mädchen hinab und wusste nicht, was er dazu sagen sollte, aber eine Sache hatte er begriffen: Dieses kleine Mädchen litt.

Er hob das Mädchen hoch und hielt es vor sich. »Ja, ich bekämpfe böse Menschen. Ich werde dafür sorgen, dass niemand mehr kleinen Mädchen weh tun wird. Ich werde mich um den Mörder deines Vaters kümmern.«

Die Frau vom Jugendamt hatte inzwischen ihr Telefon weggelegt und trat mit ausgestreckten Armen auf Brownstone zu. James drückte ihr das Mädchen mit einem Seufzer in die Arme.

Detective West nickte in Richtung der Tür. »Sie sollten eigentlich gar nicht hier sein, Brownstone.«

James nickte und folgte dann dem Polizisten nach draußen.

Der Polizist seufzte. »Nur um das klarzustellen, dies ist kein Tot-oder-lebendig-Kopfgeld, Brownstone. Wenn Sie ihn töten, verlieren Sie fünfzig Prozent des Kopfgeldes, wenn nicht sogar alles.«

»Manchmal geht es nicht um Geld.« James blickte zur Tür. »Manchmal geht es darum, dafür zu sorgen, dass kleine Mädchen nachts nicht mehr weinen müssen.«

* * *

Treys Handy klingelte nun schon zum fünfzehnten Mal innerhalb einer halben Stunde und er schüttelte stöhnend den Kopf.

»Was hältst du von dem hier, Trey?«, rief Tante Charlyce von der anderen Seite des Kleiderständers. Sie hielt ein orangefarbenes Kleid hoch.

Trey hatte darauf bestanden, dass sie jetzt zuerst einmal einkaufen gehen. Niemand wusste besser als er, wie neue Kleider die Perspektive und Einstellung eines Menschen verändern konnten.

»Sieht gut aus.« Er zuckte mit den Schultern und sein Telefon klingelte erneut.

Alle Anrufe hatten dasselbe Thema. Seine Jungs beschwerten sich darüber, dass Staff Sergeant Royce sie zu hart rannahm. Er hatte ihnen gesagt, dass sie endlich mit dem Gejammer aufhören und auf ihren Ausbilder hören sollten. Sie waren nun keine Straßengangster mehr und sobald sie das akzeptieren würden, wären sie auf dem besten Weg echte Kopfgeldjäger zu werden.

Seine Tante legte ein weiteres Kleid auf den Stapel der Kleider, die sie anprobieren wollte. »Was bekommst du denn da ständig für Anrufe?«

»Das sind nur Beschwerden von meinen Jungs.«

»Du scheinst ja ein viel beschäftigter Mann zu sein. Sollte sich Mister Brownstone nicht um solche Dinge kümmern?«

Trey schüttelte den Kopf. »Nein. James muss sich auf die großen Bedrohungen konzentrieren. Meine Jungs und ich übernehmen nur die normalen, harmloseren Fälle. Da ich früher ihr Ganganführer gewesen bin, bin ich auch dafür verantwortlich, dafür zu sorgen, dass sie die Ausbildung durchstehen.« Er lachte. »James hat einen ehemaligen Ausbilder vom US-Marinekorps angeheuert, der sie auf Vordermann bringen soll. Einige meiner Jungs dachten sie wären harte Kerle, aber durch Mister Brownstone und Staff Sergeant Royce lernen sie jetzt anscheinend gerade echte Härte kennen.«

Tante Charlyce nickte. »Du tust ein gutes Werk. Natürlich auch Mister Brownstone.«

»Wenn mich jemand respektiert, dann habe ich ihm auch meinen Respekt gezollt. James hat das immer verstanden, also sind wir gut miteinander ausgekommen. Aber er kann sich nicht um jeden Verbrecher kümmern. Die Brownstone-Agentur soll ihm dabei helfen.« Er schüttelte den Kopf. »Vielleicht sind die Bullen gar nicht so schlimm, wie ich immer dachte, aber wir wissen beide, dass sie ihre Prioritäten haben. Vielleicht wird die Brownstone-Agentur irgendwann einmal so erfolgreich, dass wir gar keine Polizisten mehr brauchen.«

»Das würde ich gerne erleben wollen.« Sie lachte.

Trey runzelte die Stirn. »Wann hast du eigentlich das letzte Mal in einem schönen, weichen Bett geschlafen, Tantchen?«

»Nun, seit ich keine Drogen mehr nehme, darf ich wieder in den Obdachlosenheimen übernachten.«

Trey schnaubte. »Das meine ich nicht. Egal, ich werde sicherstellen, dass du zur Abwechslung mal in einem schönen, weichen Bett übernachtest.«

»Schönes, weiches Bett?« Charlyce sah ihn verwirrt an.

Er grinste. »Und ich glaube, ich habe da auch schon genau die richtige Idee.« Er nahm sein Handy in die Hand und schickte Brownstone eine Nachricht.

Hallo James. Ich bin gerade mit meiner Tante einkaufen und wir werden heute im Aria-Hotel übernachten.

Trey war sich sicher, dass dieses Luxushotel seiner Tante bestimmt gefallen würde.

Kapitel 13

Trey lächelte still vor sich hin, als er sich an den schicken weißen Holztisch auf dem Balkon setzte. Das komplette Haus seiner Oma dürfte fast in diese Suite passen.

Er öffnete die Kopfgeldjäger-App auf seinem Handy und suchte nach Kopfgeldern der Stufe eins bis drei. Wenn er sowieso ein paar Tage hier in Las Vegas bleiben musste, könnte es sicher nicht schaden, wenn er sich ein bisschen zusätzliches Geld verdienen würde. Die Übernachtung hier in diesem Luxushotel dürfte einen Großteil des Geldes, das er in letzter Zeit verdient hatte, verschlingen.

Nicht, dass er es bereute. Er war froh, dass er seine Tante mal etwas richtig Gutes tun konnte, aber er wäre noch glücklicher, wenn sein Kontostand wachsen würde, anstatt zu schrumpfen.

Tante Charlyce kam aus dem Badezimmer. Nach ihrem Einkaufsbummel und einem Friseurbesuch sah sie inzwischen nicht mehr wie eine Frau aus, die sieben Jahre auf der Straße gelebt hatte. Sie sah eher wie eine normale, berufstätige Frau aus, die etwas mehr zu essen bekommen sollte.

»Suchst du nach einem neuen Auftrag, Trey?«

Er zuckte mit den Schultern und scrollte durch die diversen Kopfgeld-Anzeigen. »Ich habe immer gedacht, die Bande wäre meine große Chance, aber das war Blödsinn. Dies hier ist meine erste wirkliche Chance. Das habe ich nur Mister Brownstone zu verdanken.«

»Ich verstehe immer noch nicht, was genau du eigentlich tust. Ich habe das Interview in den Nachrichten gesehen, daher weiß ich, dass du für Geld Verbrecher einfängst, aber was genau hat Mister Brownstone damit zu tun?«

»Es ist seine Agentur. Ich bin sein Angestellter und bald auch die meisten meiner Jungs. Wir profitieren von seinem guten Ruf und kümmern uns um all die kriminellen Bastarde ohne Freak-Kräfte. James bekommt einen kleinen Anteil von unserer Kopfgeldprämie.«

Seine Tante runzelte die Stirn. »Ihr riskiert also euer Leben und er kassiert dann einfach so mit? Er schien mir eigentlich ein guter Mann zu sein, aber jetzt bin ich mir da gar nicht mehr so sicher.«

Trey brach in ein schallendes Gelächter aus. »Wir riskieren unser Leben?«

»Was gibt's denn da zu lachen?«

»Hast du dir mal die Typen *angeschaut*, die Mister Brownstone jagt?« Er schüttelte den Kopf. »Er kümmert sich nur um Kerle, die so stark sind, dass meine Jungs und ich selbst gemeinsam keine Chance gegen sie hätten.« Trey schnaubte. »Er hatte einfach keine Lust mehr, sich zusätzlich auch noch um diese kleinen Schei…«

Er seufzte. Es war zwar nicht so, dass seine obdachlose Tante Schimpfwörter und Flüche nicht gewohnt wäre, aber in ihrer Gegenwart zu fluchen, erschien ihm dennoch falsch zu sein.

»Wie genau meinst du das?«, fragte seine Tante.

»Die Agentur verursacht Kosten und James will nur, dass diese gedeckt sind. Ich glaube, er will mit der

Agentur vor allem der Stadt und der Polizei helfen, während er mit anderen Dingen beschäftigt ist. Früher dachte ich immer, er sei irgend so ein knallharter Typ, der den Job nur wegen des Geldes machen würde, aber nach allem, was ich gesehen habe und wie er meine Jungs und mich behandelt hat, weiß ich, dass ihm etwas an uns liegt, auch wenn er sich manchmal so verhält, als wären ihm alle Leute egal.«

»Das freut mich zu hören. Sieht so aus, als wäre mein erster Eindruck von ihm doch richtig gewesen.«

Trey scrollte weiter durch die diversen Kopfgeldanzeigen. Las Vegas war voller Abschaum. Es gab hier unzählige Kopfgeldgesuche mit niedrigen Stufen. Er überlegte, ob manche der Kopfgelder nicht vielleicht sogar indirekt vom organisierten Verbrechen gesponsert wurden, die so versuchten unliebsame Konkurrenz auszuschalten.

Seine Tante setzte sich auf den Stuhl neben ihm und warf einen Blick auf sein Handydisplay. Dann rümpfte sie die Nase.

»Du solltest dir diesen Kerl dort vornehmen«, erklärte sie.

Trey runzelte die Stirn und rief die Details über den Kerl, der ein vernarbtes Gesicht und eine Glatze hatte, auf. »Bruno Smith, Stufe zwei?« Ihm wurden mehrere Fälle von schwerer Körperverletzung und Mord vorgeworfen. Der Mann schien ziemlich aktiv zu sein. Er warf seiner Tante einen fragenden Blick zu. »Warum er? Was macht diesen Typen so besonders.«

»Ich kenne diesen Typen. Das Arschloch macht Jagd auf uns Obdachlose. Gott sei Dank hat er bisher noch keinen getötet, aber ich kenne mehrere, die von ihm ziemlich übel zugerichtet wurden. Es scheint für ihn so etwas wie ein Spiel zu sein.«

»Du bist doch jetzt nicht mehr obdachlos, Tante Charlyce.«

Sie lächelte Trey an. »Ja, ich weiß. Aber dieser Bastard hat im letzten Winter einem guten Freund von mir ein paar Zähne ausgeschlagen. Er hat ihm damit gedroht, wenn er zur Polizei gehen würde, käme er zurück und würde ihn töten. Wir haben dann herausgefunden, wo der Typ wohnt und diesen Ort dann seitdem gemieden.«

Trey stand auf. »Weißt du, was das Nervigste an meinem Job ist?«

»Nein, was?«

»Diese Typen aufspüren. Wenn wir bereits wissen, wo er wohnt, ist das leicht verdientes Geld.« Trey ging zum Schrank. »Zieh dich an. Wir werden höchstwahrscheinlich ein paar Stunden weg sein.«

Tante Charlyce runzelte die Stirn. »Warte mal. Warum muss ich denn mitkommen? Ich bin doch kein Kopfgeldjäger.«

»Nun, du weißt, wo der Kerl wohnt und du kennst dich hier auf der Straße hervorragend aus. So etwas ist bei meiner Arbeit von unschätzbarem Wert. Außerdem ist mir gerade klar geworden, was der Brownstone-Agentur fehlt.«

»Was?«

»Eine Verwaltungsassistentin.« Trey öffnete den Schrank, legte sein Pistolenhalfter an und steckte seine Handschellen ein. »James hasst komplizierte Sachen. Er hat daher eine Firma beauftragt, die sich um sämtliche Belange seiner Mitarbeiter kümmert, aber er hat bisher noch niemand, der das Alles koordiniert.« Er zog seine Jacke an und marschierte zur Tür.

Seine Tante wischte sich eine Träne aus dem Gesicht und folgte ihm dann. Ein neues Zuhause, einen Job und einen Neffen, der sein Geld mit ehrlicher Arbeit verdiente. Das waren ja gleich drei Wünsche auf einmal.

* * *

Tyler polierte gerade ein Glas, als sich eine neue Kundin an die Theke setzte, eine unscheinbar aussehende Frau. Er lächelte sie freundlich an, obwohl ihr Erscheinungsbild ihn ein wenig überraschte. Frauen kamen nur selten in die Schwarze Sonne und diejenigen, die hierherkamen, waren entweder heiße Bräute oder knallharte Weiber, die sich von keinem Mann etwas gefallen ließen.

Diese Frau dagegen, mit ihrem blumigen Sommerkleid, ihren hellbraunen Haaren und ihrer schwarzen Brille sah dagegen eher wie das typische Mädchen von nebenan aus. Er fragte sich, ob sie vielleicht irgendeine verirrte Touristin war, die einfach in die erstbeste Bar gegangen war, die sie gefunden hatte. Sie war keineswegs hässlich, aber irgendetwas an ihr störte Tyler.

»Was darf's denn sein?«, fragte er.

»Einen White Russian«, antwortete sie. Ihre Stimme klang ruhig und keineswegs verängstigt.

Mit einem neugierigen Gesichtsausdruck betrachtete sie die Gäste in der Bar. »Illustre Gesellschaft hier.«

Tyler goss den Wodka ins Glas, bevor er antwortete: »Hier darf jeder herkommen und trinken, solange er keinen Ärger macht.«

Die Frau sah ihn fragend an. »Okay und was machen dann die hier?« Sie nickte in Richtung von ein paar Polizisten, die weiter hinten an einem der Tische saßen. »Nun, wenn sogar Polizisten hier verkehren, dann muss ich mir sicher keine allzu großen Sorgen machen.«

Der Barkeeper fügte dem Cocktail Kaffeelikör hinzu. »Ja, dieser Ort ist irgendwie ... neutraler Boden.«

»Neutraler Boden?«

»Ja, sowohl für Polizisten, als auch für Leute, die es mit dem Gesetz manchmal nicht ganz so genau nehmen.«

Die Frau lächelte. »Sie meinen Kriminelle?«

»Alles eine Frage der Perspektive.«

Sie beugte sich vor. »Kommt hier denn hin und wieder auch mal jemand wirklich Interessantes vorbei?«

Tyler fluchte innerlich. Es gab eine Sorte Frauen, die in der Schwarzen Sonne absolut nicht willkommen waren, aber dennoch immer wieder hier auftauchten. Es war an der Zeit, herauszufinden, ob diese Frau hier dazugehörte.

Er mixte ihren Cocktail fertig und stellte ihn ihr vor die Nase.

»Ja, ab und zu kommen auch mal interessante Leute vorbei. Aber nur damit Sie es wissen: Brownstone gehört nicht dazu. Er kommt fast nie hierher und momentan ist er meines Wissens nicht mal in der Stadt.«

Überraschung spiegelte sich im Gesicht der Frau. Tyler machte sich nicht die Mühe, sein Grinsen zu verbergen. Es gab nichts Besseres, als wenn man jemanden vollständig durchschaut hatte. Das Gefühl der Überlegenheit war berauschend.

Die Frau zwang sich zu einem Lächeln. »Warum erzählen Sie mir das?«

Nun, sie hat immerhin nicht rundheraus geleugnet, nach ihm gesucht zu haben. Sieht so aus als hätte ich recht gehabt.

»Wir haben in letzter Zeit recht häufig Damen, die vorher noch nie etwas von der Schwarzen Sonne gehört haben und die sich dann als Brownstone-Groupies entpuppten.« Er knurrte. »Und ich kann dieses hochnäsige, arrogante Arschloch einfach nicht leiden.«

Die Frau fing an zu lachen. »Nun, ich würde nicht unbedingt sagen, dass ich ein Brownstone-Groupie bin, aber ich finde diesen Mann doch ziemlich interessant. Schließlich ist er ein berühmter Kopfgeldjäger.«

»Er ist ein Blödmann. Ich wünsche ihm, dass ihn irgendwann mal Jemand erledigt, während er gerade auf dem Lokus sitzt.«

»Das wäre eine ... ziemlich lächerliche Art zu sterben.«

»Hey, Tyler«, rief ihm ein Mann von der anderen Seite der Theke aus zu. »Kümmerst du dich auch mal um deine anderen Gäste? Ich hab' Durst!«

Der Barkeeper wollte zuerst Kathy rufen, sah dann aber, dass sie im Augenblick gerade ein paar andere Kunden bediente.

»Ich bin in wenigen Sekunden wieder da.« Tyler nickte der Frau aufmunternd zu, bevor er zu dem durstigen und seiner Meinung nach viel zu nüchternen Kunden ging.

Aus dem ›bin in wenigen Sekunden wieder da‹ wurden dann doch ein paar Minuten und als er endlich wieder zurückkam, war die Frau verschwunden und das Glas mit ihrem White Russian leer.

»Verdammte Brownstone-Groupies«, grummelte Tyler missmutig vor sich hin.

Er lächelte, als er sah, wie Lieutenant Hall zur Tür hereinkam und auf ihn zusteuerte.

Die Polizistin nahm auf dem Barhocker direkt vor ihm Platz. »Heute nur eine Cola. Kein Rum.« Sie legte ein Tablet vor sich hin.

»Sind Sie noch im Dienst, Lieutenant?«

»Ja.« Lieutenant Hall starrte ihn an. »Blöd, dass Sie mir bezüglich des Kopfgeldes nicht weiterhelfen wollen.« Sie seufzte. »Wenigstens hatte ich bei Dannec Erfolg, darum trotzdem vielen Dank.«

»Ich tue doch alles, um dem ortsansässigen AET-Team zu helfen.«

Sie lächelte. »Stellen Sie die Cola schon mal hin. Ich gehe erst noch mal kurz auf die Damentoilette.«

Als der Lieutenant sich umdrehte, erhaschte Tyler auf ihrem Tablet einen Blick auf einen Steckbrief. Er konnte zwar nicht viel erkennen, aber das, was er sah, reichte ihm bereits.

Kopfgeld der Stufe fünf, Tessa Vansant.

Er kannte den Namen. Er wusste ja schon seit ein paar Tagen, dass sie in die Stadt gekommen war. Was er aber die ganze Zeit noch nicht gewusst hatte, war, wie sie aussah: eine unscheinbare Brünette mit Brille. Sofern Tessa keine Zwillingsschwester hatte, war sie vor ein paar Minuten in seiner Bar gewesen und hatte sich einen White Russian schmecken lassen.

Tyler seufzte.

Kein Wunder, dass sich da unten bei mir nichts gerührt hat. Mein Schwanz muss gewusst haben, dass da eine Psychopathin vor mir sitzt.

Er grinste. Zumindest war sie ziemlich sicher kein Brownstone-Groupie.

* * *

James saß auf dem Hotelbett und blätterte durch ein paar Berichte, die die Polizei ihm mitgegeben hatte. Er hatte sich vorhin Sorgen gemacht, dass sie hinter ihm her sein könnten, doch stattdessen hatten sie Regeln gebeugt, um ihm Zugang zu zusätzlichen Informationen über den Killer zu verschaffen.

Er brauchte jede Hilfe, die er bekommen konnte, da er in Las Vegas keine Kontakte hatte. Hier kannte er nur eine Handvoll Leute, die allerdings alle etwas mit Barbecue zu tun hatten, aber leider keinen einzigen Informanten.

Sein Telefon klingelte und zu seiner Überraschung war Alison dran.

»Hallo Musterschülerin«, antwortete James. »Haben in den letzten Tagen erneut irgendwelche Jungs meinetwegen mit dir Schluss gemacht?«

Alison stöhnte. »Nein.« Er schwor, dass er hören konnte, wie sie die Augen rollte. »Gestern war ich mit drei Freundinnen auf einem Konzert.«

»Keine Jungs?«

»Nein. Es war ein reiner Mädelsabend.« Sie lachte. »Aber es war total toll. Einen ganzen Abend nichts von Magie sehen und hören und die Musiker haben auf der Bühne richtig abgerockt.«

»Das klingt gut. Das solltest du öfters machen.«

»Konzerte besuchen?«

»Konzerte ohne Jungs besuchen.«

Alison lachte. »Hey, es war nicht so, dass auf dem Konzert nur Mädchen waren, Dad. Es waren dort natürlich auch jede Menge Jungs.«

James knurrte. »Ich hoffe doch, dass keiner von denen versucht hat dich anzusprechen, oder?«

»Paaa. Entspann dich! Du wolltest dich doch zukünftig etwas zurückhalten.«

»Hey, ich bin mir sicher, ich habe dir nur versprochen, dass ich bei meinem nächsten Besuch an der Schule nicht mehr versuchen werde, den ganzen Jungs dort Angst einzujagen.«

»Du bist echt ein hoffnungsloser Fall.«

James grunzte. »Ich will dich doch nur beschützen.«

Alison blieb für ein paar Sekunden lang still und er machte sich schon Sorgen, dass er sie verärgert haben könnte.

»Dad, ich will ehrlich zu dir sein. Deshalb habe ich dich nicht angerufen.«

»Warum denn dann?«

»Ich habe in den Nachrichten gehört, dass du in Las Vegas bist und sich dort ein Serienkiller rumtreibt.«

James atmete mehrmals tief durch. Alison konnte zwar durchs Telefon ihren Seelenblick nicht einsetzen, aber trotzdem brauchte er sie nicht anzulügen.

»Ja. Ich bin zwar nicht deswegen hierhergekommen, sondern weil ich mal wieder im *Jessie Rae's* Barbecue essen wollte. Aber Treys Tante hat mich gebeten, mich um diesen Killer zu kümmern und die Polizei hier hat mich auch dazu gedrängt, ihnen zu helfen.«

»Trey hat eine Tante?«

»Lange Geschichte. Wie auch immer, dieser Killer – das ist ein echtes Monster. Er hat mehrere Väter und eine Mutter direkt vor den Augen ihrer Kinder getötet. Beim ersten Mal hätte er wahrscheinlich auch ein kleines Mädchen umgebracht, wenn es sich nicht in einem Lüftungsschacht versteckt hätte.«

Alison keuchte. »Geht es ihr gut?«

»Ja, sie ist jetzt beim Jugendamt.«

»Wirst du dafür sorgen, dass dieser Verbrecher geschnappt wird und ihr nichts mehr tun kann, Dad?«

James schnaubte. »Ja, mein Schatz. Das werde ich. Ich werde mir diesen Verbrecher schnappen und dafür sorgen, dass er nie wieder jemandem weh tun wird.«

»Sei bitte trotzdem vorsichtig.«

»Dieser Typ ist keine große Nummer. Er ist nur eine Stufe vier.«

James hatte sein Amulett nicht mitgebracht, aber er machte sich keine allzu großen Sorgen, dass er es brauchen würde. Wenn der Verbrecher eine echte Bedrohung wäre, würde sich das Arschloch nicht feige im Dunkeln verstecken.

Alison seufzte. »Versprich mir trotzdem, dass du vorsichtig sein wirst.«

»Ja. Ich werde vorsichtig sein, ich verspreche es!«

»Danke«, antwortete Alison und schien nun etwas beruhigter zu sein. »Ich will nur, dass du weißt, dass ich stolz auf dich bin, Dad. Du hast nicht nur mich gerettet, sondern auch unzählige andere Menschen.«

»Ich bin doch nur ein einfacher Kopfgeldjäger.«

»Du vergisst, dass ich deine Seele sehen kann.«

James lachte. »Ja, aber geht das auch aus der Ferne?«

»Vielleicht«, antwortete Alison mit einer Singsang Stimme. »Außerdem kenne ich dich inzwischen recht gut und ich bin froh, dass du mich adoptieren möchtest.« Sie räusperte sich. »Ich ... äh, ich muss jetzt auflegen. Wir sprechen uns bald wieder, Dad. Ich ... Ich liebe dich.«

»Ich liebe dich auch, Alison.«

James wischte sich eine Träne aus dem Augenwinkel. »Liebe ist manchmal ziemlich anstrengend, aber sie ist jeden Preis wert.«

James holte ein paar Mal tief Luft, bevor er vom Hotelbett aufstand.

Dieser Kerl wird kein weiteres Kind zu einer Waise machen. Ich werde diesen kranken Spinner aufhalten, aber zuerst muss ich ihn finden.

Er seufzte und scrollte dann durch seine Kontakte, bis er die Nummer fand, die er brauchte. »Hallo Brownstone«, meldete sich Peyton fröhlich. »Ich nehme an, du rufst an, weil du für den ›Rette-den-Peyton-Fond‹ spenden willst? Die Spende ist zwar nicht steuerlich absetzbar, aber dafür erhält jeder Spender kostenlose Informationen.«

»Ja, ich brauche mal wieder deine Hilfe.«

Kapitel 14

Detective West fühlte die Galle in sich hochsteigen. Er hatte in seiner Zeit im Morddezernat schon viele Tatorte gesehen, aber es würde eine Menge Whiskey erfordern, um die Geschehnisse der letzten Woche aus seinem Gedächtnis zu spülen.

Er kniete neben einem abgetrennten Arm, neben dem dutzende Patronenhülsen lagen. In der Lagerhalle hatte man keinerlei Waffen gefunden, aber die drei Männer waren offensichtlich vor ihrem Tod in ein schweres Feuergefecht verwickelt gewesen. Ihr Mörder musste ihre Waffen mitgenommen haben.

Detective Lafayette stand über einer Leiche, der ein großes Stück ihres Halses fehlte. Es sah fast so aus, als wäre irgendein Tier über sie hergefallen. »Glaubst du, dass das hier ebenfalls auf das Konto des Rote-Augen-Killers geht?«

»Nun, alle drei Opfer hier wurden zerstückelt.« Detective West deutete auf die Leiche, die vor seinem Kollegen lag. »Und der dort sieht aus, als hätte ihn ein Tier angefallen?« Er seufzte. »Nun, ich denke es ist höchst unwahrscheinlich, dass es hier in dieser Stadt gleich zwei so dermaßen durchgeknallte Täter gibt. Ich bin mir ziemlich sicher, dass die Forensiker später bei der Untersuchung in den Wunden die gleichen Knochenpartikel finden werden, wie auch bei den anderen Opfern. Verdammt, jetzt sind wir schon bei sieben Opfern.«

Der andere Polizist ging um die Leiche herum, während ein Tatortfotograf alles fotografierte. »Das hier passt aber irgendwie überhaupt nicht. Es sind diesmal keine Kinder involviert und ich bezweifle, dass diese Typen einfach zufällig in dieses Lagerhaus marschiert sind. Den Patronenhülsen nach zu urteilen waren sie mit Sturmgewehren bewaffnet.«

»Vielleicht gehörten sie zur organisierten Kriminalität? Mafia?«

Detective Lafayette runzelte die Stirn, als er eine weitere Leiche betrachtete. »Irgendwas stimmt hier nicht. Lass uns die Typen mal durch den Fahndungscomputer jagen, um zu sehen, ob wir dabei irgendeinen Treffer landen. Allerdings wird uns das trotzdem nicht die Frage beantworten können, was genau diese Typen eigentlich hier in diesem Lagerhaus wollten.«

»Man marschiert nicht einfach so schwerbewaffnet in irgendein Lagerhaus, wenn man dort nicht mit irgendwelchem Ärger rechnet.«

»Ärger? Welchen Ärger?«

»Nun, zum Beispiel könnten sie auf der Jagd nach unserm Killer gewesen sein.«

»Ob das vielleicht Kopfgeldjäger waren? Sie sind hier rein und dachten sie hätten ihn, aber dann hat er den Spieß einfach umgedreht?«

Detective West zog mit seiner behandschuhten Hand eine Brieftasche aus der Hosentasche eines der Männer und öffnete sie. »Nun, wer auch immer sie getötet hat, hatte kein Interesse an ihren Besitztümern. Hier drin ist neben etwas Geld auch ein Führerschein und eine Visitenkarte. Allerdings seh ich hier nirgends eine Kopfgeldjägerlizenz.«

»Was steht denn auf der Visitenkarte?«

»Nun, anscheinend war dieser arme Kerl ein Angestellter beim Sicherheitsdienst von Anders Laboratory.«

Detective Lafayette zuckte mit den Schultern. »Nie gehört.«

»Nun, es könnte sicher nicht schaden ihnen mal einen kleinen Besuch abzustatten. Ich bezweifle, dass diese Typen nur zufällig hier waren.« Detective West schüttelte den Kopf.

»Was meinst du denn dazu?«

»Ich glaube, dass da jemand versucht hat Gott zu spielen und dabei einen Teufel erschaffen hat.«

* * *

Lance marschierte über den Bürgersteig und warf den Leuten, die ihm entgegenkamen, grimmige Blicke zu. Er genoss es, wie sie dann eiligst zur Seite wichen oder in einigen Fällen sogar ganz auf die andere Straßenseite wechselten. Nach seinem kurzen Urlaub in Hawaii war es doch schön, endlich wieder zu Hause in Vegas zu sein.

Hawaii hatte ihm nicht gefallen. Zu viel Wasser und alles so hübsch, nett und friedlich. Viel zu viele fröhliche Menschen, die dort ganz entspannt herumlungerten. Da zog er doch lieber einen Ort wie Las Vegas vor. Die Stadt pulsierte vor Energie und die heiße Wüstensonne brannte unbarmherzig auf alle nieder.

Das Leben auf Hawaii ließ die Menschen verweichlichen. Der Ort war ein verdammtes Paradies. Im

Gegensatz dazu war Las Vegas eine Stadt, die Menschen der Wüste abgetrotzt hatten. Sie war ein Denkmal für die Fähigkeit des Menschen, über die Natur zu triumphieren.

Ein weiterer entgegenkommender Mann zog es vor, lieber die Straßenseite zu wechseln als in seine Nähe zu kommen.

Lance war es scheißegal, ob die Leute ihn für ein Arschloch hielten. Er war ein Kopfgeldjäger der Stufe Vier, was bedeutete, dass er ein offiziell anerkannter knallharter Typ war und wenn die Leute ein Problem damit hatten, dann sollten sie gefälligst in eine andere verdammte Stadt ziehen.

Vegas ist mein Revier, ihr Penner.

Ein Mann in einem abgetragenen Trenchcoat, der eine Sonnenbrille trug, trat aus einer nahe gelegenen Gasse. Der arme Kerl hatte anscheinend irgendeinen üblen Ausschlag, seine Haut war irgendwie lederartig und ganz fleckig. Sah aus, als wäre der Penner kurz vorm Abnippeln.

Der Kopfgeldjäger konnte nicht anders. Dieser Gedanke zauberte ihm ein Lächeln ins Gesicht.

Der Mann starrte ihn an. »Was ist denn da so witzig?« Seine Stimme klang hohl und dumpf, als wäre er auf Drogen.

»Du bist einfach nur so verdammt hässlich. Ich hoffe das ist nicht ansteckend.« Lance lachte und klopfte sich vor Lachen mit den Händen auf die Schenkel. Das war einfach zu köstlich.

Der Mann grinste und entblößte dabei seine schwarzen Zähne. Die würden mehr als nur eine Zahnbürste und ein wenig Zahnpasta benötigen. Eher eine Kompletterneuerung.

»Oh, ich habe momentan sicher nicht die Absicht, an einem Ort wie diesem viel Aufmerksamkeit zu erregen. Noch nicht. Es ist ... noch zu früh. Die Menschen müssen erst noch mehr Angst bekommen, noch sind sie nicht bereit.«

»Wer soll denn vor dir armseligen Würstchen Angst haben?«

»Du bist ein unwissender Narr.« Der Mann mit dem Ledergesicht verzog angewidert das Gesicht. »Ich sollte dich jetzt sofort töten, aber die Zeit ist noch nicht reif dafür.« Er sah Lance von oben bis unten an. »Und zum Assimilieren bist du viel zu schwach.«

Der Kopfgeldjäger lachte dröhnend. »Ja, ich habe auch ganz sicher eine höllische Scheißangst vor so einem verdammten Penner, der augenscheinlich kurz vorm Verrecken ist.« Er zeigte dem Kerl den Mittelfinger. »Viel Spaß beim Verhungern, du Stück Scheiße.« Er wandte sich ab und ging weiter seines Weges.

»Wenn es eine Sache gibt, die ich ganz sicher nicht werde«, rief der Mann ihm nach, »dann ist das verhungern.«

Lance warf ihm im Weitergehen nochmals einen kurzen Blick über die Schulter zu. Der Kerl hatte gerade seine Sonnenbrille abgenommen und starrte ihn nun mit glühend roten Augen an.

Scheiße, gibt es hier jetzt anscheinend auch noch obdachlose Magie-Penner von Oriceran?

Der Kopfgeldjäger fluchte. Wenn er hier in aller Öffentlichkeit einem Penner in den Arsch treten würde, bekäme er sicher sofort Ärger mit der Polizei. Es ergab keinen Sinn, seine Kopfgeldjägerlizenz zu riskieren, nur damit er ein paar Minuten Spaß hatte.

Aber wenn er diesen Scheißkerl jemals in einer dunklen Gasse erwischen würde, gäbe es erst einmal eine gehörige Tracht Prügel.

Einen halben Block weiter betrat Lance eine Kneipe und setzte sich dort auf einen Hocker an der Theke. Er bestellte sich ein Bier und zog sein Handy hervor, um die örtliche Kopfgeldjäger-App zu prüfen. Sein Urlaub war nun endgültig vorbei und es war an der Zeit, wieder an die Arbeit zu gehen.

Lance sah sich zunächst einmal die neu hinzu gekommenen Kopfgelder an.

»Rote-Augen-Killer?«, murmelte er nachdenklich vor sich hin. Er klickte auf Details und begann zu fluchen. »Verdammte Scheiße.« Er sprang vom Hocker auf und rannte zur Tür.

»Was ist denn mit Ihrem Bier?«, rief der Barkeeper.

»Scheiß auf das Bier. Es schmeckt wahrscheinlich sowieso nicht.«

Lance stürmte durch die Tür nach draußen und rannte zurück zu der Stelle, an der sich noch vor ein paar Sekunden der rotäugige Mann im Trenchcoat befunden hatte, aber der war inzwischen nirgends mehr zu sehen.

»Wo zum Teufel ist der Wichser hin?«, murmelte der Kopfgeldjäger. Er eilte zur nächstgelegenen Seitengasse und blickte hinein. Niemand zu sehen. »Scheiße, Scheiße, Scheiße!«

Der Kopfgeldjäger schlug vor Wut mit der Faust gegen die Wand. »Nächstes Mal schlage ich sicherheitshalber einfach erst mal jedes Arschloch nieder und kümmere mich dann später darum, ob er es verdient hatte.«

* * *

Trey parkte seinen F-350 in der Nähe einer Brücke auf dem Parkplatz einer Waschanlage. »Warte bitte im Auto.« Er deutete auf das Handschuhfach. »Da ist eine Pistole drin, nur für den Fall, dass jemand kommt und Ärger macht.«

»Sei vorsichtig, Trey.«

Er grinste. »Bin ich doch immer.«

Der Kopfgeldjäger stieg aus und schloss vorsichtig die Tür. Sie hatten vorhin noch mit ein paar anderen Obdachlosen gesprochen und alle hatten Trey und seine Tante hier an diese Brücke verwiesen. Er kramte seine Taschenlampe hervor. Die wenigen Straßenlaternen hier spendeten bei Weitem nicht genug Licht, um die Gegend ausreichend zu beleuchten.

Heute Abend würde Bruno wieder Jagd auf Obdachlose machen, da waren sich alle, die er gefragt hatte, einig gewesen. Diese Brücke gehörte zu seinem Jagdrevier und er würde hier mit Sicherheit früher oder später auftauchen. Die Leute von der Straße hatten versucht alle zu warnen, diese Gegend heute Abend zu meiden.

Trey schnaubte wütend, während er auf die Brücke zuging. Dieser Bruno gehörte zur schlimmsten Sorte Mensch. Jemanden zu verprügeln, der dich provozierte oder dich angriff, war eine Sache, aber Leute zu verprügeln, die bereits ganz unten waren und sich nicht wehren konnten war einfach nur feige. Dieser Kerl war ein verdammtes Stück Scheiße, das schleunigst aus dem Verkehr gezogen werden musste.

Der Wind heulte, als Trey die Brücke erreicht hatte.

»Na, wen haben wir denn da«, erklang da plötzlich eine Stimme aus der Dunkelheit. Ein muskulöser Mann mit rasiertem Kopf trat aus dem Schatten in das schwache

Licht der Straßenlampen. »Ich fing beinahe an mich ein wenig zu langweilen. Ich dachte schon, ihr kleinen obdachlosen Penner hättet euch alle davongemacht und ich müsste mir heute zur Abwechslung mal eine Straßenhure suchen und die dann ordentlich aufmischen.«

»Was bist du doch für ein Arschloch.«

»Nun, immerhin bin ich kein Straßenpenner so wie du, du Stück Scheiße.«

Trey lachte und leuchtete mit seiner Taschenlampe auf seinen Anzug. »Glaubst du im Ernst, dass ein Obdachloser solche Klamotten trägt, du Schwachkopf?«

Bruno grunzte. »Oh, tut mir leid, Kumpel. Normalerweise taucht abends immer einer von diesen Wichsern hier in der Gegend auf.« Er zuckte mit den Schultern. »Was zum Teufel suchst du denn eigentlich hier?« Er grinste. »Hey, willst du vielleicht mit auf die Jagd gehen? Es macht unheimlich viel Spaß, diesen Pennern eine ordentliche Tracht Prügel zu verpassen.«

»Du verprügelst Obdachlose?«

»Ja. Es ist einfach irrsinnig geil und die kleinen Scheißer haben viel zu viel Angst vor der Polizei, um mich anzuzeigen. Wo kein Kläger, da kein Richter.« Bruno lachte dreckig.

Trey knirschte mit den Zähnen und fragte sich, ob es noch mehr solcher Arschlöcher gab und ob auch seine Tante in den letzten sieben Jahren von so jemand gejagt worden war. »Obdachlose sind auch Menschen, du blöder Wichser.«

Bruno schüttelte den Kopf. »Oh, bist du irgend so ein barmherziger Samariter? Bist du hierhergekommen um ihnen eine Decke und eine warme Mahlzeit zu geben?« Er spuckte auf den Boden.

»Nein, darum bin ich nicht hier.«

»Warum denn dann?«

Trey schmunzelte. »Ich bin nur ein einfacher Kopfgeldjäger. Mein Name ist Trey Garfield. Ich komme aus Los Angeles und arbeite für die Brownstone-Agentur.«

Das Lächeln des anderen Mannes verschwand. »Brownstone-Agentur, wie in James Brownstone?«

»Ja, du Stück Abschaum. Brownstone ist mein Boss.« Trey musterte seinen Gegner abschätzend. »Aber für so ein wertloses Stück Scheiße wie dich brauchen wir Mister Brownstone nicht.«

Bruno ging auf Trey zu und ließ seine Knöchel knacken. »Und du glaubst wirklich, ich würde mich vor dir fürchten?«

»Es ist mir eigentlich scheißegal, ob du vor mir Angst hast oder nicht. Ich habe jedenfalls keine Angst vor dir.«

Trey konnte sich ein Lächeln nicht verkneifen, als er den ärgerlich-beleidigten Blick sah, den Bruno ihm daraufhin zuwarf.

Dieser fing sich aber rasch und spottete. »Wenn du meinetwegen hier bist, dann hast du bestimmt meine Akte gelesen. Dann weißt du ja, dass ich bereits mehrere Menschen auf dem Gewissen habe.«

Der Kopfgeldjäger zuckte mit den Schultern. »Ja und in dieser Akte steht beispielsweise drin, dass du ein Feigling bist, der gerne auf Leuten herumhackt, die kleiner und schwächer sind und dass du es vermutlich noch nie mit jemandem Stärkeren zu tun bekommen hast.« Trey deutete auf die Brücke. »Deshalb kommst du vermutlich auch mitten in der Nacht hierher, um dir irgendeinen armen obdachlosen alten Mann vorzunehmen. Was für ein Weichei. Da ist ja meine Ex-Freundin furchteinflößender. Komm, zeig's mir, du Penner. Zeig mir was du drauf hast.«

Bruno schrie auf und stürmte auf Trey zu. Der Kopfgeldjäger wich zur Seite aus und rammte dem Kerl seinen Ellbogen gegen den Kopf. Dabei fiel ihm seine Taschenlampe aus der Hand und runter auf den Boden.

Der Verbrecher sackte stöhnend auf die Knie.

Trey spottete. »Oh, wenn der Gegner auf einmal kein halb verhungerter, alter Mann ist, dann sieht die Sache plötzlich ganz anders aus, oder?«

Bruno drückte sich mit den Händen hoch und richtete sich wieder auf. Sofort verpasste ihm Trey mehrere schnelle Schläge ins Gesicht, was seinen Gegner sofort wieder zu Boden gehen ließ.

»Verdammt, ich wünschte ich könnte dich an den Haaren packen und hochziehen«, zischte Trey. Er packte Brunos Kopf mit beiden Händen und rammte ihm sein Knie mehrmals ins Gesicht, bis der Verbrecher erneut stöhnend zu Boden ging. Nur einen Augenblick später versuchte er, Trey am Bein zu packen.

Der Kopfgeldjäger gab ihm einen Tritt, der ihn komplett umwarf und auf die Seite fallen ließ.

Trey packte den stöhnenden Mann, rollte ihn auf den Bauch und legte ihm Handschellen an. »Wir von der Brownstone-Agentur versuchen, ein Höchstmaß an Professionalität an den Tag zu legen, weshalb ich dir jetzt, nachdem ich dir Handschellen angelegt habe, keine weiteren Prügel verpassen werde. Allerdings muss ich gestehen, dass ich es eben echt genossen habe, dir die Scheiße aus dem Leib zu prügeln.« Er packte den Mann an der Schulter. »Wie ich vorhin schon sagte, du bist ein echter Schlappschwanz, der sich immer nur die kleinsten und schwächsten Opfer gesucht hat.« Er drehte ihn auf den Rücken. »Ich wünsche dir viel Spaß im Knast, Bruno.«

Dieser starrte ihn mit gebrochener Nase und blutverschmiertem Gesicht an und fing dann plötzlich an lautstark zu lachen.

Trey kniff prüfend die Augen zusammen. »Was ist so verdammt lustig, Arschloch?«

Bruno drehte den Kopf zur Seite und spuckte Blut. »Ich denke gerade an all die schönen Sachen, die ich mit dir machen werde, wenn du gleich vor mir am Boden liegst. Ich werde dich so dermaßen leiden lassen, dass du nachher nicht mehr weißt, ob du Männlein oder Weiblein bist.«

Ein Schuss durchbrach die Stille der Nacht.

»Ahh!«, schrie jemand hinter Trey und irgendetwas fiel klappernd zu Boden.

Was zur Hölle?

Der Kopfgeldjäger drehte sich um und entdeckte hinter sich einen Mann mit einem Kantholz zu seinen Füßen, der seinen Arm umklammerte. Trey stürzte sich sofort auf den Neuankömmling und schlug ihn mit zwei sauberen Schlägen bewusstlos.

Er zog seine Reservehandschellen heraus und legte sie dem zweiten Mann an, bevor er einen Blick in die Richtung warf, aus der der Schuss gekommen war.

Die Taschenlampe, die immer noch auf dem Boden lag, leuchtete an dem Verbrecher in Handschellen vorbei und brachte die schlanke Silhouette einer Frau zum Vorschein. Nach einigen Sekunden erkannte Trey seine Tante Charlyce, die dort mit einer Waffe in der Hand dastand und zitterte.

Trey seufzte. »Ich hatte dir doch gesagt, dass du im Auto bleiben sollst.«

»Niemand wird meinen Neffen einfach so hinterrücks mit einem Kantholz angreifen, wenn ich es verhindern kann.«

Der Kopfgeldjäger grinste. »Nun, du hast mir dadurch ziemlich sicher den Arsch gerettet.« Er grinste Bruno an. »Nun, du darfst jetzt jedenfalls schön weiter davon träumen, was du mir alles antun könntest. Du hast ja dazu nun jede Menge Zeit, während du im Knast sitzt.«

Kapitel 15

Das sieht hier aber verdammt gruselig aus«, murmelte Detective West, als sie vor dem Eingangstor von Anders Laboratory hielten. Er hatte eigentlich eine gediegene, kleine Einrichtung in irgendeinem ruhigen Teil der Stadt erwartet und nicht ein großflächig umzäuntes Areal am Fuße eines Berges außerhalb der Stadt.

Sein Partner zuckte mit den Schultern. »Vielleicht wollen sie dadurch ja verhindern, dass bei einem Unfall Unschuldige verletzt werden könnten.«

»Wie beispielsweise durch einen magischen Killer mit rot leuchtenden Augen?«

»Ja, so in etwa.«

Detective West blieb stehen und ließ die Scheibe auf der Fahrerseite herunter. Er hielt dem Wachmann seine Marke und seinen Dienstausweis hin.

»Detective West. Ich habe vorhin angerufen.«

Der Sicherheitsmann nickte und drückte auf einen Knopf in seinem Wachhäuschen. »Ich sag Bescheid, dass Sie hier sind.«

Die Metalltore, die die Zufahrt versperrten, öffneten sich mit einem lauten Quietschen.

Ein paar Minuten später kamen sie zu einem kleinen Parkplatz. Nun, da sie das Hauptgebäude erreicht hatten, konnten sie sehen, dass das Anders Laboratory gar nicht so klein war, wie es aus der Ferne ausgesehen hatte. Die weiße Fassade mit den Glasfenstern, die sich bis zum Dach erstreckten, war nur der sichtbare Teil eines weitaus größeren Komplexes, der sich bis in den Berg hinein erstreckte. Außerdem könnte das Gebäude ja auch noch dutzende Kellergeschosse haben.

»Mensch, das wird ja von Sekunde zu Sekunde mysteriöser«, kommentierte Detective West.

Sein Partner nickte zustimmend. »Ich habe die Einrichtung überprüfen lassen. Wir haben nicht viel über sie herausfinden können, aber sie haben anscheinend eine Lizenz für den ganz gefährlichen Hardcore-Scheiß. Wie Zeug für die biologische Kriegsführung.«

»Großartig. Jetzt wo ich das weiß, werde ich sicher die nächsten Nächte unglaublich ruhig schlafen.«

Die Polizisten stiegen aus ihrem Auto und machten sich auf den Weg zum Haupteingang. Dort standen zwei lächelnde Männer in Geschäftsanzügen und bedeuteten den beiden Detectives einzutreten.

Einer von ihnen, ein älterer Mann mit silbernem Haar, reichte ihnen seine Hand. »Ich bin Doktor Anders und dies ist einer meiner leitenden Mitarbeiter, Doktor Simmons.«

Die Detectives schüttelten den beiden Männern die Hände.

Im massiven Eingangsfoyer lagen weiße Fliesen. Außerdem gab es noch eine Rezeption mit einer angespannt wirkenden Frau, was den Raum etwas auflockerte und ein paar weiße Stühle in der Nähe des Eingangs.

Doktor Anders deutete auf die Stühle. »Bitte, nehmen Sie doch Platz.«

Detective West blickte ihn verwundert an. »Wollen wir hier reden?«

Der Wissenschaftler seufzte. »Wir haben hier jede Menge Projekte, die unter einer Geheimhaltungsvereinbarung stehen, sowohl staatliche als auch private. Von hier aus dürften wir Sie nur weitergehen lassen, wenn Sie vorher jede Menge Papierkram ausfüllen würden und wir dann von unseren Kunden die entsprechenden Genehmigungen erhielten, was einige Zeit in Anspruch nehmen dürfte.«

Die beiden Detectives setzten sich und die zwei Wissenschaftler taten es ihnen gleich.

Detective West musterte die beiden Männer. Seine jahrelange Erfahrung als Polizist hatte ihm ein gutes Gespür für die Körpersprache von Verdächtigen gegeben. Die Körpersprache eines Mannes verriet sehr häufig, ob derjenige schuldig war oder nicht, doch diese beiden Männer zeigten keinerlei Anzeichen dafür. Sie rieben sich weder nervös die Hände, noch berührten sie ihr Gesicht. Sie rutschten auch nicht unruhig auf ihren Sitzen hin und her.

Im Gegenteil, ihr Stirnrunzeln deutete eher an, wie ärgerlich es doch für sie war, dass sie sich Zeit für diese blöde Morduntersuchung nehmen mussten.

Der Detective räusperte sich. »Wie ich Ihnen bereits am Telefon sagte, haben wir in einem Lagerhaus im Zentrum von Vegas drei verstümmelte Leichen gefunden. In ihren Brieftaschen haben wir Ausweise gefunden, die von Ihrer Einrichtung hier stammen.«

Doktor Anders nickte. »Ich habe mit unserer Personalabteilung gesprochen und sie haben mir bestätigt, dass diese drei Männer bei uns als Wachleute gearbeitet haben.«

Doktor Simmons runzelte die Stirn, sagte aber nichts.

»Ich verstehe. Haben Sie eine Ahnung, was sie mit Sturmgewehren in einem Lagerhaus im Zentrum von Vegas gesucht haben?«

Doktor Anders zuckte die Achseln und sah Doktor Simmons fragend an. »Sturmgewehre? Nun, sie arbeiteten hier bei uns als Wachleute. Ich bin sicher, dass sie daher eine Lizenz für alle möglichen Waffen besaßen. Doktor Simmons?«

»Ich hätte nicht die leiseste Ahnung. Der Sicherheitsdienst fällt nicht in meinen Aufgabenbereich.«

Detective West nickte seinem Partner zu. Manchmal konnte ein Wechsel des Fragenden helfen, sogar, wenn man diesmal nicht das ›guter Cop, böser Cop‹-Spielchen spielte.

»Ihre Leichen … wurden komplett zerstückelt«, erklärte Detective Lafayette. »Ihre Gliedmaßen sind ihnen sauber vom Körper abgetrennt worden. Einer von ihnen ist … sogar teilweise angefressen worden.«

»Angefressen?« Doktor Anders schluckte. »Nun, vielleicht waren es Ratten oder so etwas Ähnliches.«

»Ja, aber das müssten schon verdammt große Ratten gewesen sein.«

»Vielleicht waren es ja irgendwelche Viecher von Oriceran?«, überlegte Doktor Anders laut.

»Sie wollen mir also tatsächlich weismachen, dass Sie absolut keine Ahnung haben, was diese Männer dort gesucht haben?«

»Nein, wir wissen wirklich nichts.«

»Nun, Sie sagten vorhin, dass Sie unter anderem für die Regierung arbeiten«, warf Detective West ein. »Dann müssten Sie eigentlich für alle ihre Mitarbeiter ja ziemlich umfangreiche Hintergrundüberprüfungen durchgeführt haben, oder?«

»Selbstverständlich.«

»Würde es Ihnen etwas ausmachen, uns die Akten der drei Verstorbenen zur Verfügung zu stellen?«

Doktor Anders seufzte. »Das kann ich leider nicht tun, Detective, zumindest nicht ohne Durchsuchungsbefehl. Aus Datenschutzgründen dürfen wir leider keinerlei Informationen herausgeben.«

»Auch nicht an die Polizei?«

»Es tut mir leid, aber ich kann Ihnen da nicht weiterhelfen.«

Das Gesicht von Detective West zuckte. »Welche Art von Forschung betreiben Sie denn hier?«

»Es tut mir leid, aber darüber dürfen wir mit Ihnen nicht reden. Unsere Arbeit hier fällt unter die Geheimhaltungsstufe.«

»Wäre es möglich, dass irgendetwas von hier entkommen ist?«

Doktor Anders begann schallend zu lachen und Doktor Simmons schloss sich ihm an.

Detective West zuckte mit den Schultern.

»Was gibt's denn da zu lachen?«, erkundigte sich Detective Lafayette.

»Wir arbeiten hier hauptsächlich an Mikroben und solchen Sachen. Wenn da etwas entweichen würde«, er machte mit den Fingern in der Luft Anführungszeichen beim Wort ›entweichen‹, »wüssten wir das sofort. Wir haben zahlreiche Sensoren, die in diesem Fall sofort Alarm schlagen würden.«

»Wir meinen da eher etwas Größeres. Etwas in Menschengröße.«

Die Wissenschaftler tauschten erneut verärgerte Blicke aus, bevor Doktor Anders antwortete. »Menschengroß? Wir arbeiten hier fast ausschließlich mit Mikroben ... unsere größten Objekte erreichen nicht einmal Insektengröße.«

»Schauen Sie hier keine Nachrichten?«

Doktor Anders runzelte missbilligend die Stirn. »Nein, die berichten meist eh nur über irgendwelchen belanglosen Scheißdreck.«

»In Las Vegas geht ein Killer um, ein Kerl mit glühend roten Augen und magischen Kräften. Wir glauben, dass er für den Mord an Ihren Mitarbeitern verantwortlich ist. Unsere Forensiker haben in den Wunden der Männer nicht identifizierte Knochenpartikel gefunden, die gleichen wie in den Opfern in der Stadt. DNA-Tests deuten auf einen menschlichen Ursprung hin, aber es gibt einige Unterschiede. Ich ... verstehe ja nicht viel davon, aber es gibt wohl einige Hinweise darauf, dass es, was immer es ist, nicht ganz menschlich ist. Das Labor ist sich nicht wirklich sicher. Sie haben so etwas noch nie gesehen.«

Doktor Anders verschränkte die Arme und lehnte sich zurück. »Das ist faszinierend.« Er sah Doktor Simmons an. »Können Sie sich so etwas vorstellen?«

Der andere Wissenschaftler schüttelte mit dem Kopf. »Mmh, nein, aber ich glaube ich weiß nun, warum unsere Männer dort in dem Lagerhaus waren, Detective.«

Detective West blickte ihn erwartungsvoll an. Er hatte ja gehofft, dass die Erwähnung der forensischen Ergebnisse ihnen irgendetwas entlocken würde, aber er hatte nicht erwartet, dass es so schnell gehen würde.

Der Wissenschaftler räusperte sich. »Ich vermute, dass sie entweder auf dem Weg zur Arbeit oder auf dem Weg nach Hause waren. Unserer Sicherheitsleute hier sind alle sehr gewissenhaft. Vielleicht haben sie dabei zufällig Ihren seltsamen, halbmenschlichen Mörder gesehen und beschlossen ihn zu verfolgen.« Er seufzte. »Ihr Tod ist sehr bedauerlich, gutes Personal ist schwer zu finden. Aus diesem Grund sollte man solche Dinge darum auch lieber der Polizei oder den Kopfgeldjägern überlassen.«

Die Hände von Detective West ballten sich zu Fäusten. »Sie glauben also, dass Ihre Männer nur rein zufällig dort waren und das Ganze keinesfalls etwas mit Ihrem Labor zu tun hatte?«

»Ich sagte Ihnen doch bereits, dass wir hier nur mit Mikroben arbeiten. Dagegen sind Sturmgewehre vollkommen nutzlos.«

»Vielleicht hat eine Ihrer Mikroben ja jemanden infiziert und verändert.«

Doktor Anders lachte. »Sie sehen zu viele Hollywoodfilme, Detective. Wenn Sie einen seltsamen Killer mit magischen Kräften suchen, sollten Sie lieber mit einem Oriceraner oder einem Magier sprechen.« Er warf demonstrativ einen Blick auf seine Uhr. »Es tut mir leid, aber Doktor Simmons und ich müssen nun wieder zurück an unsere Arbeit. Wir bedauern es außerordentlich, dass wir Ihnen nicht mehr helfen konnten.«

»Okay«, sagte Detective West schließlich zähneknirschend. »Wenn es doch noch etwas geben sollte, dass uns weiterhelfen könnte, lassen Sie es uns bitte wissen.«

Doktor Anders und Doktor Simmons nickten und standen auf.

»Natürlich, Detectives.« Doktor Anders deutete auf die Ausgangstür. »Ich bin sicher, Sie finden selbst hinaus.« Mit diesen Worten drehten sich die beiden Wissenschaftler um und gingen zum Aufzug.

Detective West und sein Partner begaben sich auf den Weg nach draußen und nachdem sie das Gebäude verlassen hatten, fragte er seinen Kollegen: »Ist dir auch aufgefallen, dass sie der Tod ihrer Mitarbeiter kaum gekratzt hat?«

Detective Lafayette nickte. »Es schien für sie eher eine lästige Unannehmlichkeit zu sein, aber ich glaube nicht, dass wir deshalb einen Durchsuchungsbefehl bekommen werden.«

»Nun, es ist zumindest ein Anfang. Vielleicht finden wir ja noch mehr Auffälligkeiten.«

* * *

James saß an einem Tisch im hinteren Bereich der Bar und war sich nicht sicher, wer bedrohlicher aussah: er oder die beiden ihm gegenübersitzenden Männer.

Es war nicht so, dass er vor den beiden Angst hatte, aber er wollte dennoch nicht in einen Kampf verwickelt werden und so seine Chance auf Informationen riskieren. Der Rote-Augen-Killer musste so schnell wie möglich aus dem Verkehr gezogen werden und jede Minute, die er mit dem Sammeln von Informationen verbringen musste, war eine weitere Minute, in der dieser Kerl unschuldige Leute töten konnte.

Einer der beiden Männer, ein Typ mit blutunterlaufenen Augen, schaute ihn an. »Sie sind tatsächlich der leibhaftige James Brownstone.«

Der Kopfgeldjäger nickte. »Und Sie sind Tim?«

»Ja, das ist mein Künstlername.« Der Mann lächelte. »Mehr müssen Sie von mir auch nicht unbedingt wissen. Ich bin ziemlich beeindruckt, dass Sie mich haben ausfindig machen können.«

»Ich kenne ein paar Leute, die mich an Sie verwiesen haben.«

Sein Gegenüber begann zu lachen. »Aber anscheinend kennen Sie nicht die richtigen Leute, sonst hätten Sie gar nicht erst zu mir kommen müssen, oder?«

James zuckte mit den Schultern. »Man hat mir gesagt, dass Sie der Mann sind, der genau weiß, was in den Straßen von Las Vegas passiert.«

Tim hörte auf zu lachen und grinste stattdessen James frech an. »Ja, das stimmt, aber warum zum Teufel sollte ich Ihnen helfen? Ich kann Kopfgeldjäger nicht leiden.« Der Mann schloss die Augen. »Und wenn Sie versuchen sollten mich zu bedrohen, dann werden Sie Ihr blaues Wunder erleben.«

Sein Partner deutete auf eine verdächtige Wölbung in seiner Jacke.

James seufzte. Wäre er daheim in LA, wüsste er genau, wie er mit den beiden umzugehen hätte, aber hier in Vegas würde es wahrscheinlich nichts bringen, wenn er die beiden einfach durch ein Fenster werfen würde, um seinen Standpunkt klarzumachen. Das würde ihm vermutlich nur Ärger einbringen und keine Informationen, zumindest nicht rechtzeitig.

»Ich will keinen Ärger. Ich brauche nur ein paar Informationen und ich werde auch dafür bezahlen.«

Der Kopfgeldjäger blickte Tim fragend an. James würde ihn zwar nicht direkt bedrohen, aber er würde auch diese Bar nicht eher verlassen, bis er seine Informationen erhalten hatte. Da draußen lief ein Monster durch die Straßen von Las Vegas und es war höchste Zeit, dass es aus dem Verkehr gezogen wurde.

Tim nickte seinem schweigenden Freund zu. Dieser stand auf und ging zur Bar, wobei seine Jacke verrutschte und den Blick auf eine Waffe freigab.

Dann wandte sich Tim an James. »Ich habe die gewünschten Informationen, Mister Brownstone, aber nennen Sie mir doch erst einmal einen guten Grund, warum ich sie Ihnen geben sollte.«

»Einen Grund? Sie haben doch sicher schon gehört, dass ich den Rote-Augen-Killer suche.«

Tim zuckte mit den Schultern. »Ich höre eine Menge Dinge. Soll mich das jetzt etwa beeindrucken?«

»Nun, reicht Ihnen das als Grund etwa nicht? Dieser Kerl ist ein Wichser, der unschuldige Menschen vor den Augen ihrer Kinder abschlachtet. Sogar ein Kerl wie Sie muss doch irgendwo ein Gewissen haben.«

Sein Gegenüber blaffte zurück: »Ich sage ja auch nicht, dass ich einen Grund habe, diesen Typ in irgendeiner Form zu schützen, aber Geschäft ist Geschäft. Umsonst ist nur der Tod.«

»Die Leute auf der Straße sind in Gefahr, wenn dieser Kerl nicht aufgehalten wird. Irgendwann wird dieser Kerl nicht mehr nur irgendwelche Eltern umbringen. Er wird früher oder später auch Leute wie Sie oder Ihre Kontakte erwischen. Sie wissen genauso gut wie ich, dass solche Typen, die sich für harte Kerle halten, gerne Angst und Schrecken verbreiten und wie ginge das besser, als irgendwelche kriminelle Gangster platt zu machen.«

»Stimmt.« Tim rieb sich nachdenklich das Kinn. »Ich will dennoch zehntausend für die Information.«

James fluchte. »Obwohl ich nur versuche, euch einen Serienmörder vom Hals zu schaffen?«

»Ohne Kohle kann man kein Bier kaufen, Brownstone und ich bin hier schließlich nicht bei der Wohlfahrt. Ich bin überhaupt nur deshalb bereit, Ihnen zu helfen, weil dieser Typ ein absolutes Stück Scheiße ist.«

James nickte. »Gut. Sie bekommen Ihr Geld. Ich gebe Ihnen mein Wort.« Seine Hände ballten sich zu Fäusten und er musste sich wirklich beherrschen, den Mann nicht doch noch durch ein Fenster zu werfen.

Tim grinste. »Schön, dass wir uns einig werden konnten. Ich werde allen sagen, dass Sie ein vernünftiger Kerl sind, mit dem man bedenkenlos Geschäfte machen kann.« Er sah sich kurz um, bevor er James anblickte und ihm zuflüsterte. »Der Typ ist ständig in Bewegung. Momentan befindet er sich irgendwo im Rancho-Charleston-Bezirk.«

»Sind Sie sicher, dass diese Information stimmt? Vielleicht ist es ja jemand, der ihm einfach nur ähnlich sieht?«

»Es gibt nicht viele Freaks mit leuchtend roten Augen und komischer lederartiger Haut, nicht einmal in Las Vegas.«

James runzelte die Stirn. »Und wie kommt es dann, dass die Polizei ihn bisher noch nicht finden konnte?«

»Soll das ein Witz sein, Brownstone? Sie sind doch ein Kopfgeldjäger, da sollten Sie doch wissen warum das so ist.«

James zuckte mit den Schultern. »Nein, warum denn?«

»Ich habe keinen Ärger mit der Polizei, andere Leute schon. Nicht jeder möchte gerne mit der Polizei reden.«

»Aber die Polizei versucht doch nur die Leute zu schützen. Ein paar Kleinkriminelle interessieren die da doch gar nicht.«

»Nein, aber die Leute werden sich trotzdem nicht bei der Polizei melden, um ihnen Tipps zu geben. Es gibt viele Menschen da draußen, die nichts mit den Bullen zu tun haben wollen, die aber so Dinge wie den Rote-Augen-Killer im Rancho-Charleston-Bezirk sehen. Vor mir haben sie keine Angst und so komme ich an meine Informationen.«

James kniff erbost die Augen zusammen. »Wenn ihr wisst, wo er sich aufhält, warum hat ihn sich dann noch keiner von euch geschnappt?«

»Warum sollten wir unser Leben riskieren, dafür seid doch ihr Kopfgeldjäger da.« Tim schüttelte den Kopf. »Ich habe ein Treffen mit einem meiner Kontakte arrangiert, sein Name ist Little Blue. Sagen Sie ihm, dass Simon Sie schickt und er wird Ihnen helfen.«

»Simon? Aber Ihr Name ist doch Tim!«

Sein gegenüber begann schallend zu lachen. »Na ja, ich war damals ziemlich besoffen und dieser Kerl, Little Blue, nun, er ist halt ein wenig seltsam, wissen Sie. Er mag es nicht, wenn sich Dinge ständig ändern.« Er stand auf. »Viel Glück, Mister Brownstone. Ich hoffe, Sie finden diesen Rote-Augen-Killer und erledigen ihn. Wegen der Bezahlung ... da schicke ich Ihnen nachher noch meine Daten aufs Handy.«

Kapitel 16

James fuhr mit seinem F-350 durch die Straßen von Las Vegas. Little Blue hatte James von ein paar weiteren Sichtungen des Rote-Augen-Killers berichtet. Es schien so, als gelänge es dem Killer irgendwie, sich vor den meisten Leuten zu verstecken, aber komplett unentdeckt blieb in dieser Stadt niemand. Bisher waren sämtliche Sichtungen allerdings allesamt schon eine ganze Weile her gewesen, aber immerhin bewiesen sie, dass der Kerl sich immer noch hier in der Gegend aufhielt.

Rancho Charleston war kein so großer Bezirk und es war gar nicht mal so unwahrscheinlich, dass er ihm früher oder später über den Weg laufen würde.

Zum Glück habe ich wenigstens meine Pistolen, Messer und ein paar Granaten mitgebracht, denn auf mein Amulett muss ich diesmal leider verzichten.

Ein Stufe-Vier-Kopfgeld ohne sein Amulett anzugehen wäre ein Risiko, aber die Tatsache, dass der Rote-Augen-Killer sich eher versteckt hielt, deutete darauf hin, dass der Killer vermutlich nicht einmal ansatzweise so gefährlich wie beispielsweise King Pyro war. Im Notfall würde James ihm einfach den Kopf abschlagen. Das funktionierte meistens.

James hatte genug Kopfgelder gejagt, um das Muster hinter den Bewegungen des Rote-Augen-Killers zu erkennen. Der Bastard versuchte anscheinend, möglichst viel Angst und Furcht unter den Leuten zu verbreiten. Warum er dabei allerdings hauptsächlich Eltern vor den Augen ihrer Kinder umbrachte, machte wahrscheinlich nur bei der verqueren Logik dieses Typen einen Sinn.

Vielleicht liege ich ja auch komplett falsch, also sollte ich mir nicht zu viele Gedanken darüber machen. Vielleicht ist der Typ auch einfach nur ein verdammter Psychopath und es gibt keinen tieferen Sinn.

James parkte seinen Truck in einer Parkbucht neben dem Bürgersteig. Ein paar Meter weiter standen einige Mitglieder einer Straßengang und rauchten Joints.

Der Kopfgeldjäger stieg aus und marschierte auf sie zu.

Einer von ihnen blickte auf und sah ihn prüfend an. »Verdammt noch mal, du bist doch James Brownstone, oder?«

»Ja«, antwortete James. »Little Blue hat mir gesagt, dass hier irgendjemand vor Kurzem den Rote-Augen-Killer gesehen hätte.« Er langte in seine Jacke.

Die Bandenmitglieder griffen augenblicklich nach ihren Waffen und richteten sie auf James.

Dieser schnaubte und zog langsam und vorsichtig seine Brieftasche heraus. »Wenn ich euch in den Arsch hätte treten wollen, wärt ihr inzwischen bereits alle erledigt.«

»Was hindert uns daran, dir jetzt einfach die Brieftasche zu klauen?«

James schüttelte den Kopf und seufzte. »Ich bin schon ganz hibbelig, weil ich schon seit ein paar Tagen niemand mehr durch ein Fenster geworfen habe, also nur zu. Oder ihr geht den einfachen und bequemen Weg und verdient euch ein wenig Geld, indem ihr mir dabei helft, diesen verdammten Serienmörder aufzuspüren.«

Die Bandenmitglieder tauschten kurz fragende Blicke aus, bevor sie ihre Waffen wieder wegsteckten.

James zog ein paar große Scheine aus seinem Geldbeutel und hielt sie den Kerlen hin.

Ein Bandenmitglied nahm sie entgegen und zuckte mit den Schultern. »Einer von unseren Jungs hat vorhin eigentlich eher beiläufig erwähnt, dass er ihn vor ein paar Stunden gesehen hat.« Er zeigte in Richtung Norden. »Wir machen um diesen Wichser normalerweise einen möglichst weiten Bogen. Diese magische Scheiße ist uns einfach zu gefährlich.«

»Darum bin ich hier, um ihn aus dem Verkehr zu ziehen. Wo genau hat ihn dein Kumpel denn gesehen?«

»Fahr nach Norden und dann an der vierten Kreuzung nach links. Dort, an der nächsten Kreuzung, sah er ihn in der Nähe einer Bar aus einer schmalen Gasse herauskommen.«

»Sicher, dass das der Rote-Augen-Killer war?«

»Nein, aber es war irgendein komisch aussehender Wichser mit leuchtend roten Augen, den wir hier noch niemals zuvor gesehen haben.«

»Okay, das reicht mir, danke«, antwortete James.

Der Kopfgeldjäger ging zurück zu seinem Auto. Er wollte nicht riskieren, dass diese Arschlöcher auf die Idee kommen könnten, ihm seine Karre zu klauen. Er hatte keine große Lust, deshalb der gesamten Unterwelt von Las Vegas eine Lektion erteilen zu müssen.

Er startete seinen F-350 und ließ die Gras rauchenden Kerle hinter sich, als er die Straße entlangfuhr und der

Wegbeschreibung des Bandenmitglieds folgte. Schließlich entdeckte er die besagte schmale Gasse in der Nähe der Bar und parkte dort seinen Truck am Straßenrand.

Ein eigenartiger metallischer Geruch stieg in seine Nase, als er in die Gasse trat. Der Geruch von frischem Blut.

James zog seine .45er und ging vorsichtig weiter. Beide Seiten der Wände waren über mehrere Meter über und über mit Blutspritzern bedeckt und ein paar Meter weiter lag die kopflose Leiche eines großen Mannes auf dem Rücken. Die Arme und Beine des armen Arschlochs waren abgetrennt worden und lagen kreuz und quer über die Gasse verstreut.

»Ja, das sieht ganz nach dem Rote-Augen-Killer aus«, kommentierte er.

Ein paar Schritte weiter entdeckte James dann den Kopf. Das Gesicht des Toten starrte ihn mit vor Überraschung weit aufgerissenen Augen an. Er kannte diesen Kerl.

Das war Lance Johansen, ein Kopfgeldjäger mit einer Lizenz für Verbrecher der Stufe Vier mit Sitz in Vegas.

James seufzte. Der Tod dieses Mannes bewies, dass der Rote-Augen-Killer es nicht nur mit harmlosen Zivilisten aufnehmen konnte. Das bedeutete leider auch, dass es nur eine Frage der Zeit war, bis der Kerl zu einer Gefahr für alle Leute hier in Vegas werden würde.

James zog sein Handy aus der Tasche. Er musste die beiden Detectives West und Lafayette über den jüngsten Mord in Kenntnis setzen.

»Tut mir leid, Kumpel. Ich werde deinen Tod rächen.«

★ ★ ★

Nach dem Gespräch mit der Polizei fuhr James fort, die nähere Umgebung zu durchsuchen, in der Hoffnung, dass der Rote-Augen-Killer sich noch irgendwo in der Nähe aufhielt. Zum Beispiel um sein Werk zu bewundern. Nachdem er über eine Stunde alles in der Nähe erfolglos abgesucht hatte, klingelte plötzlich sein Telefon. Ein Anruf von Shay.

»Hallo Shay«, meldete er sich.

»Welche Verbrecherorganisation ist es denn diesmal?«

»Mmh, was?«

»Welche Verbrecherorganisation hat dich denn diesmal verärgert? Ich habe erfahren, dass ein gewisser Kopfgeldjäger in Las Vegas ist und dort anscheinend einen Kopfgeldauftrag angenommen hat. Das klingt ziemlich merkwürdig, was die Vermutung nahelegt, dass da eventuell mehr dahintersteckt.«

»Nein, es ist tatsächlich nur ein einziges Kopfgeld, eines mit Stufe Vier. Allerdings ein ziemlich verdrehter Scheißkerl, aber ich bin nicht wirklich besorgt, obwohl ich mein Amulett diesmal nicht dabei habe.«

»Ernsthaft? Nur ein einziger Kerl? Kein Dutzend? Oder hundert?«

James schnaubte. »Nein, nur einer.«

»Gut, dann kann ich ja beruhigt hier in Asien bleiben. Der erste Platz hat sich leider als Niete herausgestellt, daher muss ich mir noch eine weitere Stelle ansehen. Wahrscheinlich dauert es noch eine Woche länger. Ich hatte mir schon Sorgen gemacht, dass du dich langweilen könntest, aber es sieht ganz so aus, als hättest du eine sinnvolle Beschäftigung gefunden. Warte mal, was machst du eigentlich in Las Vegas?«

James lachte. »Nun, ich bin hier, um einen Killer aus dem Verkehr zu ziehen und mir mal wieder ein ordentliches Barbecue zu gönnen.«

»*Jessie Rae's*. Natürlich. Achte bitte darauf, dir ordentlich die Zähne zu putzen, bevor du nach Hause kommst. Ich mag es nicht, beim Küssen deren Barbecue-Soße zu schmecken. Hah, ich werde einfach darauf bestehen, dass du dir vor dem Knutschen jedes Mal erst die Zähne putzt. Das sollte reichen.« Sie lachte und gab ihm einen schmatzenden Kuss durchs Telefon. »Ich ruf dich später noch mal an. Versuch bitte nicht zu sterben.«

»Werd ich tun, aber ich verspreche nichts.«

»Jaja, du alter Süßholzraspler«, beendete Shay mit diesen Worten das Gespräch.

James starrte einen Moment lang sein Handy an und fragte sich, ob Shay das mit dem Zähneputzen nun ernst gemeint hatte oder nicht.

»Wenn sie das wirklich ernst meinen sollte, dann wäre das echt furchtbar nervig.«

* * *

Tessa kicherte vor sich hin, als sie an den Marktständen der Bauern vorbeischlenderte. Gemüse, Obst, Käse und Wurst – alles so banal und gewöhnlich.

Sie war froh, dass dieser Typ in der Bar ihr ungefragt mitgeteilt hatte, dass James Brownstone sich momentan in Las Vegas aufhielt. Damit hatte sie komplett freie Bahn und es gab hier in dieser Stadt sonst niemanden, der ihr auch nur ansatzweise gefährlich werden könnte.

Sie würde heute ganz viel Spaß haben und allen beweisen, dass sie am Leben war, indem sie diese lebenden

Toten, diese leeren, seelenlosen Körper hier in Los Angeles von ihrem kümmerlichen Dasein befreite.

Das Gemurmel und Gelächter von dutzenden Menschen um sie herum prasselte auf sie ein. Nein, das da waren keine echten, lebenden Menschen, das da waren nur seelenlose Körper.

Keiner von ihnen ist in Wahrheit richtig lebendig. Sie klammern sich nur noch krampfhaft an die Erinnerung an ihr wahres Leben und weigern sich loszulassen.

Tessa zog ihren Zauberstab mit der Smaragdspitze aus ihrer Handtasche und begann zu lächeln.

Ein paar Leute in der Nähe sahen zu ihr rüber, schienen sich aber nicht vor ihr zu fürchten.

Nun, eigentlich spielte das auch gar keine Rolle. Ob diese lebenden Toten Angst oder Freude fühlten war vollkommen irrelevant. Wichtig war nur, dass sie jetzt durch Stärke ihre Existenz bewies und diese armen Seelen erlöste.

Die Magierin machte mehrere präzise Bewegungen mit ihrem Zauberstab und begann auf Sumerisch zu singen. Obwohl die Gefühle dieser Wesen um sie herum sie nicht kümmerten, genoss sie dennoch den Anblick ihrer verwirrten Gesichter. Mehrere von ihnen war stehen geblieben, um ihr zuzuschauen.

Wenn sie stattdessen sofort weggelaufen wären, hätten sie vielleicht noch eine kleine Überlebenschance gehabt. Ihre Neugier würde ihnen zum Verhängnis werden.

Nun, eigentlich sind sie sowieso bereits innerlich tot, sie wollen es halt einfach nur noch nicht akzeptieren. Ich werde sie von ihrem Schicksal erlösen.

Zwei pulsierende Glyphen erschienen in der Luft. Die Leute in der Nähe fingen an zu klatschen.

Die Lichtstrahlen, die die Glyphen bildeten, wirbelten wild umher, umschlossen sich und bildeten zusammen ein farbenfrohes Muster. Zuschauer begannen ihr zuzujubeln.

»Viel Spaß bei der Show«, rief ihnen die Magierin zu. »Hoffentlich gefallen euch meine beiden Rabisu!«

Der Jubel der Menge wurde noch lauter, als das Licht begann, die Umrisse zweier riesiger Körper zu formen. Als das Licht dann verblasste, standen dort zwei Riesen mit grüner, schuppiger Haut. Ihre langen Arme endeten in scharfen schwarzen Krallen und sie blickten die Menge aus grüngelben Reptilienaugen mit vertikalen Pupillenschlitzen an.

Der Jubel hörte augenblicklich auf. Er wurde durch ein verwirrtes Gemurmel ersetzt.

Einer der Rabisu deutete mit seinem Arm auf einen Mann in der Nähe und eine smaragdgrüne Kugel aus hellem Licht erschien und flog auf den Ärmsten zu. Als der grüne Feuerball ihn traf, begann er wie am Spieß zu schreien, bevor er dann tot zu Boden fiel, das Gesicht immer noch schmerzverzerrt. Der Geruch von verbranntem Fleisch erfüllte die Luft.

Alle Leute um sie herum rannten panisch unter lautem Geschrei davon. Die beiden Rabisu feuerten ihre smaragdgrünen Kugeln wahllos in die flüchtende Menge und richteten dabei ein wahres Massaker an.

Ein Mann tauchte hinter den Marktständen aus seiner Deckung auf und richtete eine Pistole auf Tessa.

»Halten Sie diese Monster auf der Stelle auf!«, schrie er sie an.

Tessa hätte einem ihrer Rabisu den Befehl geben können, den Mann zu töten, aber wo wäre denn da der Spaß?

»Wenn Sie möchten, dass meine Monster verschwinden, müssen Sie mich töten«, erwiderte die Magierin lächelnd. »Beweisen Sie mir ihre Stärke. Zeigen Sie mir, dass Sie nicht nur eine leere seelenlose Hülle sind.«

Um sie herum setzten die beiden Monster ihr tödliches Werk fort und aus mehreren brennenden Marktbuden strömte Rauch in den Himmel.

»Fick dich, du geisteskranke Schlampe.« Der Mann feuerte.

Tessa zuckte nur kurz zusammen und begann dann hämisch zu lachen. Sie hatte einen ganz kurzen stechenden Schmerz gespürt, der aber augenblicklich wieder verschwunden war. Dafür klaffte nun bei einem der Rabisu, an der gleichen Stelle an der sie angeschossen worden war, ein Loch, allerdings begann die Wunde sich bereits wieder zu schließen.

»Netter Versuch, aber so leicht bin ich nicht zu töten«, spottete sie. »Vielleicht hast du beim nächsten Schuss ja mehr Glück?«

Der Mann feuerte sein ganzes Magazin auf sie ab und als seine Waffe leergeschossen war, stürzte sich einer der Rabisus auf ihn und zerfetzte ihn mit seinen scharfen Krallen.

Tessa untersuchte die Stelle, an der sie getroffen worden war, um sicherzustellen, dass der Umleitungszauber auch wirklich korrekt funktioniert hatte. Eine kleine Wunde wäre an sich nicht weiter schlimm, aber es wäre echt schade um ihr Kleid.

Polizeisirenen erklangen in der Ferne.

»Mal sehen was die Polizei hier so zu bieten hat.«

Die Magierin klopfte mit ihrem Zauberstab ungeduldig in ihre Handfläche, während sie wartete. Zu diesem Zeitpunkt waren inzwischen alle Leute aus dem Gebiet entweder geflohen oder tot. Ein Dutzend Leichen lagen um sie herum am Boden, während Rauchschwaden den Himmel über ihr verdunkelten.

Sie grinste.

»Was für ein Spaß.« Sie betrachtete das Schlachtfeld um sie herum. »Das waren alles keine echten Menschen. Nur lebende Tote, die ich von ihrem elenden Dasein erlöst habe.«

Die Sirenen kamen näher und näher, bis dann schließlich zwei Polizeiautos mit quietschenden Reifen etwa hundert Meter vor ihr zum Stehen kamen.

Einer der Rabisus feuerte eine magische Kugel auf eines der Polizeiautos ab und jagte es in die Luft, wobei es den beiden Polizisten in letzter Sekunde noch gelang, ihr Fahrzeug rechtzeitig zu verlassen. Allerdings erfasste sie die Druckwelle der Explosion und warf sie zu Boden, wo sie liegenblieben und sich nicht mehr rührten. Die anderen beiden Polizisten waren ebenfalls aus ihrem Auto gesprungen und schafften es rechtzeitig in Deckung zu gehen, bevor ihr Fahrzeug ebenfalls zerstört wurde.

Weitere Sirenen erklangen in der Ferne.

Tessa seufzte, drehte sich um und ging gemütlich von dannen. Die Magie, die die beiden Rabisu an diese Welt band, würde sich bald auflösen, aber dann wäre sie schon längst verschwunden.

»Ich fühle mich so gut, wie schon lange nicht mehr«, flüsterte sie. »Ich habe diese lebenden Toten erlöst und die Erde von diesen seelenlosen, nutzlosen leeren Körpern befreit.«

Kapitel 17

Trey saß in der Aria-Suite am Tisch und prüfte seine Nachrichten. Seine Banking-App meldete ihm einen Zahlungseingang. Die Polizei hatte anscheinend die Bearbeitung des Kopfgeldes abgeschlossen und die Belohnung war auf sein Konto überwiesen worden. Er grinste und fragte sich, wie es wohl wäre, wenn das Geld stattdessen direkt in der Polizeistation ausgezahlt würde. Ob die Kopfgeldjäger dann das Bargeld in großen Aktenkoffern rausschleppen müssten?

»Es geht nichts über ein wenig leicht verdientes Geld. Es hat diesmal zwar etwas länger als normal gedauert, aber ich will mich mal nicht beschweren. Sie haben mir sogar noch einen kleinen Bonus oben draufgelegt, mit dem ich überhaupt nicht gerechnet hatte.«

Seine Tante lächelte ihn von der anderen Seite des Tisches aus an. »Das ist großartig, Trey. Ich bin so stolz auf dich.«

»Du hast meinen Arsch gerettet, also gehört die Hälfte von dem Geld dir.«

Sie schüttelte den Kopf. »Das kann ich nicht annehmen.«

Trey lachte. »Weißt du, das ist das erste Mal, dass jemand Geld ablehnt, das ich ihm anbiete. Du hast es dir wirklich redlich verdient. Wenn du nicht dort gewesen wärst, hätte mich der zweite Typ höchstwahrscheinlich erwischt und Nana hätte meine Beerdigung organisieren müssen.«

»Ich kann doch von dir wegen so etwas kein Geld annehmen und außerdem hast du mir schon so sehr geholfen. Ich weiß eh nicht, wie ich das je wiedergutmachen soll.«

»Tante Charlyce, du kannst das Geld ruhig annehmen. Du hast es dir verdient und es ist nicht so, dass ich deswegen am Hungertuch nagen müsste.«

»Nein, behalte es bitte, es ist dein Geld. Wenn du mir einen Job als Verwaltungsassistentin bei Mister Brownstone besorgst, dann reicht mir das schon. Ich will für meinen Lohn arbeiten und du bist ja bereits hierhergekommen und hast mich gerettet. Du hättest ja damals am Telefon einfach auflegen können, aber du bist stattdessen hergekommen, hast mir zugehört und mir dann geholfen. Mich dann sogar hier in dieses Luxushotel gebracht.« Sie deutete mit ihren Händen auf die riesige Suite. »Du hast mir bereits so sehr geholfen, aber eigentlich sollte es eher umgekehrt sein. Ich bin deine Tante. Es wäre eigentlich *meine Aufgabe*, dich zu retten, nicht umgekehrt.« Sie unterstrich ihre Aussage, indem sie mit der Hand auf den Tisch schlug. »Ich werde keinen einzigen Cent von dem Kopfgeld annehmen und damit basta!«

Trey seufzte. »Okay, ich habs verstanden.«

Es passte ihm zwar nicht, dass er seine Tante nicht dafür belohnen durfte, dass sie ihm den Arsch gerettet hatte, aber gleichzeitig verstand er, dass es hier um ihren Stolz ging. Egal, er würde schon einen Weg finden, ihr zumindest einen Teil von dem Geld zuzuschieben.

»Ich stehe bereits so tief in deiner Schuld, weil du dafür gesorgt hast, dass ich Mister Brownstone treffen konnte und er versprochen hat, diesem kleinen Engel zu helfen. Nun kann ich glücklich mit dem Wissen sterben, dass ich meinen kleinen Teil dazu beigetragen habe, die Welt zu einem besseren Ort zu machen.«

Trey schnaubte. »Es wird hier gefälligst niemand sterben, außer diesem mörderischen, rotäugigen Mistkerl.« Er räusperte sich. »Wie sieht's aus? Hast du Hunger?«

»Nein, es geht mir gut. Ich bin es gewohnt, längere Zeit nichts zu essen.«

»Das brauchst du jetzt nicht mehr.« Er nahm sein Handy in die Hand, um James anzurufen. »Ich will mich mal kurz bei meinem Boss melden.«

»Hallo, Trey«, begrüßte ihn James einen Moment später.

Trey lächelte. Selbst die Stimme von Brownstone war imposant. Sie klang in etwa so, als würde man mit einer riesigen Statue reden, die das Sprechen gelernt hatte.

»Hallo Chef. Hast du den Mistkerl schon erledigt?«

»Nein, leider nicht. Ich konnte zwar das Gebiet eingrenzen, in dem er sich höchstwahrscheinlich aufhält, aber momentan komme ich hier erst einmal nicht weiter. Ich habe ihn heute knapp verpasst und glaube nicht, dass ich heute Abend noch etwas erreichen werde.«

»Du wirst ihn früher oder später kriegen, James. Du kriegst sie immer. Hm, wenn du heute eh nichts mehr tun kannst, könntest du ja mit Charlyce und mir was essen gehen. Verdammt, vielleicht bringt sie dir ja auch Glück. Sie hat mir heute dabei geholfen, ein Kopfgeld einzufangen.«

»Wirklich? Sicher, warum nicht? Ich bin hungrig.«

»Wie wäre es mit einem Fischrestaurant?«

»Fisch?« James klang überrascht.

»Nun, meine Tante liebt Meeresfrüchte.« Trey warf ihr einen kurzen Blick zu und sie lächelte ihn glücklich an.

Am anderen Ende der Leitung blieb es mehrere Sekunden lang still. Trey grinste und vermutete, dass es daran lag, dass James enttäuscht war, dass sie nicht in ein Barbecue-Restaurant gehen würden.

»Ja, geht in Ordnung, Trey.«

»Okay, ich such mir ein schönes Restaurant raus und schicke dir die Adresse dann per WhatsApp.«

* * *

Rund fünfundvierzig Minuten später saß das Trio an einem Tisch in einem anständigen, aber nicht zu abgehobenem Restaurant. Trey wollte nicht, dass sich Charlyce oder James dort unwohl fühlen würden.

Der Junior-Kopfgeldjäger mochte zwar arm aufgewachsen sein, aber er hatte bisher noch keinen Ort gefunden, an dem er sich nicht wohlgefühlt hatte. Er besaß eine ordentliche Portion Selbstvertrauen und daher war es ihm schlicht scheißegal, was irgendwelche hochnäsigen Leute über ihn dachten.

James nahm eine große Portion Fisch auf die Gabel. »Wenigstens gibt es hier nicht dutzende verschiedene Arten von Bestecken. Eine Gabel reicht doch verda...« Er warf Tante Charlyce einen entschuldigenden Blick zu. »Eine Gabel ist doch ausreichend.«

Charlyce lachte. »Mister Brownstone, ich habe sieben Jahre lang auf der Straße gelebt. Ich bin eine ziemlich raue Sprache gewohnt.«

James zuckte mit den Schultern. »Na ja, es ist trotzdem unhöflich.«

»Trey sagte mir, dass Sie dem Killer dicht auf den Fersen sind?«

James seufzte. »Ja, aber nicht dicht genug. Er hat heute schon wieder jemanden getötet, diesmal einen Kopfgeldjäger. Ich habe ihn bis zum Gebiet von Rancho Charleston verfolgt, konnte dort aber leider nichts finden. Die Polizei durchkämmt momentan das Gebiet mit Drohnen, aber bisher haben auch sie noch nichts gefunden. Vermutlich ist der Typ für Drohnen unsichtbar. Das ist das Problem mit solch magischen Arschlöchern.«

Tante Charlyce seufzte und schüttelte den Kopf. »Dieses Monster muss schnellstmöglich aus dem Verkehr gezogen werden.«

James grunzte. »Machen Sie sich keine Sorgen. Ich war heute Morgen bei der Tochter des ersten Opfers und habe ihr versprochen, dass ich diesen Dreckskerl schnappen werde.«

»Sie haben mit dem kleinen Engelchen geredet? Gott segne Sie, Mister Brownstone.« Die Frau nickte, ein Blick von neuer Entschlossenheit auf ihrem Gesicht. »Ich werde morgen mal mit den Obdachlosen hier in dieser Gegend reden. Wir Obdachlosen kriegen sehr viel von dem mit, was auf der Straße passiert. Aber wir kümmern uns in der Regel nur um unsere eigenen Angelegenheiten und reden nicht gerne mit den Bullen.«

»Du bist jetzt keine Obdachlose mehr«, stellte Trey klar. »Vergiss das bitte nicht.«

Sie griff nach seiner Hand und tätschelte sie. »Aber ich habe immer noch meine Kontakte. Niemand beachtet die Obdachlosen. Die meisten Menschen ignorieren sie einfach. Darum sehen und hören sie viel mehr als man meinen möchte.«

James nickte. »Ja, das ist verdammt nützlich. Ich habe mir einen gewissen Ruf erarbeitet, aber eigentlich habe ich das nicht gemacht, um aufzufallen, sondern weil mir das oftmals die Arbeit erleichtert.« Er zuckte mit den Schultern. »Ich mag es am liebsten einfach und unkompliziert, aber manchmal errege ich durch meinen Ruf mehr Aufmerksamkeit als mir lieb ist.«

Trey grinste. »Nun, dein Ruf erleichtert mir zumindest *meine* Arbeit, James. Du wirst es nicht für möglich halten, wie oft ich schon bei irgendwelchen Typen die Tür eingetreten habe und nachdem sie dann erfuhren, dass ich zur Brownstone-Agentur gehöre, haben sie dann einfach kampflos aufgegeben.« Er trank einen Schluck Wasser, bevor er fortfuhr: »Auch unsere Straßengang hat damals von deinem Ruf profitiert. Die Leute wussten, dass wir stark waren und haben uns deshalb meist in Ruhe gelassen. Leider funktioniert das nicht immer, denn egal wie stark man ist, irgendein Kerl braucht nur einen Glückstreffer zu landen und man ist am Arsch.«

»Das stimmt.«

Tante Charlyce seufzte und blickte betrübt zu Boden. »Mein Ruf ist leider ziemlich übel. Ich war ein Junkie und mit so einer Vergangenheit ist es nahezu unmöglich einen Job zu bekommen.«

James nahm sein Handy in die Hand, schaute aufs Display und runzelte dann die Stirn. »Trey, ich muss mal kurz unter vier Augen mit dir reden.«

Der Angesprochene nickte und warf seiner Tante einen entschuldigenden Blick zu. »Wir sind gleich wieder da, Tante.«

»Kein Problem, ich bin schon groß«, lächelte sie ihn an.

Die beiden Kopfgeldjäger gingen nach draußen.

»Was gibt's denn?«, fragte Trey. »Hat jemand den Rote-Augen-Killer gesichtet?«

»Nein, ich wollte nur mal kurz allein mit dir reden.«

»Mmh, wieso?« Trey blickte James verwunderte an.

»Nun ja, es geht um diese ... äh ... Sache mit der Brownstone-Agentur.«

»Was ist damit?«

James nickte in Richtung des Restaurants. »Deine Tante. Du hast mir eine Nachricht geschickt, in der du sie als neue Verwaltungsassistentin vorschlägst. Bisher hatte ich dir noch nicht darauf geantwortet.«

Trey nickte. »Ja. Dachte mir schon, dass du noch keine Zeit hattest darüber nachzudenken.«

»Ich habe bereits darüber nachgedacht und mir Gedanken über das Für und Wider gemacht.«

»Ich weiß, dass die Firma, die für uns die Personalverwaltung macht, sich um die grundlegenden Sachen kümmert, aber wir brauchen jemanden, der sich um die Organisation und die Koordination der Leute kümmert. Ich habe es ziemlich satt, dass ich ständig von Anrufen oder Nachrichten meiner Jungs überschwemmt werde. Ich brauche jemanden, der sich darum kümmert.«

»Ja, das sehe ich genauso.« James nickte langsam, wurde dann aber augenblicklich sehr ernst. »Das Problem ist ein ganz anderes.«

Trey schluckte. »Was denn?«

James sah den Junior-Kopfgeldjäger mit ernstem Blick an. »Sag mir die Wahrheit. Glaubst du, dass sie das hinbekommt?«

Trey atmete tief durch, während er über die Frage nachdachte. Er wollte Charlyce natürlich helfen, aber er wollte James auch auf keinem Fall anlügen.

Er seufzte. »Sie war sieben Jahre lang ein Junkie und ist erst seit etwa einem Monat clean.«

James grunzte. »Das ist nicht besonders lange.«

»Ja, aber ich habe sie beobachtet. Ich habe keinerlei Anzeichen dafür gesehen, dass sie irgendwelche Entzugserscheinungen hat oder dringend das Bedürfnis nach irgendeiner berauschenden Substanz verspürt«

»Das ist ein gutes Zeichen, aber was hat ihren Sinneswandel ausgelöst?«

Trey zuckte mit den Schultern. »Es gab wohl mehrere Gründe, aber nach dem, was sie mir erzählt hat, war der Hauptgrund wohl, dass sie zu Gott gefunden hat.«

James lachte. »Nun, Gottes Wege sind manchmal unergründlich.« Er runzelte die Stirn. »Aber es gibt da noch etwas Anderes, was mich dazu gebracht hat, darüber nachzudenken, ihr eine Chance zu geben.«

»Was meinst du?«

»Nun, wenn ein obdachloser, ehemaliger Junkie alles dransetzt, nur um einem kleinen Mädchen zu helfen, das sie nicht einmal kennt, dann hat das zumindest etwas zu bedeuten. Wir wären beide nicht hier, wenn sie uns nicht darum gebeten hätte. Es sieht also ganz so aus, als würde sie ernsthaft an sich arbeiten, um ein besserer Mensch zu werden. Das ist mehr, als ich von den meisten Leuten sagen kann.«

Trey seufzte. »Ich will dich nicht anlügen, James. Sie gehört zu meiner Familie, was bedeutet, dass ich ihr gerne eine Chance geben möchte, aber ich verstehe auch, wenn du nein sagen würdest.«

»Okay, dann machen wir es so: Es wird keine ›drei Chancen und du bist raus‹ geben. Sie bekommt genau eine Chance und wenn ich deinem Urteilsvermögen nicht trauen würde, hätte sie wahrscheinlich nicht einmal die bekommen. Es ist immerhin mein Ruf, der auf dem Spiel steht. Ich überlasse daher dir die Entscheidung. Würdest du sie als Verwaltungsassistentin einstellen?«

»Also, glaubst du auch, dass wir eine brauchen werden? Ich meine, bisher haben wir es ja auch so hinbekommen.«

»Der einzige Grund, warum wir bisher noch so klargekommen sind, ist der, dass deine Jungs im Augenblick noch alle im Ausbildungscamp sind und noch gar nicht als Kopfgeldjäger arbeiten. Diese Scheiße wird dann nämlich ziemlich schnell verdammt kompliziert werden. Wenn niemand die Koordination übernimmt, werden am Ende noch alle hinter dem gleichen Kerl her sein oder irgendwelche andere Scheiße bauen und ehrlich gesagt will ich mich nicht damit rumärgern. Du etwa?«

»Zur Hölle, nein.« Trey grinste. »Okay, also bist du damit einverstanden, dass wir sie als unsere neue Verwaltungsassistentin einstellen?«

»Ja, entweder sie oder wir müssen jemand nehmen den wir nicht kennen. Oder Shay«, antwortete James.

Trey lachte. Er kannte James' Freundin zwar nicht so besonders gut, aber er hatte genug über sie gehört, dass er eines ganz sicher wusste: Das würde für die Meisten seiner Jungs nicht gut ausgehen und ihre große Klappe würde sie schneller ins Grab bringen, als er Särge besorgen könnte.

»Okay, ich werde sie mal Probearbeiten lassen, solange wir hier in Las Vegas sind. Wir werden aus dem Aria ausziehen und uns für eine Woche oder so irgendwo einmieten. Dann werde ich schon sehen, wie sie sich als Verwaltungsassistentin schlägt.«

James lächelte Trey an. »Alles klar, dann lass uns jetzt mal wieder reingehen.«

* * *

Maria biss vor Wut die Zähne zusammen, während sie die ausgebrannten Marktstände und verbrannten Polizeiautos betrachtete. Die Leichen waren inzwischen entfernt worden, aber sie hatte bei ihrer Ankunft noch einen Blick auf die zwölf toten Zivilisten werfen können. Das war genau der Grund, warum sie zum AET gegangen war – um Menschen vor solchen Monstern zu schützen.

Und dieses Miststück war auch noch entkommen. Das war es, was sie am meisten wurmte.

Sergeant Weber kam auf sie zugelaufen. »Sie werden das Kopfgeld auf tot oder lebendig ändern. Das sollte ein paar fähige Kopfgeldjäger anlocken, vielleicht kommt ja sogar Brown…«

»Wagen Sie es verdammt noch mal nicht in meiner Nähe seinen Namen auszusprechen.« Maria starrte einen der verbrannten Marktstände an. »Ich habe keine große Lust darauf zu warten, dass er herkommt, die halbe Stadt in die Luft jagt, nur in der Hoffnung, dass er Tessa Vansant dabei mitnimmt. Nein, genau dafür ist das verdammte AET da, also werden wir uns auch darum kümmern. Warum gibt es uns denn sonst?«

Sergeant Weber schaute betreten zu Boden.

Marias Handy klingelte. »Was ist denn?«, blaffte sie den Anrufer an, ohne vorher einen Blick auf die Nummer zu werfen.

»Ihre Schutzamulette sind fertig.«

Es dauerte ein Augenblick, bis sie Dannecs Stimme erkannt hatte.

Sie blinzelte. »Wow, das ging ja schnell.«

»Wenn man die richtigen Leute kennt, geht so etwas ziemlich schnell, Lieutenant. Ich bin ›die richtigen Leute‹.«

»Gut, aber ich kann hier leider momentan nicht weg.«

Dannec seufzte. »Ja, ich habe die Nachrichten gesehen. Was für eine Scheiße. Ein Grund mehr für Sie, so schnell wie möglich vorbeizukommen.«

»Okay, wie wäre es in etwa einer Stunde?«

»Ja, das passt. Rufen Sie mich einfach vorher kurz an.«

»Okay.« Maria beendete das Gespräch.

Sergeant Weber blickte sie fragend an. »Wer war denn das?«

»Nur eine Spur, die ich gerade verfolge. Nichts worüber du dir den Kopf zerbrechen solltest.«

* * *

Eine Stunde später stand Maria in Zivilklamotten vor der Tür des Elfen und klopfte. Dannec öffnete ihr lächelnd und bat sie herein.

In der Mitte seines Wohnzimmers stand eine mit Silberbändern verzierte Holztruhe. Die war neu, zumindest war sie bei ihrem letzten Besuch noch nicht da gewesen.

Maria schloss hinter sich die Tür. »Danke, dass Sie das so schnell erledigt haben. Sie haben recht, wir brauchen die Dinger, wenn wir gegen diese wahnsinnige Mörderin eine Chance haben wollen.«

Die Elfe tätschelte die Truhe. »Hier drin ist alles was Sie brauchen. Da wäre jetzt nur noch die Frage der Bezahlung.«

Maria zog ihr Handy hervor. »Geben Sie mir einfach ihre Kontonummer und ich überweise Ihnen das Geld.«

Dannec schüttelte den Kopf und seufzte. »Sorry, so einfach geht das leider nicht. Ich habe hier kein offizielles, lizenziertes Geschäft, Lieutenant.«

»Scheiße, daran habe ich gar nicht gedacht. Und jetzt?« Maria schaute ihn fragend an.

Dannec hatte natürlich recht. Bisher hatte sie noch nie irgendwelche illegalen Geschäfte tätigen müssen und daher auch noch nie einen inoffiziellen Zahlungsweg gebraucht. Sie kannte zwar ein paar Tricks, um Geld auf anonyme Kanäle umzuleiten, aber das würde hier nicht funktionieren.

Dannec lächelte. »Darf ich einen Vorschlag machen?«

»Was?«

»Ich hatte zwar bisher selbst noch nicht direkt mit ihm zu tun, aber ich kenne einige Leute, die mit James Brownstone zusammenarbeiten. Er kennt sich bestens aus mit ... indirekten Zahlungen. Ich bin sicher, Sie könnten ihm eine Art Bonuszahlung auf sein Konto überweisen, was wahrscheinlich nicht allzu viel Aufmerksamkeit erregt und er könnte das Geld dann einfach an mich weiterleiten.«

Maria sah sich geistig schon Brownstone wegen Geldwäsche anklagen, bevor sie die völlige Absurdität ihres Vorhabens erkannte, ihm etwas vorzuwerfen, was sie gerade selbst im Begriff war zu tun.

Einen Pakt mit dem Teufel schließen? Nur über meine Leiche. Scheiße, ich werde erst einmal zu Tyler in die Schwarze Sonne gehen und einen trinken. Vielleicht hat er ja eine bessere Idee.

»Ich werde mich darum kümmern. Sie werden Ihr Geld bekommen.«

»Gut.« Der Elf starrte sie einen Moment lang an, als versuche er ihre Gedanken zu lesen. »Ich vertraue Ihnen, Lieutenant. Ich weiß, dass Sie mich nicht bescheißen werden.«

»Wirklich?«

»Sagen wir es mal so, ich vertraue darauf, dass Ihnen klar ist, dass es keine gute Idee ist mich zu bescheißen. Sie brauchen diese Schutzamulette, wenn Sie sich diese durchgedrehte Magierin schnappen wollen.« Dannec strich mit der Hand über den silbernen Band der Truhe und sagte etwas in einer Sprache, die sie nicht verstand. Der Deckel der Truhe klickte, als ob sich ein Schloss im Inneren geöffnet hätte.

»Eine Passphrase«, erklärte Dannec. Er klappte den Deckel auf.

»Was zur Hölle ist das?«

Sie konnte nicht glauben, dass sich mitten in der Truhe eine Leiter befand, die tief nach unten führte. Soweit sie sehen konnte, ging es dort gut sechs Meter nach unten, in einen Raum der gut fünf mal fünf Meter breit war. Die Truhe selbst war außen vielleicht maximal zwei Meter lang und einen Meter breit.

Dannec bestieg die Leiter und kletterte in der Truhe nach unten. Von unten winkte er Maria zu und bedeute ihr ihm zu folgen. Sie zögerte einen kurzen Moment, bevor sie in die Truhe kletterte und hinabstieg. Unten in dem Raum befanden sich mehrere kleine Tische, die eine Vielzahl von Artefakten enthielten. Ihre Anti-Magie-Deflektor-Halsketten lagen auf einem von ihnen. Die Kristalle waren ein wenig anders geformt, als die von den Deflektoren, mit denen sie normalerweise arbeiteten, aber ansonsten unterschieden sie sich kaum von ihnen.

Der Elf deutete auf den Tisch. »Bedienen Sie sich, Lieutenant. Sie werden feststellen, dass diese Deflektoren deutlich besser sind als Ihre bisherigen.«

»Ja, das will ich auch schwer hoffen, denn Sie bekommen auch eine Menge Geld dafür.«

»Und einen Gefallen.«

»Ja und einen Gefallen.« Maria seufzte. »Warum werde ich nur das dumme Gefühl nicht los, dass ich gerade einen riesigen Fehler gemacht habe?«

»Nun, Sie werden mir in der Beziehung einfach vertrauen müssen, so wie ich Ihnen mit der Bezahlung vertraue.«

Kapitel 18

Trey gähnte ausgiebig und streckte sich, bevor er dann schließlich aus dem Bett sprang. Er schnappte sich seine Klamotten vom Boden und sah auf die Uhr. »Scheiße, so lange wollte ich doch gar nicht schlafen.«

Es waren ein paar arbeitsreiche Tage gewesen und er war wohl bedeutend erschöpfter gewesen, als er gedacht hatte. Seine Tante einzuarbeiten und nebenbei auch noch Kopfgelder zu jagen war verdammt anstrengend.

Jammern würde daran allerdings nichts ändern. James beklagte sich schließlich auch nicht, während er daran arbeitete, Las Vegas zu einem sichereren Ort zu machen, also würde Trey sich an ihm ein gutes Beispiel nehmen. Jedes Kopfgeld, das er von der Straße holte, brachte ihm Geld ein und verbesserte den Ruf der Brownstone-Agentur. Wer würde sich schon über mehr Geld beklagen?

Ich muss meiner Tante ein gutes Vorbild sein.

Bevor er aus dem Schlafzimmer der Mietwohnung marschierte, schnappte Trey sich noch schnell sein Handy. So konnte er während dem Essen gleich nach möglichen neuen Kopfgeld-Aufträgen Ausschau halten. Es waren von dem Einkauf neulich zwar noch ein paar

Sachen im Kühlschrank, aber für eine anständige Mahlzeit würde das bisschen sicher nicht reichen.

»Hey, Tante Charlyce, wollen wir was frühstücken gehen?«, rief er in Richtung ihres Zimmers. »Oder brauchst du noch ein oder zwei Stunden?«

Sein Magen knurrte, während er auf ihre Antwort wartete.

»Tante Charlyce? Hörst du mich?«

Trey runzelte die Stirn und ging zu ihrem Zimmer. Er öffnete die Tür und warf einen Blick hinein. Das Zimmer war leer.

Es gab zwei Badezimmer in ihrer Mietwohnung, von denen eines nur von seinem Schlafzimmer aus zugänglich war. Daher marschierte er zu dem anderen Badezimmer, aber auch hier war keine Spur von seiner Tante zu sehen.

Verdammt, wo steckt sie denn nur? Ich habe keine Zeit für irgendwelche Versteckspiele.

»Scheiße.« Trey atmete ein paar Mal tief durch und setzte sich erst einmal auf die Couch im Wohnzimmer. Sofern seine Tante nicht plötzlich Unsichtbarkeitsmagie gelernt hatte, war sie verschwunden und hatte ihm nicht mal eine Nachricht hinterlassen.

Verdammt! Ich dachte wirklich sie wollte sich ändern, aber vielleicht kam sie mit dem neuen Leben doch nicht so gut zurecht. Vielleicht fühlte sie sich hier eingeengt und wollte wieder zurück auf die Straße.

Trey seufzte und nahm sein Handy zur Hand, unschlüssig, ob er sie anrufen sollte.

Da klopfte jemand an die Wohnungstür. Treys Blick wanderte zum Schlafzimmer. Dort lagen noch seine Waffen.

»Nein, bisher habe ich hier noch niemanden wirklich verärgert, zumindest niemanden, der nicht momentan im Gefängnis steckt.« Er ging zur Tür und öffnete sie, in der Erwartung, dass irgendein Arschloch dort stehen würde, um zu versuchen ihm irgendein Zeitschriften-Abo anzudrehen oder um eine Spende für irgendetwas zu bitten.

Dort stand allerdings nur seine Tante, mit einer kleinen Tüte Donuts und einem Behälter mit zwei Bechern Kaffee.

Trey sah sie überrascht an und war momentan erst einmal sprachlos. Seine Tante ging an ihm vorbei und legte die Sachen erst einmal auf den Esstisch.

»Wo warst du denn?«, fragte Trey dann schließlich, nachdem er seine Sprache wiedergefunden hatte.

»Ich wollte Dina besuchen, also bin ich mit dem Bus zum Büro vom Jugendamt gefahren, aber sie haben mich leider nicht zu ihr gelassen.«

Trey zuckte mit den Schultern. »Keine große Überraschung. Du bist ja nicht mit ihr verwandt. Für sie bist du nur irgendeine obdachlose Frau.«

»Ja, da hast du natürlich recht. Soweit hatte ich nicht gedacht. Jedenfalls, auf dem Rückweg hab ich diesen Donut-Laden gesehen und da dachte ich mir, ich nehme einfach mal ein paar davon mit.« Sie lachte. »Damit habe ich jetzt auch noch das letzte bisschen Geld, das ich mir zusammengespart hatte, aufgebraucht, also brauche ich nun einen Job. Zeit, die Ärmel hochzukrempeln und anzufangen.«

»Okay, dann legen wir mal los.« Trey setzte sich neben seine Tante an den Esszimmertisch. Er öffnete die Kopfgeldjäger-App und legte das Handy auf den

Tisch, damit sie beide darauf schauen konnten. »Das ist die globale App, mit der wir die meiste Zeit arbeiten. Es gibt aber auch noch eine spezielle App nur für die Kopfgelder von LA.«

Tante Charlyce lachte. »Es ist, als würde man online nach Kriminellen shoppen.«

»Nun, so in etwa funktioniert das System. Ich bin ein Kopfgeldjäger der Stufe drei, weil ich schon mindestens einmal ein Kopfgeld der Stufe drei abgeliefert habe. Ich bin dafür lizenziert und versichert. Sollte ich allerdings versuchen, einen Verbrecher der Stufe fünf dingfest zu machen und würde dabei getötet werden, könnte die Versicherung die Zahlung verweigern.«

»Stufe fünf sind Verbrecher die Magie verwenden, oder?«

»Na ja, auch Anführer von Terroristen und Verbrecherorganisationen können Stufe fünf erreichen, aber ansonsten hast du recht. Alle Kopfgelder oberhalb von Stufe drei haben fast immer irgendwelche magischen Fähigkeiten. Die spezifischen Regeln hängen allerdings von dem Staat ab, in dem das Kopfgeld ausgesetzt wurde.« Er schnaubte. »Die Politiker können noch nicht einmal bei solchen Sachen an einem Strang ziehen.«

Seine Tante lachte. »Nun, das bedeutet, dass du dich besser von Verbrechern mit magischen Fähigkeiten fernhalten solltest.«

»Jedenfalls im Augenblick.« Trey grinste. »Wer weiß schon was die Zukunft bringt? Aber im Moment konzentriere ich mich tatsächlich hauptsächlich auf Typen der Stufe eins und zwei. Mit diesen Dummköpfen werde ich leicht fertig. Viele dieser Typen sind nicht einmal wirklich gefährlich. Auf sie wird oft nur deshalb ein Kopfgeld ausgesetzt, weil die Polizei sie nicht finden kann. Die Typen der Stufe zwei sind in der Regel bewaffnet, haben aber bisher noch niemanden ermordet. Aber das stimmt natürlich nicht immer.«

Er griff nach seinem Kaffeebecher und öffnete die Donut-Schachtel, um sich einen rechteckigen Donut mit Ahornglasur zu schnappen. Seine Tante nahm sich selbst ebenfalls einen. Für eine Weile schwiegen beide, während sie ihre Donuts mampften und ihren Kaffee tranken.

Als Tante Charlyce ihren Donut aufgegessen hatte, stieß sie erst einmal einen tiefen Seufzer aus. »Deine Arbeit ist ziemlich gefährlich, aber trotzdem bin ich unheimlich stolz auf dich. Du verdienst ehrliches Geld und hilfst gleichzeitig dabei, die Welt zu einem sichereren Ort zu machen.«

»Danke.« Er musterte sie einen Moment lang nachdenklich. »Da wäre nur noch eine Sache, die ich dich fragen muss, bevor wir losziehen und uns ein Arschloch suchen, das von der Polizei gesucht wird.«

»Was denn?«

»Soll ich Nana sagen, dass du wieder da bist? Bisher habe ich ihr noch nichts verraten.«

Tante Charlyce senkte nachdenklich den Blick und starrte auf ihre Hände, bevor sie dann schließlich den Kopf schüttelte. »Nein, bitte sag ihr noch nichts, Trey. Lass uns bitte noch ein wenig warten, bis ich bewiesen habe, dass ich es schaffen kann.«

»Schon gut. Nach über sieben Jahren kommt es jetzt auf ein paar Tage mehr oder weniger auch nicht an. Jetzt lass uns losziehen und einen Kriminellen von der Straße holen.«

* * *

James stand im Badezimmer und versuchte krampfhaft dem Drang zu widerstehen, seine Faust in den Spiegel schlagen zu wollen. Er hatte geglaubt, dass er den Rote-Augen-Killer relativ schnell finden würde, als Peyton ihn zu diesem Tim geschickt hatte. Er wollte diesen Typen so schnell wie möglich aus dem Verkehr ziehen. Dann wäre die Stadt wieder sicher und Dinas Vater wäre gerächt.

Nachdem sie den toten Kopfgeldjäger gefunden hatten, waren zwar keine weiteren Leichen mehr aufgetaucht, aber das musste nichts heißen. Der Killer hatte seine Schlagzahl erhöht und seinen potenziellen Opferkreis erweitert. Die Tatsache, dass er Lance getötet hatte, bewies das. Der Bastard hätte ihm mit Leichtigkeit aus dem Weg gehen können, aber er hatte es nicht getan.

Schlimmer noch, er hatte einen Kopfgeldjäger der Stufe vier getötet, der eigentlich mit so einer Bedrohung hätte fertig werden müssen. Wenn es James nicht schnellstens gelänge, diesen Typen zu stoppen, würde der Bastard bestimmt bald übermütig werden und anfangen, jeden zu töten, der ihm über den Weg gelaufen käme. Dann würde es in den Straßen von Las Vegas ein Blutbad geben.

»Verdammtes Arschloch«, fluchte James vor sich hin. »Warum kann der Wichser nicht einfach rauskommen und sich mir zum Kampf stellen? Warum muss diese Scheiße nur so kompliziert sein?«

Der Kopfgeldjäger war extrem frustriert und es kam ihm sogar kurz der Gedanke, ob er sich nicht ein paar Kopfgelder der Stufe drei suchen sollte, an denen er sich ein wenig abreagieren könnte.

»Verdammter Rote-Augen-Killer.«

James holte mehrmals tief Luft und holte dann sein Handy, das auf dem Nachttisch lag. Er brauchte jemanden zum Reden. Er wählte Alisons Nummer.

Nach dem dritten Klingeln warf er einen kurzen Blick auf seine Uhr.

Scheiße, es ist dort früh am Morgen. Wahrscheinlich ist sie gerade in einem Zauberbesenmacher-Kurs oder sowas.

»Hallo Dad«, meldete sie sich dann endlich nach einem weiteren Klingeln.

James brummte als Antwort nur ein kurzes »Hallo Alison.«

Alison lachte. »Na, welches Gangstersyndikat hat dich denn diesmal verärgert?«

»Nichts dergleichen, ich wollte mich nur mal wieder bei dir melden und hören, ob bei dir alles in Ordnung ist.«

»Bei mir ist alles klar. Aber du klingst irgendwie angespannt.«

»Äh, bei mir ist eigentlich auch alles okay.« James verstummte. Ihre fröhliche Stimme hatte irgendwie einen beruhigenden Einfluss auf ihn und er war froh, dass sie übers Telefon ihre Seelensicht nicht einsetzen konnte.

Alison seufzte. »Du, sorry, aber ich muss jetzt leider Schluss machen. Der Unterricht geht jetzt gleich los, also muss ich zusehen, dass ich in die Klasse komme. Du kannst mich aber in etwa einer Stunde wieder anrufen, dann habe ich eine Freistunde.«

»Nein, ist schon okay. Ich wollte nur mal wieder deine Stimme hören, das ist alles.«

»Okay, dann mach's gut. Ich liebe dich, Dad.«

»Ich liebe dich auch.«

Es machte ›klick‹ und der Anruf war beendet.

James atmete ein paar Mal tief durch. Das kurze Gespräch mit Alison hatte seine Wut verrauchen lassen und er konnte sich nun wieder auf das eigentliche Problem konzentrieren, wie zur Hölle er den Rote-Augen-Killer am besten aufspüren könnte.

Während er noch über dieses Problem nachdachte, signalisierte sein Handy ihm eine eingehende Textnachricht von Alison.

Mir geht's gut, Dad. Du brauchst dir keine Sorgen um mich zu machen. Ich habe hier gute Freunde, die mir zur Seite stehen und so ganz wehrlos bin ich inzwischen ja nun auch nicht mehr. Hab dich lieb, Alison.

James runzelte die Stirn. »Gute Freunde, hm?« Er blickte nachdenklich auf sein Handy. »Ich hoffe doch sehr, dass die alle weiblich sind. Na ja, muss mir die bei meinem nächsten Elternwochenende wohl mal alle zeigen lassen.«

Der Anruf bei seiner Tochter hatte ihn zwar vor einem Wutanfall bewahrt, aber leider kein Stück näher an die Lösung seines Problems gebracht. Er kannte da jedoch noch eine andere Frau in seinem Leben, die einiges darüber wissen musste, wie man Menschen aufspüren konnte.

James schickte Shay eine Nachricht und wartete. Er hatte keine Ahnung, in welcher Zeitzone sie momentan steckte und ob sie momentan überhaupt wach sein würde, aber es war einen Versuch wert. Bereits ein paar Minuten später klingelte dann auch schon sein Handy.

»Hallo Shay.«

»Hallo James, was ist denn los? Ich bin gerade mal ein paar Tage weg und du hast bereits solche Sehnsucht nach mir?«

James schnaubte. »Ich find diesen blöden Scheißtypen einfach nicht. Normalerweise wäre es mir ja scheißegal, ob es nun ein oder zwei Tage dauert, aber dieser Wichser muss schnellstmöglich aus dem Verkehr gezogen werden, bevor er noch mehr unschuldige Menschen tötet.«

»Mensch James, die Lösung ist doch dermaßen offensichtlich.«

»Mmh? Wovon zur Hölle redest du? Bisher sind alle Versuche hier ziemlich erfolglos verlaufen.«

Shay stöhnte. »Ich rede von magischer Unterstützung, oh du mächtiger Kopfgeldjäger.«

»Ich brauche keine Magie, um diesen Kerl zu erledigen. Ich muss ihn einfach nur finden, damit ich dann so lange auf ihn einschlagen kann, bis er sich nicht mehr bewegt.«

»Davon rede ich doch, du Knalltüte. Lass dir einfach von jemand irgendeinen magischen Aufspürzauber geben. Damit solltest du ihn in kürzester Zeit finden.«

»Du weißt doch, ich mag keine Magie. Es ist nicht gut, wenn man sich auf so einen Mist verlassen muss.«

Shay fuhr ihn ärgerlich übers Telefon an: »Das ist doch jetzt nicht dein Ernst, oder? Verdammt noch mal, du hast keine Ahnung, wo er steckt, also was hast du schon zu verlieren? Das Schlimmste, was passieren kann, ist, dass nichts dabei rauskommt. Andererseits könntest du das Arschloch dadurch ja vielleicht doch ausfindig machen und dann kannst du hingehen und ihn dir schnappen. Oder du kannst natürlich rumheulen und rumjammern, dass du keine Magie magst und wie ungerecht doch das Leben ist. Mann, Mann, Mann!«

James seufzte. »Ja, ja, du hast ja recht. Ich werde versuchen magische Hilfe zu bekommen. Es ist ja tatsächlich nicht so, dass ich etwas zu verlieren hätte.«

»Schön zu sehen, dass du hin und wieder doch vernünftig sein kannst.«

Er holte tief Luft. »Danke. Ist ansonsten alles in Ordnung bei dir?«

Shay kicherte. »Nichts, womit ich nicht fertig würde, aber ich werde trotzdem noch ein paar Tage hier festsitzen.«

»Alles klar. Ich werde mich dann gleich mal darum kümmern, jemanden zu finden, der mir einen Aufspürzauber besorgen kann. Auch wenn dieser Mist am Ende wahrscheinlich wieder verdammt kompliziert werden wird, ich habe leider keine andere Wahl.«

»Das Leben ist nicht einfach, James. Irgendwann wirst selbst du das mal akzeptieren müssen.«

James seufzte. »Als ob ich das inzwischen nicht schon längst begriffen hätte.«

»Sieh zu, dass du dich nicht umbringen lässt. Bis dann!«

James verabschiedete sich mit einem: »Ja, du auch.«

Sobald Shay aufgelegt hatte, wählte der Kopfgeldjäger sofort Zoes Nummer.

Ja, es stimmt, du und Alison habt mein Leben verkompliziert. Aber inzwischen macht mir das überhaupt nichts mehr aus.

Es klingelte bereits zum vierten Mal, als Zoe endlich an ihr Telefon ranging.

Ein gewaltiges Gähnen begrüßte ihn. »James? Warum rufst du mich so früh an? Du weißt doch, dass ich gerne ausschlafe.«

»Ja, weil du immer regelmäßig abends einen über den Durst trinkst, Zoe.«

Sie kicherte. »Stimmt, aber trotzdem war ich der Meinung, wir hätten da so eine Art Abmachung.«

»Ja, das haben wir auch. Entschuldige bitte die Störung, aber ich bin in Las Vegas auf der Jagd nach einem abgefuckten Serienmörder und dachte, du kennst hier vielleicht jemanden, der mir mit sowas wie einem Aufspürzauber helfen könnte.«

»Oh. Ich verstehe. Hm, ja, ich kenne da tatsächlich ... jemanden. Sie könnte dir sicherlich helfen, aber sie ist etwas ... seltsam.«

»Das sagt ja genau die Richtige.«

»Wir haben alle unsere eigene Art mit Magie umzugehen, James.« Danach erklang ein gluckerndes Geräusch. Scheinbar hatte Zoe sich gerade ein flüssiges Frühstück gegönnt.

Mmh. Du beschwerst dich darüber, dass ich dich aufgeweckt habe, fängst dann aber gleich schon am frühen Morgen wieder mit Alkohol an?

»Zoe, das hier ist wichtig. Wenn sie mir helfen kann, erwische ich diesen wahnsinnigen Killer vielleicht, bevor er noch weitere Leute umbringt.«

Zoe seufzte. »Okay, okay. Ihr Name ist Margarete. Du findest sie im Haifischbecken im Golden Nugget.«

»Du meinst sicher irgendwo in der Nähe des Beckens?«

»Nein, ich meine *in* dem Becken.«

James schluckte. »Häh ... dann ist sie tatsächlich seltsam.«

»Ja, genau das habe ich gemeint. Sei gewarnt, James. Sie wird sich nicht allein mit Geld zufriedengeben. Sie wird dir kein Leid zufügen, das garantiere ich, aber du solltest trotzdem vorsichtig sein.«

»Sie ist wohl so eine Art Nixe, oder? Wie schlimm kann sie schon sein?«

»Nun, du wirst schon sehen.«

Kapitel 19

Maria betrat die Schwarze Sonne. Da sie noch nicht offiziell geöffnet hatten, waren Tyler und Kathy gerade noch dabei, die Stühle herunterzustellen und die Tische abzuwischen.

Tyler blickte sie von einem Tisch nahe dem Eingang aus an. »Lieutenant Hall! Was machen Sie denn schon so früh hier?«

Sie deutete nach hinten, in Richtung seines Büros. »Ich müsste mit Ihnen etwas unter vier Augen besprechen.«

Der Barkeeper nickte und legte seinen Lappen auf den Tisch. Er ging zielstrebig auf sein Büro zu und die Polizistin folgte ihm.

Tyler setzte sich hinter seinen Schreibtisch, aber Maria blieb davor stehen, nachdem sie die Tür geschlossen hatte.

Sie wies mit dem Daumen zur Tür. »Wie schön, dass Sie auch mal ab und zu ehrliche Arbeit leisten.«

Der Barkeeper lachte. »Wenigstens wird mein Gehalt nicht aus Steuermitteln finanziert.«

»Nun, die Allgemeinheit will die Polizei.«

»Ach deshalb werden Sie so gut bezahlt?«

Maria rollte mit den Augen. »Nun, Sie verkaufen Schnaps. Es ist ziemlich schwierig, beim Schnapsverkauf kein Geld zu verdienen, aber irgendjemand hier hatte bis vor kurzem noch ziemliche Probleme dabei.«

Tyler zuckte zusammen. »Autsch, das tat weh.«

Lieutenant Hall setzte sich auf den Besucherstuhl vor dem Schreibtisch. »Nun, apropos Geld, damit wären wir auch eigentlich gleich schon bei dem Thema, über das ich mit Ihnen reden müsste.«

»Sandwich und Chips kosten exakt das, was auf der Speisekarte steht, die neben der Theke hängt.« Er beugte sich nach vorne. »Aber die Preise von Informationen sind natürlich verhandelbar.«

Maria holte tief Luft. Einen Kriminellen zu bitten, ihr dabei zu helfen, offizielles Geld so umzuleiten, dass sie damit die Waren eines anderen Kriminellen bezahlen konnte, war jenseits aller Legalität, aber sie tat es ja schließlich nicht, um sich dadurch selbst zu bereichern. Sie wollte nur sichergehen, dass ihre Männer den nächsten Einsatz überleben würden.

Scheiß drauf. Wenn ich wirklich untergehen sollte, nachdem ich dadurch wenigstens ein einziges Polizistenleben gerettet habe, wäre es mir das tausendmal wert.

»Ich habe einige ... magische Schutzamulette von einem Oriceraner bezogen.«

»Sie meinen den Kerl, zu dem ich Sie geschickt habe?«, fragte Tyler lächelnd.

Maria nickte. »Ja. Nun muss ich ihn nur noch bezahlen, aber das ist gar nicht mal so leicht. Ich kann ja nicht einfach hergehen und ihm von einem offiziellen Polizeikonto Geld überweisen.« Sie zuckte mit den Schultern. »Die Regierung will leider für jeden einzigen Cent eine Quittung in tausendfacher Ausführung und der Typ ist da leider kein großer Fan von.«

Tyler faltete seine Hände vor sich zusammen. »Das kann ich verstehen. Haben Sie nicht irgendeine Art schwarzes Konto für Schmiergelder oder irgendwelche Undercover-Scheiße, das Sie dafür nehmen können?«

»Die Polizei, sicher. Die AET-Abteilung? Nun, wir machen keine Undercover-Arbeit. Außerdem habe ich das Gefühl, dass dieser Typ eine etwas anonymere Zahlungsweise bevorzugt. Ich brauche daher einen Unterhändler, dem beide Seiten vertrauen.« Sie schnaubte. »Der Typ hat mir doch tatsächlich Brownstone vorgeschlagen.«

Tyler prustete los. »Nicht sein Ernst, oder? Wenn Brownstone von der Sache erfahren sollte, hätte er Sie völlig in der Hand und Sie würden niemals mehr gegen ihn vorgehen können.«

»Exakt. Dennoch brauche ich jemanden, der als Treuhänder fungieren kann und dem beide Seiten vertrauen können.«

Ihr Gegenüber lehnte sich mit einem fetten Grinsen im Gesicht in seinen Stuhl zurück. »Ja, ich kenne da tatsächlich jemanden, der geradezu ideal dafür geeignet wäre.«

»Wunderbar, dann schießen Sie mal los.«

Er zeigte auf sich selbst. »Wie wäre es mit mir?«

»Hm? Sie?

Tyler nickte. »Ja, Dannec kennt mich und Sie kennen mich auch. Sie können sicher sein, dass ich Sie nicht verarschen werde, da Sie mir dabei helfen, die Neutralität der Schwarzen Sonne zu wahren.«

Maria seufzte. »Okay, das klingt gut. Ich bezweifle allerdings, dass Sie das aus reiner Nächstenliebe tun werden, oder?«

»Nein, aber ich werde es für eine einprozentige Vermittlungsgebühr tun, was alles in allem für Sie immer noch ein verdammt gutes Geschäft ist.«

Lieutenant Hall dachte einen Moment über Tylers Vorschlag nach. Indem sie dafür gesorgt hatte, dass die Schwarze Sonne zu neutralem Boden wurde, hatte sie schon vor langer Zeit eine Grenze überschritten, indem sie einem Kriminellen geholfen hatte. Nun, wenn ihr dieser Kriminelle nun dabei helfen würde, ihre Leute vor so Wahnsinnigen wie Tessa Vansant zu schützen, dann sollte er in Gottesnamen auch eine kleine Gebühr dafür erhalten. Wenigstens würde Tyler nicht auf einen Marktplatz marschieren und dort aus einer Laune heraus zwölf Menschen ermorden.

Maria nickte. »Ich bin einverstanden.«

»Dann werde ich mich sofort darum kümmern. Ich denke, ich kann Dannec gleich schon mal zehn Prozent anzahlen. Danach muss ich allerdings erst eine Strohfirma gründen, über die ich die restlichen neunzig Prozent abwickeln kann.«

»Okay. Oh, Mist!«

»Was ist denn?«

Maria stand auf, um zu gehen. »Ich musste nur gerade daran denken, dass ich Sie nun nicht mehr hochnehmen kann, da wir ja nun sowas wie Geschäftspartner sind.«

Tyler zuckte mit den Schultern. »Ich bin vielleicht kein Musterbürger, aber eines bin ich ganz sicher nicht, eine gefährliche Bedrohung. Das AET dürfte daher absolut kein Interesse an mir haben und außerdem wäre ich ja ziemlich blöd, wenn ich Sie vor den Kopf stoßen würde, denn damit würde ich ganz sicher die

Neutralität dieser Kneipe riskieren. Vertrauen Sie mir. Ich verdiene seitdem mehr Geld als je zuvor, weil die Leute wissen, dass sie gefahrlos hierherkommen und mit allen möglichen ... interessanten Leuten reden können.«

»Das will ich auch schwer hoffen. Ich kann Ihnen versprechen, dass Sie mich definitiv nicht zum Feind haben möchten, Tyler. Das wird sonst schlimmer als damals, als Brownstone diese Arschlöcher irgendwie dazu gebracht hat, Ihre Bar zu stürmen. Ich bin froh, dass Sie inzwischen wieder alle Schäden in Ordnung bringen konnten.« Sie zuckte mit den Schultern. »Nun, wir vermuten zumindest, dass er dahintersteckte. Wir konnten es ihm nie beweisen.«

Tyler schoss aus seinem Stuhl auf. »Oh, ich weiß, dass dieser Wichser dafür verantwortlich war. Er fand es sicher verdammt lustig, einen Haufen Arschlöcher dazu zu bringen, in meine Bar zu marschieren und alles kurz und klein zu schlagen. Verdammter arroganter Fatzke. Der Blitz soll ihn beim Scheißen treffen!«

Maria musste herzhaft lachen. Ihr Chef hatte ihr zwar befohlen, die Finger von Brownstone zu lassen, aber es war schön zu wissen, dass es immer einen Platz gab, wo sie hingehen und über ihn ablästern konnte.

Du bringst sogar Polizisten und Kriminelle zusammen. Du bist schon ein ganz besonderes Arschloch, Brownstone.

* * *

James stellte sich vor, dass, wenn er jemals in die Hölle käme, diese wie dieses Spielcasino aussehen würde. Es gab hier viel zu viele Menschen und verdammt nochmal viel zu viele blinkende Lichter. Casinos waren einfach nur anstrengend und nervig.

Die Glücksspiele hatten alle unglaublich komplizierte Regeln und alles dreht sich im Prinzip um eine einzige Sache: dass man durch Glück etwas umsonst bekommen konnte. Er marschierte einmal komplett durch das Casino, bis er endlich den Poolbereich erreicht hatte.

Weiße Liegestühle standen rund um den Swimmingpool, in dessen Mitte sich ein riesiges Aquarium mit kleinen Haien darin befand. Durch das Aquariumbecken schlängelten sich mehrere durchsichtige Röhren mit Wasserrutschen. Man konnte zwar nicht direkt mit den Haien schwimmen, aber zumindest an ihnen vorbeigleiten. Nicht die Art von Vergnügen, die ihm gefiel, aber er konnte sich vorstellen, dass es Kindern sicherlich einen riesigen Spaß machte.

Hm. Ich frage mich, wie es wohl wäre, gegen einen dieser Haie zu kämpfen?

Keiner der Leute, die im Pool planschten oder draußen auf den Liegen lagen, schien ihn großartig zu beachten.

Wie zur Hölle soll ich hier jemanden finden? Was hat Zoe nochmal genau gesagt? Im Becken? Sie kann doch nicht ernsthaft damit gemeint haben, dass die Magierin irgendwo in dem Haifischbecken ist, oder?

James ließ seinen Blick durch den Poolbereich wandern, auf der Suche nach irgendeinem Anhaltspunkt, aber neben einigen völlig betrunkenen Touristen in Badeanzügen gab es hier gleich dutzende seltsame oder genauer gesagt exotisch aussehende Frauen.

»Sie suchen hier anscheinend jemanden«, sprach ihn eine sinnliche Stimme von hinten an.

James drehte sich um und erblickte eine schöne, schlanke junge Frau in einem grünen Bikini. Da nur ihre Beine nass waren, schien sie nicht allzu tief im Wasser gewesen zu sein.

Sein Magen verkrampfte sich. Etwas an ihr war merkwürdig, aber er kam einfach nicht darauf was das war. Etwas an ihrem Blick ... ihr Körper und ihr Gesicht sahen so aus, als wäre sie gerade mal Anfang zwanzig, aber ihre Augen verrieten ihm, dass sie weitaus älter sein musste.

»Sie suchen mich, nicht wahr, Mister Brownstone?« Die Frau schenkte ihm ein strahlend weißes Lächeln.

»Nun, wenn sie Margarete sind?«

»Ja, die bin ich. Eine gemeinsame Freundin ließ mich wissen, dass Sie kommen würden.«

James Anspannung ließ ein wenig nach. Er deutete auf das Haifischbecken. »Ich dachte, Sie wären eine Magierin, aber Sie ... Sie sind so eine Art Meerjungfrau, oder?«

Margarete lächelte und ignorierte seine Frage einfach. »Wie kann ich Ihnen denn helfen?«

James beschloss, dass es ihn eigentlich ja überhaupt gar nichts anging, was oder wer diese Frau war. Er war da, um sie um Hilfe beim Aufspüren des Rote-Augen-Killers zu bitten.

»Ich bin auf der Suche nach einem Mann.«

»Nun, dann geht es Ihnen ja genau wie mir.«

James zuckte zusammen und fing an rot zu werden.

Margarete lachte. »Oh, das ist einfach zu köstlich. Sie sind ja total verkrampft. Soll ich Ihnen ein klein wenig beim Entspannen helfen?« Sie zwinkerte ihm verschwörerisch zu.

James stöhnte. »Dieser Spruch hätte genauso gut auch von Shay kommen können.«

»Oh? Klingt ja fast so, als hätten wir dieselben Vorlieben.«

James überlegte einen Moment. »Mmh. Töten Sie gerne?«

Margarete brach in ein schallendes Gelächter aus. »Nein, das ist eher nicht mein Stil. Mit Toten kann man schlecht die ganze Nacht lang Sex haben, oder?«

Nein, diese Frau hatte nichts mit Shay gemein. Sie ähnelte eher Zoe, bevor diese beschlossen hatte, dass es zu gefährlich sei, weiterhin mit James zu flirten.

Ja, irgendwie kein Wunder, dass die beiden befreundet sind.

James öffnete schon seinen Mund, um etwas in dieser Richtung zu sagen, schloss ihn dann aber gleich wieder. Er hatte sich so sehr auf das Gespräch mit Margarete konzentriert, dass er gar nicht mal bemerkt hatte, dass alle anderen Geräusche um ihn herum verstummt waren. Er konnte weder das Geplansche der Leute im Pool, noch die Unterhaltungen der Leute, die an ihnen vorbeiliefen, hören.

»Sieht so aus, als könnten wir hier ungestört reden, ohne belauscht zu werden, oder?«

Margarete nickte. »Für den Augenblick, ja.«

»Ich bin auf der Jagd nach dem Rote-Augen-Killer. Bisher haben weder die Polizei noch die Leute auf der Straße, mir dabei helfen können. Jetzt hoffe ich, dass es eine Möglichkeit gibt, den Kerl irgendwie magisch aufzuspüren und dass Sie mir dabei helfen können.«

»Ja, dass kann ich. Aber ich verlange dafür eine Entschädigung.«

James zuckte mit den Schultern. »Zoe meinte, dass sie kein Geld nehmen, also was wollen Sie?«

Margarete schenkte ihm ein verführerisches Lächeln. »Nun, was ich *wirklich* will, werde ich von Ihnen leider nicht bekommen, das kann ich an Ihrem Blick erkennen.«

James entschied, dass er manche Dinge lieber nicht wissen wollte. »Äh, was möchten Sie denn haben, von dem Sie denken, dass ich es Ihnen geben würde?«

»Ich will eine Erinnerung von Ihnen.«

»Was?«

»Eine Erinnerung. Nichts Besonderes. Nur Ihre Erinnerung an das Frühstück heute Morgen.«

James grunzte. »Wollen Sie mich verdammt noch mal verarschen?«

Margarete schüttelte den Kopf. »Das ist doch keine Erinnerung, die Sie unbedingt brauchen, oder?«

»Das ist doch verrückt. Warum muss dieser Magiekram denn immer so verdammt kompliziert sein?«

Die Frau hörte auf zu lächeln. »Wenn die Magie nicht so kompliziert wäre, hätten selbst Leute wie Sie keine Chance, die Dunkelheit zurückzudrängen, Mister Brownstone.«

Ihre Worte hingen für einen langen Moment in der Luft, bevor James sich räusperte. »Wollen Sie ernsthaft meine Erinnerung an das Essen eines Double-Doubles mit Pommes als Bezahlung?« James schüttelte ungläubig den Kopf. Dieser Scheiß war einfach nur irre.

Margarete nickte. »Ja. Das würde mir reichen.«

»Und was wollen Sie dann mit meiner Erinnerung anstellen?«

»Nun, ich werde damit einen genussvollen Moment aus dem Leben von James Brownstone nacherleben können.«

Dem hatte er nicht allzu viel entgegenzusetzen. Double-Doubles waren tatsächlich verdammt gut. Nicht so gut wie das Barbecue von *Jessie Rae's*, aber dennoch lecker.

James seufzte. Er hatte zwar kein gutes Gefühl dabei, aber Zoe hätte ihn zu niemandem geschickt, der ihm tatsächlich Schaden würde.

Er atmete tief ein. »Also nur diese eine Erinnerung?«

»Ja, aber sie wird danach komplett weg sein, das heißt, Sie werden sich nicht mehr daran erinnern können, was Sie heute Morgen gegessen haben.«

James zuckte mit den Schultern. »Na ja, was soll's, warum nicht?«

Margarete grinste und schloss die Augen.

Ein Kribbeln fuhr durch den Körper des Kopfgeldjägers und er spürte einen kurzen, stechenden Schmerz in seinen Kopf. »Was zum Teufel machen Sie da?«

»Ich habe nur meine Bezahlung entgegengenommen.« Margarete beugte sich nach vorne und flüsterte ihm zu. »Verraten Sie mir doch mal, James, was Sie heute Morgen zum Frühstück hatten?«

»Ich ... Scheiße, ich weiß es nicht.« Er sah sie vollkommen verwirrt an. »Ich weiß nicht einmal mehr wo ich gefrühstückt habe.« Er kniff verärgert die Augen zusammen. »Ich dachte, Sie wollten mir nur die Erinnerung an meine Mahlzeit nehmen.«

»Nun, so etwas passiert leider manchmal, James. Es ist schwer, eine einzelne Erinnerung zu entnehmen, ohne die benachbarten mit zu beeinflussen.« Sie zuckte mit den Schultern.

Sein fotografisches Gedächtnis war immer Segen und Fluch zugleich gewesen. Der Gedanke, dass er nun etwas einfach so komplett vergessen hatte, sorgte für einen dicken Kloß in seinem Hals. Es war eine seltsame Erfahrung für ihn und er war sich nicht sicher, ob er das beängstigend oder einfach nur verdammt nervig finden sollte. Er war sich auch nicht sicher, ob diese Frau ihn nicht soeben ziemlich übers Ohr gehauen hatte.

Margarete blickte ihn mit einem breiten Grinsen im Gesicht an. »Oh, ja, genau das war es, was ich wollte. *Dieses* Gefühl.« Sie atmete tief ein und dann langsam wieder aus. »Ich werde diesen Killer für Sie aufspüren, aber ich brauche einen Fokus.«

James starrte sie einen Moment lang an, während er immer noch darüber nachgrübelte, was zur Hölle da gerade passiert war.

Was soll's. Wenn diese Meerjungfrau oder Magierin oder was zum Teufel auch immer sie darstellt, mich verarscht hat, dann ist es jetzt eh schon zu spät. Momentan ist für mich eigentlich nur wichtig, dass ich möglichst schnell diesen Killer finde.

»Was für einen Fokus?«, fragte James nach.

»Irgendetwas von ihm. Ein Finger oder eine Zehe wäre schön.« Sie lachte. »Aber ein Haar tut's zur Not auch, ich brauche nur etwas, das von seinem Körper stammt.«

»Muss es denn unbedingt ein komplettes Haar sein?«

Sie schüttelte den Kopf. »Nein, ein kleines Stückchen reicht.«

»Geht auch eine DNA-Probe?«

»Ja, ich denke schon.«

James nickte. »Okay, die kann ich Ihnen besorgen.«

»Alles klar. Sobald Sie wieder hier sind, werde ich Ihnen etwas basteln, mit dem Sie diesen Mörder aufspüren können.«

* * *

Trey und seine Tante hielten vor einem riesigen Apartmentkomplex, der ein paar Blocks vom Las Vegas Boulevard entfernt lag. Ihr heutiges Ziel war ein Kopfgeld der Stufe eins. Dieses Miststück hatte sich auf Finanzbetrügereien spezialisiert und nahm dazu meist ältere Menschen aus. Es wurde höchste Zeit, dass sie aus dem Verkehr gezogen und mit den Konsequenzen ihres Handelns konfrontiert wurde.

Der Kopfgeldjäger grinste seine Tante an. »In der Regel versuche ich die Leute erst einmal dazu zu bringen, freiwillig die Tür zu öffnen. Dazu wende ich in der Regel die Lieferantenstrategie an. Ich tauche einfach mit einer Pizzaschachtel oder so etwas Ähnlichem vor ihrer Haustür auf ... und oftmals reicht das schon aus. Wenn das nicht klappt, dann trete ich normalerweise schlicht die Tür ein.« Er deutete mit dem Daumen auf die Rücksitzbank. »Deshalb liegen dort mehrere leere Pizzakartons und noch ein paar andere Tüten von bekannten Lieferdiensten.«

Tante Charlyce seufzte. »Okay, also wenn sie auf den Lieferantentrick nicht hereinfallen, dann trittst du eben einfach die Tür ein?«

»Ja.« Trey öffnete die Fahrertür und stieg aus. »Bisher ist mir dabei noch kein Kopfgeld durch die Lappen gegangen.«

Seine Tante stieg ebenfalls aus und folgte ihm, als sie die Lobby durchquerten und dann einen Gang hinunter bis zu ihrem Ziel folgten: Apartment Nummer 3. Seine Tante packte ihn am Arm und hielt ihn zurück, als er an die Tür anklopfen wollte.

»Du hast gar keinen Pizzakarton mitgebracht«, flüsterte sie.

Trey zog die Krawatte an seinem Anzug gerade. »Nun, ich werde einfach behaupten, dass wir eine Volkszählung machen oder so ein Scheiß.«

Tante Charlyce seufzte und raunte ihm zu. »Warte kurz. Ich bin gleich wieder da. Sieh zu und lerne, Kleiner!«

Trey prustete. »Kleiner? Okay, okay. Dann zeig mal, was du draufhast.« Er verschränkte die Arme und lehnte sich an die Wand, während er wartete.

Seine Tante verschwand um eine Ecke.

Was zum Teufel hat sie vor?

Tante Charlyce tauchte eine Minute später wieder auf und schob einen Reinigungswagen vor sich her.

Trey fragte verwundert. »Was willst du denn damit?«

»Erinnerst du dich, wie ich Mister Brownstone gesagt habe, dass die Obdachlosen für die meisten Leute quasi unsichtbar sind? So etwas wie Hintergrundrauschen.« Sie zwinkerte. »Genauso verhält es sich mit den Zimmermädchen. Die Leute sehen nur den Reinigungswagen, aber niemand achtet auf die Person, die ihn schiebt. Bei einem Pizzaboten ist das anders. Da schauen sich die Leute den Kerl meist ziemlich genau an und sind misstrauisch, vor allem, wenn sie gar nichts bestellt haben.«

Trey nickte ihr anerkennend zu. Er hatte gedacht, die Idee mit den Pizzaschachteln wäre ziemlich clever, aber in der Regel musste er meist doch die Tür eintreten und sie dann zeitaufwändig überwältigen. Die Idee mit dem Zimmermädchen dagegen würde vermutlich weitaus besser funktionieren und ihm die Möglichkeit eröffnen, sein Ziel völlig unvorbereitet zu überrumpeln.

Er nickte. »Ich warte gleich hinter der Ecke dort.« Er joggte bis zum Ende des Ganges und zog dabei seine Waffe.

Seine Tante schob den Wagen in das Sichtfeld der Kamera über der Tür und klopfte an.

»Was wollen Sie?«, blaffte sie eine ärgerliche Frauenstimme über die Sprechanlage an.

Treys Tante lächelte in die Kamera. »Entschuldigen Sie. Es tut mir schrecklich leid Sie zu belästigen, aber ich muss in Ihrem Badezimmer ein paar Duftsteine anbringen.«

»Wozu? Ich habe nicht darum gebeten.«

»Ich weiß und es tut mir auch sehr leid. Es ist nur eine vorbeugende Maßnahme. Die Leute in der Wohnung nebenan, nun, ich darf leider keine Details preisgeben, aber es gab dort ein Problem und wir sind besorgt, dass sich der Geruch auf Ihre Wohnung ausbreiten könnte.«

»Verdammt«, fluchte die Frau über die Sprechanlage. »Das waren bestimmt diese verdammten Inder aus der Vier. Warum zum Teufel können die nicht normales, amerikanisches Essen kochen? Einen Moment.« Das Türschloss klickte und eine finster dreinblickende Frau in einem dunklen Anzug öffnete die Tür und trat nach draußen. »Beeilen Sie sich bitte. Ich bin gerade ziemlich beschäftigt.«

Tante Charlyce lächelte und schob den Wagen an ihr vorbei und blockierte damit den Zugang zur Wohnung.

Trey kam mit gezogener Waffe um die Ecke geschossen. »Hallo, ich bin von der Brownstone-Agentur und werde Sie jetzt festzunehmen.« Er hielt seine Waffe auf die vollkommen überraschte Frau gerichtet. »Auf Sie ist ein Kopfgeld der Stufe eins ausgesetzt. Ich würde Ihnen dringend empfehlen, keine Gegenwehr zu leisten.«

Die Frau starrte Trey vollkommen perplex an. Eine Sekunde lang sah es so aus, als wollte sie davonrennen, aber stattdessen blieb sie resigniert stehen und hob die Hände über den Kopf. Trey legte ihr sofort Handschellen an.

»Das darf doch einfach nicht wahr sein«, schimpfte sie. »Ich bin doch keine Kriminelle.«

Trey packte sie und schob sie vor sich her. »Doch, genau das sind Sie. Ansonsten hätte die Stadt nämlich kein Kopfgeld auf Sie ausgesetzt.«

»Alle Leute haben mir ihr Geld freiwillig gegeben. Das ist doch kein Verbrechen, oder?«

Tante Charlyce schnaubte. »Sie haben alte Leute um ihr sauer verdientes Geld gebracht.«

»Auf jedem Flyer, den ich an potenzielle Kunden verschickt habe, stand drauf, dass sie vor dem Investieren erst einmal alles sorgfältig prüfen sollten. Es ist doch nicht meine Schuld, wenn sie das nicht getan haben.«

Trey schnaubte. »Wurden Sie eigentlich schon als asoziales Arschloch geboren oder mussten Sie dafür spezielle Pillen nehmen?«

»Pah, diese dummen Leute hätten einfach besser aufpassen müssen. Ist doch nicht meine Schuld, wenn sie sich von mir hereinlegen lassen.«

Tante Charlyce lachte. »Nun, dann sind Sie also auch selbst schuld daran, dass Sie sich von uns haben reinlegen lassen?«

Die Frau brummelte irgendwelche unverständlichen Schimpfworte vor sich hin, während sie von Trey den Flur entlanggeführt wurde.

Am Ende des Flures öffnete eine indische Frau mittleren Alters die Tür und streckte neugierig ihren Kopf heraus.

Das Kopfgeld warf ihr einen wütenden Blick zu. »Und das alles nur wegen eurem blöden Essen! Euer gottverdammtes, indisches Essen ist schuld, dass ich geschnappt wurde!«

Trey und seine Tante mussten darüber herzhaft lachten.

Kapitel 20

Der Stuhl, auf dem James saß, ächzte unter seinem Gewicht, während er darauf wartete, dass Detective West oder sein Partner Zeit für ihn hätten. Er war eigentlich davon ausgegangen, dass sie ziemlich gespannt darauf wären, ob er irgendwelche Fortschritte gemacht hatte, aber so wie der Sergeant vom Empfang ihn misstrauisch beäugte, kam es ihm eher so vor, als wäre er überall willkommener als hier auf dem Revier.

Ich schätze, das ist der Preis dafür, wenn man sowohl berühmt als auch berüchtigt ist.

Er hatte gerade sein Smartphone herausgeholt, um ein paar Barbecue-Webseiten aufzurufen, als Detective West um die Ecke kam.

»Mister Brownstone, bitte folgen Sie mir.« Der Detective drehte sich um und marschierte los, ohne eine Reaktion von James abzuwarten.

Dieser stand auf und folgte dem Polizisten durch den Flur bis zu einem kleinen Büro. Detective Lafayette saß bereits dort drinnen an einem einfachen weißen Tisch.

Detective West schloss sofort die Tür hinter James, sobald dieser den Raum betreten hatte. »Sie hatten am Telefon erwähnt, dass Sie etwas von uns brauchen?«

»Ja. Ich brauche vom Rote-Augen-Killer eine DNA-Probe.«

Die beiden Polizisten sahen sich kurz an und Detective West seufzte. »Ich ... ich glaube nicht, dass wir Ihnen da helfen können.«

»Hm? Sie wollen den Typen doch auch schnellstmöglich von der Straße haben, oder?«

Der Polizist nickte. »Ja und wir haben Ihnen im Rahmen unserer Möglichkeiten auch schon alle uns bekannten Informationen zur Verfügung gestellt. Selbst damit haben wir uns schon ziemlich weit aus dem Fenster gelehnt. Ihnen eine DNA-Probe zu überlassen könnte dazu führen, dass wir dadurch den Fall komplett vermasseln.«

»Ich brauche seine DNA, um damit einen Aufspürzauber herstellen zu lassen. Wir können von Glück sagen, dass es bisher noch keine weiteren Opfer gegeben hat.« Er runzelte die Stirn. »Oder es gibt bereits welche und wir haben nur die Leichen noch nicht gefunden.«

Die beiden Polizisten wurden leichenblass. Sie sahen sich erneut an und Detective Lafayette nickte seinem Partner zu.

»Warten Sie kurz hier, Mister Brownstone«, sagte Detective West dann schließlich. »Ich werde sehen, ob ich da nicht vielleicht doch irgendwas tun kann.«

Er verließ das Büro und James holte sein Handy heraus, um noch auf ein paar weiteren Barbecue-Webseiten herumzustöbern. Er war ein wenig verärgert, dass die beiden Detectives so ein Drama um diese blöde DNA-Probe machten.

Er wollte den Rote-Augen-Killer so schnell wie möglich schnappen und dazu brauchte er die Kooperation der Polizei. Sonst wäre er einzig und allein auf die Informanten von der Straße angewiesen und würde höchstwahrscheinlich auch beim nächsten Mal wieder zu spät kommen, um einen Mord zu verhindern. James hatte diesem kleinen Mädchen versprochen, dass er den Kerl aus dem Verkehr ziehen würde und er würde dieses Versprechen auch verdammt noch mal halten.

Nach ein paar Minuten räusperte sich Detective Lafayette. »Mister Brownstone. Ich würde Sie gerne etwas fragen.«

James sah von seinem Handy auf. »Was denn?«

»Warum tun Sie das?«

»Was meinen Sie?«

»Als Kopfgeldjäger arbeiten. Sie könnten doch stattdessen Ihr Geld wesentlich einfacher als Leibwächter oder als Söldner verdienen. Scheiße, Sie hätten sogar Kariere als Krimineller machen können und wären jetzt ein gemachter Mann.«

James schnaubte. »Warum sollte ich das wollen?«

»Ich bin schon lange Polizist und ich habe unzählige Menschen getroffen, die sich an ihrer Macht berauschten und geradezu süchtig danach waren.«

Der Kopfgeldjäger starrte den Polizisten an. Vielleicht lag es an der Natur dieses Falles oder daran, dass Shay momentan außer Landes war, aber aus irgendeinem Grund rutschte ihm heute die Wahrheit heraus, bevor er es verhindern konnte.

»Es geht um Rache«, entfuhr es James.

»Rache?«

»Oder genauer gesagt um Gerechtigkeit. Wie Sie sicher wissen, bin ich ein Waisenkind.« Nun, der Polizist musste ja nicht unbedingt wissen, dass er ein *außerirdisches* Waisenkind war. »Ich landete in einem katholischen Waisenhaus. An meine richtigen Eltern kann ich mich nicht mehr erinnern, aber es gab dort einen Priester, der für mich wie ein Vater war und dieser Priester starb bei einem Überfall, als er versuchte mich zu beschützen.« James' Hand ballte sich zu einer Faust zusammen: »Das war der Grund, warum ich letztendlich ein Kopfgeldjäger geworden bin. Es war ... für mich war das der beste Weg, um im Kampf gegen das Unrecht meinen Beitrag zu leisten.«

Der Polizist sah James mit einem seltsamen Gesichtsausdruck an und dann nickte er.

»Was?«, knurrte James.

»Ich bin ... einfach nur überrascht. Jeder weiß, dass Sie unglaublich mächtig sind und dass Sie schon oft der Polizei geholfen haben, aber ich dachte immer, dass Sie das letztendlich nur wegen des Geldes tun würden. Eines verstehe ich allerdings immer noch nicht. Wenn es Ihnen mehr um Gerechtigkeit als um Geld geht, warum sind Sie dann kein Polizist geworden?«

James schüttelte den Kopf. »Zu viele Regeln und Vorschriften und ich mag mein Leben einfach und unkompliziert.«

Detective Lafayette lachte. »Verdammt, da muss ich Ihnen leider recht geben!«

In diesem Augenblick betrat Detective West den Raum mit einer kleinen Plastiktüte in der Hand, in der sich ein kleines Fläschchen befand.

»Wir gehen hier ein ziemlich großes Risiko ein, Mister Brownstone, daher müssen wir darauf bestehen mitzukommen.«

James brummte: »Ich hoffe doch, dass das keinen Einfluss auf meine Kopfgeldprämie hat, oder?«

»Sie werden das Kopfgeld natürlich trotzdem kriegen.« Detective Lafayette zuckte mit den Schultern. »Aber meinten Sie nicht gerade, dass es Ihnen hierbei gar nicht ums Geld ginge?«

»Na ja, das stimmt schon, aber das bedeutet noch lange nicht, dass ich nicht wenigstens versuchen werde, ein wenig Profit aus der Sache zu schlagen. Wenn ich den Rote-Augen-Killer allerdings töten muss, um ihn aufzuhalten, dann werde ich das auch unabhängig von dem Kopfgeld tun.«

Der Detective zuckte mit den Schultern. »Dagegen ist sicher nichts einzuwenden.«

* * *

Sergeant Weber kam durch die Tür in Marias Büro gestürmt, er rang nach Luft und sein Gesicht war vor lauter Anstrengung rot angelaufen.

»Was zum Teufel ist denn mit Ihnen passiert?«, fuhr Maria ihn an.

»Wir haben gerade einen Hinweis auf Tessa Vansant erhalten.«

»Und?«

»Eine Frau, auf die die Beschreibung passt, hat gerade danach gefragt, wo der nächste Auftritt von Nadina sein wird. Es gibt in zwei Tagen eine Veranstaltung in einem Country Club hier in der Nähe.«

»Wer zum Teufel ist Nadina?«

Sergeant Weber starrte sie an, als sei sie ein Alien von einem anderen Planeten. Dafür hätte sie ihm am liebsten eine verpasst. »Die Elfe?«

»Ich kenne doch nicht den Namen von jedem Scheißelfen, der hier in Los Angeles lebt, Weber.«

Er zuckte mit den Schultern. »Nadina hat *Barbecue Wars: The Next Generation* gewonnen. Sie ist ziemlich berühmt – eine Elfe, die Barbecue grillt und dazu noch umwerfend gut aussieht.«

»Oh, also eine Reality-Show-Tussi mit spitzen Ohren. Alles klar.«

Weber sah aus, als wäre er mit dieser Beschreibung überhaupt nicht einverstanden, war aber klug genug, den Mund zu halten.

Maria rieb sich das Kinn. »Wir wissen also nicht, wo Tessa sich momentan aufhält, aber wir wissen nun, wo sie höchstwahrscheinlich in zwei Tagen sein wird.«

»Ja.«

»Und von wem kam dieser Tipp?«

»Von irgendeinem anonymen Anrufer. Wir konnten den Anruf nicht zurückverfolgen. Nach dem, was mir die IT-Abteilung gesagt hat, muss derjenige entsprechende Vorkehrungen getroffen haben.«

Zeigst du da etwa doch so etwas wie ein Gewissen, Tyler? Ich werde uns beiden einen Gefallen tun und dich nicht darauf ansprechen. Andererseits, vielleicht warst du es ja auch gar nicht.

Maria runzelte die Stirn und dachte über einige andere Möglichkeiten nach. »Das klingt verdammt verdächtig.«

»Ja, aber das ist leider der einzige Hinweis den wir momentan haben.«

»Vielleicht will uns da jemand reinlegen.« Maria schüttelte den Kopf. »Aber wir haben leider keine Wahl. Wir müssen den Country Club kontaktieren, damit sie die Veranstaltung absagen.«

»Hm? Ich dachte eigentlich, dass wir diese Chance für eine Verhaftung nutzen könnten.«

Maria zuckte mit den Schultern. »Wir können doch keine Zivilisten als Köder benutzen.« Dann fing sie an zu grinsen. »Andererseits, vielleicht *sollten* wir die Veranstaltung doch nicht absagen.«

Weber blinzelte verwirrt. »Sie widersprechen sich irgendwie gerade selbst.«

Lieutenant Hall schnappte sich ihre Jacke und marschierte in Richtung Tür. »Nun, wir können keine Zivilisten als Köder benutzen, daher müssen wir halt einfach dafür sorgen, dass keine da sein werden. Kontaktieren Sie den Country Club. Wir werden dort einfach Polizisten in Zivil stationieren, die sich als Gäste ausgeben.«

Sie zog sich die Jacke über.

»Wozu brauchen Sie denn die Jacke? Es ist doch draußen überhaupt nicht kalt.«

»Zerbrechen Sie sich nicht den Kopf darüber, was ich tue, Weber, sondern kontaktieren Sie einfach den Country Club. Ich werde schauen, ob es vielleicht noch einen anderen Weg gibt, um diese Schlampe irgendwie aufzuspüren.«

* * *

Maria fuhr zu Dannecs Wohnung. Sie trug zwar immer noch ihre Uniform, hatte aber ihr privates Auto genommen. Sie zog die Jacke über und schloss den Reißverschluss. Ihre Uniformhose war zwar immer noch zu sehen, aber mit der Jacke, die den Rest der Uniform verdeckte, sah sie auf den ersten Blick nicht mehr nach einer Polizistin aus.

Sie machte sich auf den Weg zu seiner Wohnung und als sie sie erreicht hatte, klappte ihr die Kinnlade runter.

An der Stelle, wo eigentlich seine Wohnungstür hätte sein sollen, war nun überhaupt keine Tür mehr, sondern da befand sich einfach nur eine Wand.

»Ja wollt ihr mich denn jetzt verarschen?«, knurrte Maria und trat vor Wut gegen die Wand, bevor sie sich umdrehte und wegging.

Nun, zumindest hat mir der Scheißkerl wenigstens vorher noch die Deflektoren gegeben, bevor er seine Wohnung zurück nach Oriceran oder wohin auch immer teleportiert hat.

Maria ging missmutig den ganzen Weg zurück zu ihrem Auto, ließ sich auf den Fahrersitz fallen und atmete dann erst einmal mehrmals tief ein und aus, um sich zu beruhigen. Es waren einfach verdammt noch mal zu viele Variablen im Spiel. Der Tipp könnte sich am Ende als Finte herausstellen, aber er könnte auch ein echter Hinweis sein. Zwei Tage waren nicht viel Zeit, um eine Falle zu stellen und das alles unter der Voraussetzung, dass der Country Club mitspielte.

Wenn die Polizei zu viel Aufmerksamkeit erregte, würde Tessa eventuell davon erfahren und sie würde dann wahrscheinlich woanders hingehen und dort dann weitere unschuldige Menschen abschlachten. Diese Frau musste so schnell wie möglich aufgehalten werden.

Ich werde die Bürger dieser Stadt schützen, indem ich dafür sorge, dass diese Schlampe niemandem mehr ein Haar krümmen wird.

Maria zog ihre Jacke aus, warf sie auf den Beifahrersitz und seufzte. Sie blickte an sich herab und betrachtete nachdenklich das Metallabzeichen an ihrer Brust.

»Tyler hatte mir doch gesagt, dass ich auf keinem Fall in Uniform zu Dannec gehen sollte. Vielleicht hat er damit nicht nur gemeint, dass die Leute hier Cops nicht trauen«, sinnierte sie vor sich hin.

Maria zog ihre Uniformjacke aus und stieg dann wieder aus dem Auto. Sie sah nun in ihrem weißen Unterhemd, zusammen mit ihrer Uniformhose und den polierten Stiefeln, zwar ein wenig merkwürdig aus, aber das war ihr scheißegal, solange es funktionierte.

Sie marschierte wieder zurück zu Dannecs Wohnung und diesmal war die Tür da.

»Verdammte Magie. So eine blöde Scheiße!«

Sie klopfte an die Tür und diese öffnete sich augenblicklich.

Dannec stand vor ihr und sah sie mit einem verschmitzten Lächeln im Gesicht an, als ob er genau wüsste, was sie gerade durchgemacht hatte.

Blödes Arschloch. Am liebsten würde ich dir jetzt gerne einen Tritt in den Hintern verpassen.

Er bat sie einzutreten und Maria stapfte wütend an ihm vorbei.

»Ich hatte Sie nicht so bald wieder zurückerwartet, Lieutenant.«

»Da Sie mir so problemlos Deflektoren besorgen konnten, haben Sie doch wahrscheinlich auch jemanden bei der Hand, der mir Ortungsmagie besorgen oder mir zumindest dabei helfen kann, einen Verdächtigen aufzuspüren.«

Dannec zuckte mit den Schultern. »Vielleicht. Wenn Sie mir irgendetwas Persönliches von der Zielperson besorgen würden, könnte ich Ihnen sicherlich helfen, aber soweit ich weiß, verstößt die Verwendung gegen mehrere gesetzliche Vorschriften. Sie dürfen zum Aufspüren eines Verdächtigen nur nicht-magische Mittel einsetzen, ansonsten würde das ihre Verhaftung ungültig machen und Sie würden vor Gericht keine Verurteilung erhalten.«

Maria schnaubte. »Wenn ich dieses Miststück finden sollte, wird sie anschließend kein Gerichtsverfahren mehr benötigen.«

Das zauberte Dannec ein fettes Grinsen ins Gesicht. »Oh. In dem Fall kann ich Ihnen sicherlich irgendwie helfen.«

Der Arschtritt, den Brownstones Flittchen ihrem Team verpasst hatte, belastete Lieutenant Hall immer noch. Das AET des LAPD gehörte zu den am besten ausgerüsteten Einheiten des Landes. Sie hatte gedacht, dass sie mit all ihren Waffen und ihrer Ausrüstung auf alles vorbereitet wären, aber diese Begegnung hatte ihr vor Augen geführt, dass dies keinesfalls der Fall war. Sie hatten verdammtes Glück gehabt, dass keiner ihrer Leute getötet worden war.

Diesmal mussten sie sich besser vorbereiten, damit ihre Leute am Ende des Tages nach Hause gehen und nicht auf dem Tisch eines Gerichtsmediziners landen würden.

Maria seufzte und schüttelte den Kopf. Sie hatte dafür inzwischen schon so viele Vorschriften brechen müssen.

Verdammte Scheiße! Ich benehme mich ja schon genauso wie Brownstone, indem ich hergehe und mache was mir gefällt, weil der Zweck schließlich die Mittel heiligt. Zur Hölle nein! Das darf auf keinen Fall passieren!

Sie ballte ihre Hände zu Fäusten und schüttelte dann den Kopf. »Lassen Sie's gut sein, Dannec.«

Der Elf blickte sie überrascht an. »Kein Problem.«

»Ich werde es doch erst einmal legal versuchen. Wir haben momentan eine ziemlich heiße Spur, daher werde ich jetzt erst einmal streng nach Vorschrift vorgehen. Trotzdem danke, dass Sie mir helfen wollten.«

»Nun, Lieutenant Hall. Sie wissen ja, wo Sie mich finden können, wenn Sie mich doch noch brauchen sollten.«

Maria drehte sich um und ging zur Tür.

»Eine letzte Sache noch«, rief ihr der Elf nach. »Unser gemeinsamer Freund hat mich kontaktiert. Ich habe bereits eine erste Überweisung erhalten und bin bisher sehr zufrieden mit den Bemühungen.«

»Schön, dass Sie zufrieden sind. Nochmals danke für die Deflektoren.« Maria verließ die Wohnung.

Nein, ich werde mich nicht auf Brownstones Niveau herablassen. Wir werden Tessa auf die altmodische Art und Weise zur Strecke bringen.

★ ★ ★

James führte die Polizisten zu dem Pool mit dem Haifischbecken, blieb aber dann etwa zehn Meter davon entfernt stehen.

»Wartet bitte hier.«

Detective West runzelte die Stirn. »Warum?«, fragte er.

»Weil ich nicht weiß, ob mein Kontakt Polizisten mag.«

Die beiden Polizisten nickten verständnisvoll.

James ging weiter in Richtung des Pools und Margarete erschien einige Sekunden später wie aus dem Nichts vor ihm. Er runzelte die Stirn. Einen Moment zuvor war da ganz sicher niemand gewesen, aber nun stand sie plötzlich direkt vor ihm, als ob sie schon seit einer Stunde dort gestanden hätte.

Diesmal trug sie keinen grünen Bikini, sondern ein enges, metallisch-grün schimmerndes Kleid, das ihre Kurven betonte und einen guten Kontrast zu ihrem roten Haar bildete. Sie trug keine Schuhe und ihre Beine waren patschnass, als wäre sie gerade erst aus dem Wasser gestiegen.

»Verdammt«, murmelte Detective West. »Das ist sein Kontakt? Sie sieht verdammt heiß aus. Brownstone scheint sich aber überhaupt nicht für sie zu interessieren. Ob er schwul ist?«

James schnaubte.

Detective Lafayette lachte. »Keine Ahnung. Selbst ich frage mich gerade, ob ich nicht wieder ins Team Hetero wechseln und sie um eine Verabredung bitten sollte.«

James rollte entnervt mit den Augen und blickte über seine Schulter. Die Polizisten standen ziemlich weit weg und schienen auch nicht zu schreien, aber er konnte sie hören, als stünden sie direkt neben ihm.

»Schall zu manipulieren ist ziemlich einfach«, erklärte Margarete, als ob sie seine Gedanken gelesen hätte. »Ich war ein wenig neugierig, über was Ihre Freunde reden würden. Die beiden sind Polizisten, nehme ich an?«

Der Kopfgeldjäger nickte. »Ja. Ich bat sie dort zu warten, da ich nicht wusste, ob Sie vielleicht ein Problem mit der Polizei haben.«

Die Frau grinste ihn schelmisch an. »Oh, ich habe kein Problem mit der Polizei. Ich bin normalerweise immer ein gesetzestreuer Bürger.« Sie winkte den Polizisten zu und bedeutete ihnen näherzukommen.

Die beiden Polizisten eilten herbei.

Margarete lächelte beide an. »Bitte geben Sie mir die DNA-Probe.« Detective West griff in seine Tasche und zog den Beutel mit dem Fläschchen heraus. Er nahm die Ampulle aus dem Beutel und reichte sie der Rothaarigen.

Diese nahm sie entgegen und zwinkerte ihm zu. »Ich habe schon mal alles soweit vorbereitet, daher wird es nicht allzu lange dauern.« Sie hielt das Fläschchen in ihrer Hand, schloss die Augen und summte eine seltsame Melodie, die James noch nie zuvor gehört hatte. Aus irgendeinem Grund hörte sie sich sehr alt an. Das Fläschchen in ihrer Hand erstrahlte einige Sekunden lang in einem mattgrünen Licht, bevor sie die Augen wieder öffnete. »Interessant.«

Der Kopfgeldjäger und die Polizisten sahen sich fragend an, bevor James schließlich verwundert fragte. »Interessant?«

»Diese Probe stammt von jemandem, der ursprünglich einmal ein Mensch war, aber nun keiner mehr ist. Er wurde mit Hilfe dunkler Magie verändert und wer immer das getan hat, war sehr böse.«

Detective West wischte sich mit der Hand durchs Gesicht. »Na toll. Genau das hat uns jetzt noch gefehlt.«

»Sie müssen nicht mitkommen«, murmelte James. »Ich werde mich um diesen Typen kümmern.«

Margarete streckte ihre Hand aus. Ein kleiner, grünleuchtender Pfeil schwebte nun über dem Fläschchen. »Stellen Sie es sich wie einen magischen Kompass vor. Der Pfeil zeigt Ihnen die richtige Richtung an und wird heller, wenn Sie sich Ihrem Ziel nähern.«

James nahm die verzauberte Ampulle entgegen. »Danke ... und Sie wollen wirklich keine weitere Bezahlung als das, was ich Ihnen bereits gegeben habe?«

Die Polizisten sahen sich beide grinsend an.

Ich habe nicht mit ihr geschlafen, ihr Blödmänner.

»Ihre Bezahlung war mehr als ausreichend.« Margarete zwinkerte Detective Lafayette zu. »Übrigens, falls Sie tatsächlich irgendwann mal in das Team Hetero wechseln möchten, kann ich Ihnen versichern, dass ich nichts dagegen hätte, Ihnen mal ein paar schöne Dinge zu zeigen.«

Sie schlenderte davon und Detective West blickte ihr sehnsüchtig nach.

»Das ist nicht fair«, murmelte er. »Sie baggert den Schwulen an, will aber von dem Hetero nichts wissen?«

Sein Partner schüttelte den Kopf. »Sie ist eine ziemlich außergewöhnliche Frau. Vielleicht hat sie etwas von einer Sirene an sich?«

James grunzte. »Egal. Lassen Sie uns jetzt endlich losgehen und diesen Killer aus dem Verkehr ziehen.«

»Verdammt, Brownstone. Reizt die Sie denn überhaupt nicht?«

»Ich habe bereits eine Frau und die ist schon anstrengend genug.«

Kapitel 21

Trey lächelte vergnügt, während er vor dem Geldautomaten stand. Er hatte gerade der Brownstone-Agentur ihren Anteil an den ausgezahlten Kopfgeldern überwiesen und nun war es an der Zeit, seine Tante für ihre Hilfe zu entlohnen. Die Verhaftung war dank ihr absolut reibungslos verlaufen, ohne dass er einen Finger hatte rühren müssen.

Es machte ihm natürlich nichts aus, Verbrechern in den Arsch zu treten und er war auch ein wenig stolz auf seine Stärke, aber er war kein Schläger und hatte keine Freude daran, Menschen zu verprügeln. Vor allem Frauen, auch wenn sie geldgierige Schlampen waren. Der Plan von Tante Charlyce hatte für eine seiner bisher einfachsten Verhaftungen als Kopfgeldjäger gesorgt.

Trey schob seine Bankkarte in den Geldautomaten und wartete auf die Aufforderung, den Betrag und seine Geheimzahl einzugeben. Er drückte die entsprechenden Tasten und wartete, bis der Automat ihm endlich das Geld auszahlte.

Dann ging er zurück zu seinem F-350 und hielt seiner Tante die Geldscheine hin.

Diese schüttelte allerdings den Kopf. »Wir haben doch schon darüber gesprochen. Ich werde kein Geld von dir annehmen.«

»Das ist kein Almosen oder ein Geschenk. Das ist Geld, das du dir hart erarbeitet und verdient hast. Du wirst zwar als Verwaltungsassistentin arbeiten, aber heute warst du als Kopfgeldjägerin unterwegs. Nur dir ist es zu verdanken, dass die Verhaftung so geschmeidig abgelaufen ist und ich niemanden verprügeln oder erschießen musste. Du hast mit mir hervorragend zusammengearbeitet und wir haben diese Zicke zusammen ohne Probleme aus ihrer Wohnung gekriegt. Dieses Geld hast du dir redlich verdient und ich akzeptiere definitiv kein NEIN als Antwort.« Er schaute sie streng an.

Sie betrachtete das Geld einige lange Sekunden lang, bevor sie dann die Scheine entgegennahm und einsteckte. Das Unbehagen in ihrem Gesicht verschwand nach einigen Sekunden und ein warmes Lächeln nahm seinen Platz ein.

»Ich weiß auch schon genau, was ich damit machen werde.«

* * *

Nach einem kurzen Abstecher in einen Spielzeugladen fuhr Trey auf Bitten seiner Tante zum Büro des Jugendamtes. Sie wollte dort noch einmal den Versuch starten, Dina zu besuchen. Anders als beim letzten Mal hatten sie sich diesmal allerdings vorbereitet.

Trey hatte James angerufen und der war zufällig gerade bei den Bullen. Diese hatten sich bereit erklärt, beim Jugendamt anzurufen und den Mitarbeitern dort sagen, dass Tante Charlyce die Genehmigung hatte, sich mit dem Mädchen zu treffen.

Sie hat es verdient. Ich weiß nicht, warum sie so sehr an diesem kleinen Mädchen hängt, aber wer bin ich, um mir da ein Urteil zu erlauben?

Trey kicherte, als er den riesigen ausgestopften Engel auf dem Rücksitz beäugte. Seine Tante war damals ziemlich geizig gewesen, aber er verstand, dass die Charlyce, die jetzt neben ihm saß und die Frau, die er vor Jahren gekannt hatte, nicht mehr viel miteinander gemein hatten.

Lass die Vergangenheit hinter dir und konzentriere dich nur auf die Zukunft. Das ist der einzige Weg, um voranzukommen.

So wie Trey es verstanden hatte, war Dina nur deshalb noch nicht in eine Pflegefamilie oder in ein Kinderheim gebracht worden, weil die Polizei besorgt war, dass der Rote-Augen-Killer es auf sie abgesehen haben könnte. Das Gebäude des Jugendamtes lag ganz in der Nähe der Polizeistation, sodass sie nicht extra Personal zu ihrer Bewachung stationieren mussten, aber dennoch sofort eingreifen konnten, wenn der Mörder auftauchen sollte.

Tante Charlyce musste sie jetzt besuchen, später wäre es höchstwahrscheinlich unmöglich. Er bezweifelte, dass eine Pflegefamilie damit einverstanden wäre, dass eine völlig fremde Frau, auch wenn sie nun nicht mehr wie eine Obdachlose aussah, einfach vorbeikäme, um ihr Pflegekind zu besuchen.

Sie kamen beim Jugendamt an und Trey parkte sein Auto auf einem freien Parkplatz direkt vor dem Gebäude.

»Bist du bereit?«

Tante Charlyce lächelte. »Ja, es kann losgehen.«

Sie machten sich auf den Weg zur Rezeption und seine Tante schleppte den riesigen Plüschengel.

Trey zupfte seine Krawatte zurecht und lächelte die Empfangsdame freundlich an. »Hallo, ich bin Trey Garfield. Die Polizei müsste Sie wegen unseres Besuchs bereits angerufen haben.«

Die Frau nickte. »Ja, Detective West hat uns darüber informiert, dass Sie Dina besuchen möchten.« Sie stand auf. »Lassen Sie mich Ihnen den Weg zeigen, Mister Garfield.«

Sie führte sie durch einen Flur zum Spielzimmer. Ein weiterer Mitarbeiter des Jugendamtes stand dort vor der Tür und nahm sie in Empfang.

Der Mann sah sie forschend an. »Bitte sprechen Sie möglichst nicht über den Vorfall mit ihr.«

Tante Charlyce hielt ihm den Engel hin. »Ich möchte ihr nur das hier geben. Ich möchte, dass sie sich gut fühlt und weiß, dass es da draußen Menschen gibt, die an sie denken.«

Der Mann nickte zustimmend und öffnete die Tür, schien aber dennoch nicht ganz glücklich über diese Besucher zu sein.

Trey und seine Tante traten ein. Trey verdrückte sich in eine Ecke des Raumes und verschränkte die Arme. Das war die Show seiner Tante und er war hier nur ein stiller Beobachter.

Dina saß an einem Tisch und malte ein Bild. Tante Charlyce stellte den Engel auf den Tisch vor dem Mädchen und lächelte. »Hallo, mein kleiner Engel. Kennst du mich noch?«

Die Augen des kleinen Mädchens wurden riesengroß und sie sprang auf und lief zu ihr hinüber, um sie zu umarmen. »Du bist die nette Dame, die mir geholfen und die Polizei gerufen hat.«

»Ich habe doch gesagt, dass ich in der Nähe bleibe.« Treys Tante deutete auf den riesigen Plüschengel auf dem Tisch. »Ich habe einen Schutzengel für dich mitgebracht. Er ist nicht nur flauschig weich, sondern er wird auch auf dich aufpassen.«

Der Mitarbeiter vom Jugendamt, der hinter Tante Charlyce stand, runzelte missbilligend die Stirn. Trey widerstand dem Drang, ihm den Mittelfinger zu zeigen.

Das kleine Mädchen freut sich, meine Tante zu sehen. Vermassel diesen Moment besser nicht.

Dina kuschelte sich an den Engel. »Aber was ist mit Mister Brownstone? Er hat mir doch versprochen, dass er sich um diesen bösen Mann kümmert.«

Trey grinste. »Mister Brownstone wird diesen Kerl finden und zu bestrafen, aber dazu muss er an Orte gehen, wo sich selbst solch große Engel nicht hintrauen. Dieser Engel hier wird dich beschützen und dafür sorgen, dass du nachts wieder ruhig und sicher schlafen kannst.«

* * *

Der grüne Pfeil wurde heller und heller, je näher die Polizisten und James dem Stadtrand kamen.

Was zur Hölle? Ich habe unendlich viel Zeit damit vergeudet ihn dort zu suchen und er ist nicht einmal mehr in der Nähe vom Zentrum von Las Vegas?

»Das kommt davon, wenn man auf Jemanden hört, der zugegeben hat, dass er high war, als er die entsprechende Information bekommen hat«, murmelte James.

»Was?«, fragte Detective West. »Wovon reden Sie da? War die Rothaarige etwa high?«

»Wer weiß? Sie ist eine Freundin von Zoe. Aber das habe ich nicht gemeint.«

Der Detective sah nun noch verwirrter aus als zuvor. »Wer ist denn Zoe?«

»Zerbrechen Sie sich darüber nicht den Kopf. Das ist nicht weiter wichtig.« James schüttelte den Kopf. »Ich habe einen Haufen Zeit in Rancho Charleston verschwendet und nun scheint der Kerl ganz woanders zu sein. Anscheinend waren die Informationen, die ich über den Aufenthaltsort des Killers bekommen hatte, allesamt falsch.«

»Wahrscheinlich waren sie nicht falsch, Mister Brownstone, sondern nur veraltet. Wir dachten eigentlich, dieser Täter würde immer nach einem bestimmten Muster vorgehen, aber er hat anscheinend sein Vorgehen geändert. Vielleicht war das ja Absicht, um uns zu verwirren, aber nun scheinen wir auf dem direkten Weg zu ihm zu sein.«

James grunzte. »Ich wünschte ich hätte eine verdammte Ahnung, wo wir hinfahren.«

Detective West warf einen Blick auf den magischen Wegweiser im Becherhalter und blickte dann in die Richtung, die angezeigt wurde. »Eigentlich bin ich mir inzwischen ziemlich sicher, dass ich genau weiß, wo uns das Ding hinführen wird.«

Er schaute seinen Partner an und der andere Polizist nickte zustimmend.

James knurrte sie ärgerlich an, während er die Spur wechselte. »Wollt ihr mir dann nicht jetzt verdammt noch mal so langsam verraten, was ihr wisst, das mir bisher entgangen ist?«

»Wir haben doch diese drei Typen erwähnt, die er als Letztes getötet hat.«

»Ja, was ist mit denen?«

»Wir haben da ein paar Informationen zurückgehalten. Diese drei Typen wurden in einem Lagerhaus im Zentrum von Vegas gefunden, aber sie waren keine zufälligen Opfer. Es waren Sicherheitsbeamte, die für ein Labor am Stadtrand von Vegas arbeiteten. Wir waren dort und haben mit dem Besitzer sowie einem seiner führenden Wissenschaftler geredet, aber sie wollten uns nicht weiterhelfen. Sie verhielten sich verdammt verdächtig, aber wir hatten leider nicht genug Beweise, um einen Durchsuchungsbefehl zu bekommen.«

»Ein Labor? Die werden dort doch nicht etwa so wahnsinnig gewesen sein und einen magischen Serienkiller erschaffen haben? Darauf wollt ihr doch hinaus, oder?« James schlug vor Wut mit der Hand aufs Lenkrad.

Der Detective zuckte mit den Schultern. »Nun, momentan spricht vieles dafür. Ihre Freundin hat doch vorhin gesagt, dass dieser Serienkiller mithilfe von dunkler Magie verändert wurde.«

»Ja, sowas in der Art hat sie erwähnt.«

»Dann haben wir es hier mit echt bösen Arschlöchern zu tun, die mit dunkler Magie und Scheiße herumgespielt haben. Nicht gerade unser Fachgebiet.«

»Keine Sorge, ich bin darauf spezialisiert, bösartige magische Kreaturen zur Strecke zu bringen.« Die Hände des Kopfgeldjägers verkrampften sich ums Lenkrad. »Wenn diese Typen dem Rote-Augen-Killer ihre Sicherheitsleute hinterherschicken konnten, dann bedeutet das, dass sie wussten, wo er sich aufhielt. Sie *wussten es*, verdammt noch mal! Sie hätten es der Polizei mitteilen können, damit diese dann ein AET-Team hätte schicken können ...«, er knirschte vor Wut mit den Zähnen, »oder mich.«

»Als wir in dem Labor waren, gaben uns unsere Gesprächspartner sehr deutlich zu verstehen, dass wir nur ihre Zeit verschwendeten. Es schien sie nicht besonders zu kümmern, dass ihre Sicherheitsleute getötet worden waren. Wenn unsere Vermutung stimmt, dass der Rote-Augen-Killer dort in diesem Labor erschaffen wurde, dann sind sie in gewisser Weise noch bedeutend schlimmer als dieser Killer.«

James atmete tief durch und versuchte seine Wut wieder unter Kontrolle zu bekommen. Langsam entspannten sich seine Hände, die immer noch das Lenkrad fest umklammert hielten.

»Nun, anscheinend kehrt der verlorene Sohn wieder nach Hause zurück und ich bezweifle stark, dass er kommt, um seine Schöpfer zu bitten, ihn wieder dort aufzunehmen.«

Detective Lafayette zuckte mit den Schultern. »Vielleicht können wir ja nun doch noch einen Durchsuchungsbefehl bekommen? Wir könnten auf Verdunklungsgefahr plädieren.«

Sein Partner schnaubte. »Nicht bei den Richtern hier. Wenn wir auftauchen und dabei nur der Hauch eines Verdachts besteht, dass wir Magie verwendet haben, werfen die uns hochkant raus.«

»Ohne Durchsuchungsbefehl müssen sie uns nicht reinlassen.«

»Ich schätze, wir warten dann einfach so lange, bis wir irgendetwas Verdächtiges bemerken und berufen uns dann auf Gefahr im Verzug.«

James hätte es vorgezogen, wenn die beiden Polizisten nicht mitgekommen wären, aber sie schienen immerhin genauso daran interessiert zu sein, den

Rote-Augen-Killer auszuschalten, wie er selbst. Er musste ihnen allerdings klarmachen, dass er hier auf keinem Fall das Las Vegas-AET gebrauchen konnte, das ihn am Ende vielleicht dann noch davon abhalten wollte, den Rote-Augen-Killer in die Hölle zu schicken.

Ein Glück, dass ich einen Ersatzheiltrank mitgenommen habe. Wenn ich es mit den Typen vom Labor und zusätzlich noch mit dem Rote-Augen-Killer aufnehmen muss, könnte das ohne mein Amulett ziemlich gefährlich werden.

»Warten wir einfach mal ab«, brummte James, »wir können uns dort dann immer noch überlegen, was wir machen. Wenn er wirklich in diesem Labor ist, dann ist er sicher nicht gekommen, um mit denen Plätzchen zu essen. Wahrscheinlich ist dort inzwischen schon gar keine Wache mehr am Tor, die uns aufhalten könnte.«

Detective West seufzte. »Die meisten dieser Wissenschaftler mögen zwar Arschlöcher sein, aber wir können nicht sicher sein, dass da nicht doch auch ein paar Unschuldige dabei sind. Vielleicht sollten wir doch ein AET-Team anfordern.«

James schüttelte energisch den Kopf. »Wenn das AET hier auftaucht, würde das die Dinge nur unnötig verkomplizieren. Lasst uns erst einmal dort ankommen und wenn es die Situation erfordern sollte, weitere Polizisten oder das AET anzufordern, dann können wir das dann ja immer noch machen.« Als sie an einer roten Ampel anhalten mussten, drehte er sich um und blickte die beiden Polizisten forschend an: »Nur um das gleich mal klarzustellen: Ich bin nicht hier, um diesen Kerl zu verhaften, sondern um ihn aus dem Verkehr zu ziehen und es ist mir dabei verdammt noch mal scheißegal, ob der Typ das überlebt.«

»Nun, tun Sie, was Sie tun müssen, aber Ihr Kopfgeld können Sie dann mit ziemlicher Sicherheit abschreiben.«

»Scheiß drauf. Geld hab ich genug. Ich bin ja eigentlich nur deshalb nach Las Vegas gekommen, weil ich mal wieder im *Jessie Rae's Barbecue* essen wollte.«

In diesem Moment wurde die Ampel grün und er gab Gas.

Die nächsten paar Minuten sagte keiner von ihnen etwas, während der grüne Pfeil immer heller und heller leuchtete. Sie näherten sich dem Killer, dem Monster, das James ins Visier genommen hatte, weil ihn ein kleines Mädchen darum gebeten hatte.

James dachte daran, wie sehr sich sein Leben in letzter Zeit veränderte hatte. Die Zeit mit Leeroy war so schön unkompliziert gewesen. Selbst Alison hatte er anfänglich nur geholfen, weil sie ihm einen Gefallen getan hatte und er ihr etwas schuldig gewesen war. Jetzt aber juckte seine Faust wie verrückt und wollte unbedingt in das Gesicht des Rote-Augen-Killers. Jeder einzelne der Morde hatte sich für James so persönlich angefühlt, wie damals der Tod seines Hundes.

Ich hatte einmal einen Job, bei dem es nur darum ging, Wichser von der Straße zu holen und etwas Geld zu verdienen. Jetzt habe ich eine Tochter und mir ist das Geld plötzlich scheißegal. Stattdessen brenne ich darauf, diesen Pisser zu erledigen, der kleine Mädchen zum Weinen bringt.

»Du solltest beten, dass ich dich nicht lebend in die Finger bekomme, du Wichser.«

* * *

Der Rote-Augen-Killer saß kichernd auf einem Hügel und sah von dort auf das Anders Laboratory hinab. Nachdem er den Kopfgeldjäger getötet hatte, war ihm eine Sache klargeworden. Kleine Engel zum Weinen zu bringen befriedigte ihn zwar ungemein, aber es reichte ihm inzwischen nicht mehr aus. Er wollte, dass ganz Las Vegas ihn fürchtete, dass es vor ihm erzitterte und sich vor Angst zu Hause einschloss. Dazu musste er noch viel mehr Chaos und Panik stiften.

Der Tod würde für Jeden an jeder Straßenecke lauern und er würde sich an der Angst seiner Opfer laben. Die paar lächerlichen Gewehre, die er den Sicherheitsleuten abgenommen hatte, reichten dafür allerdings bei Weitem nicht aus. Er brauchte etwas Gefährliches und Schrecklicheres.

Er brauchte lebende Waffen.

Der Rote-Augen-Killer lächelte. Die Narren im Labor hatten keine Ahnung, dass er zurückgekommen war.

Es gab in dieser Hölle, die sich Anders Laboratory nannte, noch so viele weitere tolle wissenschaftliche Versuchsobjekte. Was für einen Nutzen hatten die, wenn man sie nicht mit der Welt teilte?

Ihr wolltet Gott spielen, aber ihr seid nur armselige Würmer, die der Natur ins Handwerk pfuschen, ohne wirklich zu verstehen, was ihr da tut. Ich werde der Richter sein, der euch für alle eure Schandtaten bestrafen wird.

Der Rote-Augen-Killer sprang auf und lief den Abhang hinunter in Richtung des Labors.

Kapitel 22

Detective Lafayette warf einen Blick auf den magischen Kompass. »Vielleicht haben sie den Typen ja eingefangen und zurückgebracht.«

»Welchen Typen?«, fragte sein Partner.

»Den Rote-Augen-Killer. Wir vermuten ja, dass er hier ist, weil er Rache nehmen will oder sowas, aber vielleicht haben sie ihn schlicht und einfach erwischt? Das würde auch erklären, warum nach dem letzten Mord Ruhe war.«

»Ist doch egal. Wenn sie ihn gefangen haben sollten, dann werden sie ihn uns ausliefern müssen. Es ist mir egal, ob er irgendein militärisches Geheimprojekt ist. Er ist ein Mörder und muss vor Gericht gestellt werden und die Leute, die für die Schaffung dieser Missgeburt verantwortlich sind, werden wir ebenfalls vor Gericht stellen. Wir können nicht zulassen, dass sie einfach so tun, als wäre nichts passiert und dann hergehen und ihn sezieren, damit sie herausfinden können, wie sie den Nächsten noch klüger und stärker machen können.«

James lachte auf. »Was genau wollen Sie machen, wenn die Typen sich einfach weigern ihn auszuliefern oder behaupten, er wäre nicht da?«

»Ich schätze, dann müssen wir einfach solange warten, bis irgendjemand, beispielsweise ein privater

Kopfgeldjäger, ihnen in ihre fetten Ärsche tritt, während wir gerade in die andere Richtung schauen.«

»Damit kann ich leben. Mir geht es nur darum, den Rote-Augen-Killer zur Strecke zu bringen. Die Wissenschaftler überlass ich Ihnen. Das ist ein Job für die Polizei und keiner für einen Kopfgeldjäger.«

»Schön, dass wir uns da einig sind, Mister Brownstone.«

Das Telefon des Kopfgeldjägers signalisierte einen Anruf von Shay. Normalerweise hätte er den Anruf über die Freisprechanlage angenommen, aber er hatte Angst, dass sie irgendetwas Peinliches loslassen würde und wollte nicht, dass die Detectives mithörten. Wenn er ihr sagte, dass gerade zwei Cops bei ihm im Auto sind, würde sie wahrscheinlich erst recht versuchen, ihn in Verlegenheit zu bringen.

James zog eine Grimasse bei diesem Gedanken, als er das Handy an sein Ohr hielt. »Hallo«, meldete er sich und versuchte sein Bestes, lässig zu klingen. Kein Grund, Shay auf irgendwelche dummen Gedanken zu bringen.

»Du hast mich angelogen!«, beschuldigte ihn Shay.

»Was?«

»Oder du verschweigst mir irgendetwas. Ich höre es an der Art wie du redest.«

Was zu Hölle? Ich weiß die Hälfte der Zeit nicht, was sie denkt, aber sie kann nur durch die Art wie ich rede vom anderen Ende der Welt aus hören, dass irgendetwas bei mir nicht stimmt und das durchs Handy?

James antwortete verblüfft: »Ich rede doch so wie ich immer rede. Was ist denn daran anders?«

»Du klingst komisch. Warte, lass mich raten, du bist gerade auf dem Weg ins Hauptquartier der Mafia von

Vegas? Werde ich demnächst in den Nachrichten einen Bericht über irgendein großes Kasino sehen, das in die Luft gesprengt wurde?«

»Nein. Ich bin immer noch dabei, diesen Killer aufzuspüren. Ich ...« James warf einen Blick auf den leuchtenden Pfeil neben ihm. »Äh, ich habe inzwischen die ungefähre Richtung, bin also im Augenblick gerade bei der Verfolgung.«

»Die ungefähre Richtung? Hast du dir magische Unterstützung besorgt, wie ich es dir vorgeschlagen habe?«

»Ja, genau.«

»Schön zu sehen, dass du anscheinend ab und zu doch Vernunft annehmen kannst, James«, lobte Shay lachend. »Das Wichtigste ist doch, diesen Kerl schnellstmöglich zur Strecke zu bringen und dafür musst du halt über deinen Schatten springen.«

James seufzte. »Ja, du hast gewonnen und ich setze inzwischen doch auch Magie ein, um das Arschloch aufzuspüren. Aber sobald ich den Typen gefunden habe, werde ich keinerlei weitere magische Tricks benötigen, sondern ihm einfach und unkompliziert den Arsch versohlen.«

Shay kicherte. »Übrigens, es geht hier nicht um mich, sondern um dein ... nun, nennen wir es einfach mal dein persönliches Wachstum. Also, wo bist du jetzt? Verfolgst du den Kerl gerade nach Kalifornien oder sowas?«

Die beiden Polizisten beobachteten ihn gespannt mit gerunzelter Stirn. Offensichtlich versuchten sie, den Teil des Gesprächs zu rekonstruieren, den sie nicht hören konnten.

James räusperte sich. »Nein ... ich bin noch immer in Vegas. Bin jetzt fast am Stadtrand angekommen und fahre nun auf ein paar Berge zu.«

»Ich will nur sichergehen, dass der Kerl dich nicht in irgendeine Falle lockt.«

»Nein, ich glaube nicht, dass der Typ überhaupt weiß, dass ich hinter ihm her bin.«

Shay lachte. »Armer James. Das muss dein männliches Ego doch ziemlich verletzen.«

»Es ist mir scheißegal, ob er weiß, dass ich komme. Es interessiert mich noch nicht einmal, ob er weiß, wer ich bin, wenn ich ihm den Arsch aufreiße. Hier geht es nur darum, dass ein kleines Mädchen nachts wieder ruhig schlafen kann.«

»Es scheint irgendwie dein Schicksal zu sein, verwaisten kleinen Mädchen zu helfen, nicht wahr?«

»Ja, sieht ganz so aus.« Er lachte.

»Nun, jedenfalls klingt es nicht danach, als ob du in größeren Schwierigkeiten stecken würdest. Dann leg ich jetzt besser mal auf. Ich will dich nicht weiter von deiner Arbeit abhalten.« Shay kicherte. »Ich ruf dich dann später noch mal an.«

»Nun, manchmal ist es eine ganze Verbrecherorganisation und manchmal ist es nur ein einziges Arschloch. So ist das halt in meinem Job. Bis später dann.« James legte auf und legte sein Handy zurück in die Mittelkonsole.

Die Polizisten starrten ihn immer noch ungläubig an und James fiel siedend heiß ein, dass er gerade während der Fahrt mit dem Handy ohne Freisprecheinrichtung telefoniert hatte. Würde er jetzt wegen dieser Missachtung der Straßenverkehrsordnung Ärger bekommen?

Nein, das ergab keinen Sinn. Sie hatten bei dieser Untersuchung seinetwegen bereits weit wichtigere Gesetze ignoriert, im Vergleich dazu war das nur ein kleines Vergehen. Es sah so aus, als wären sie neugierig, mit wem er da gerade telefoniert hatte.

»Ist was?«, fragte James.

Detective West deutete auf James Smartphone. »Mit wem haben Sie denn da gerade telefoniert? Es klang ganz so, als ob Sie mit demjenigen über diesen Fall gesprochen hätten.«

»Für mich ist das kein Fall, sondern eine Jagd.«

»Das macht für uns keinen Unterschied.«

»Nun, ich muss mich zumindest nicht an so viele Vorschriften halten wie ihr Jungs.« James zuckte mit den Schultern. »Das war meine Freundin. Sie wollte nur wissen, ob ich wieder mal in Schwierigkeiten stecke. Sie ist gerade wegen ihres Jobs im Ausland. Wir telefonieren oft miteinander, wenn wir beide unterwegs sind. Das hält uns davon ab, sich Sorgen um den jeweils anderen zu machen.«

»Also *haben* Sie gerade mit ihr über den Rote-Augen-Killer Fall gesprochen!« Der Detective runzelte die Stirn.

»Nun, eigentlich wollte sie erst einmal nur wissen, ob ich gerade im Begriff wäre etwas Gefährliches zu tun, wie zum Beispiel das Hauptquartier der Mafia hier in Las Vegas anzugreifen.«

»Das Hauptquartier der Mafia?«

James nickte. »Ja, ich habe da eine gewisse Vorgeschichte mit lauten *Meinungsverschiedenheiten* mit dem organisierten Verbrechen.«

»Meinen Sie damit etwa das Auslöschen der kompletten Organisation der Harriken?«

Der Kopfgeldjäger antwortete nur wortlos mit einem Schulterzucken.

Der Detective lachte. »Oh Mann, Brownstone, Sie werden dieser Frau vorzeitig graue Haare bescheren.«

»Hm?«

»Es ist für Frauen bereits schwierig, damit umzugehen, einen Polizisten zu daten oder gar mit ihm verheiratet zu sein, aber Ihr Job ist noch weitaus gefährlicher. Es muss sehr hart für Ihre Freundin sein, mit einem Mann zusammen zu sein, der eine so gefährliche Arbeit hat.«

James lachte. »Das bezweifle ich.«

Die beiden Polizisten starrten ihn einen Moment lang ungläubig an.

»Wie meinen Sie das?«, erkundigte sich Detective Lafayette. »Ist sie so eine Art Gefahrenjunkie? Sind Sie zwei deshalb zusammen?«

»Nein. Sie ist eigentlich kein Gefahrenjunkie. Allerdings ist ihr Job auch ziemlich gefährlich. Ich glaube, sie sorgt sich mehr darüber, dass ich hier mehr Spaß haben könnte als sie.« James runzelte die Stirn. »Mmh. Vielleicht ist sie doch irgendwie ein Gefahrenjunkie.«

Der Detective lachte. »Ihre Freundin ist anscheinend genauso irre wie Sie, Brownstone. Das meine ich absolut nicht negativ!«

James zuckte mit den Schultern. »Vermutlich muss man so irre sein, um einen Typen wie mich zu mögen.«

* * *

»Sieht gar nicht so groß aus«, kommentierte James, als sie sich dem Laboratorium näherten. Es schien eine eher kleine Anlage zu sein, aber er war natürlich auch kein Experte, welche Größe die Gebäude von Biotech-Firmen normalerweise hatten.

»Der Großteil befindet sich im Inneren des Berges«, erklärte Detective West. »Der vordere, sichtbare Teil ist im Grunde nur ein riesiger Empfangsbereich mit Aufzügen. Ich weiß nicht, wie weit es dahinter dann noch weiter in den Berg oder unter die Erde geht.«

»Oh. Ein ziemlich ungewöhnlicher Ort um ein Labor zu bauen. Ob sie wohl Angst davor hatten, von einer Atombombe oder sowas ähnlichem getroffen zu werden?«

»Wer weiß?«

James wurde langsamer und hielt am Straßenrand an. Das Eingangstor war noch ein paar hundert Meter entfernt. Der Hinweis über die wahre Größe des Labors bestärkte ihn darin, dass er sich jetzt zuerst einmal ein paar mehr Informationen über diese Leute besorgen musste.

»Was machen Sie da?«, fragte Detective West.

James griff nach seinem Handy. »Ich will da nicht blind reingehen. Daher werde ich jetzt erst mal einen Freund anrufen. Ich hatte ihm vorhin eine Nachricht geschickt und ihn gebeten, sich den Ort hier etwas genauer anzusehen. Ich bin sicher, dass er inzwischen allerlei nützliche Information für mich herausgefunden hat, zumal ich ihm einen anständigen Batzen Geld zahle.«

»Warten Sie, wir haben Ihnen doch gerade erst vor kurzem von diesem Ort erzählt.«

»Ja, und?«

Detective West schüttelte schmunzelnd den Kopf. »Selbst wenn er der beste Informationsbroker der Welt wäre, bezweifle ich, dass er in weniger als einer Stunde irgendetwas gefunden hat, von dem *wir* noch nichts wissen. Dann lassen Sie uns mal hören, was er in dieser kurzen Zeit herausfinden konnte, Brownstone.«

James zuckte mit den Schultern und rief Peyton an. Dieser nahm bereits nach dem ersten Klingeln ab.

»Ich habe die Freisprechanlage an«, erklärte der Kopfgeldjäger. »Also beschränke dich bitte auf das Notwendigste.«

»Okay«, antwortete Peyton.

James ging davon aus, dass Peyton verstand, dass ein Ausrutscher, wie etwa die Erwähnung seines Namens, ihn oder Shay in Gefahr bringen würde.

»Dann erzähl mal, was du herausgefunden hast.«

»Ich schicke dir eine E-Mail mit dem Grundriss von dem Gebäude, einschließlich der inoffiziellen Pläne für ihre geheimen Laborebenen.« Peytons Stimme klang elektronisch verzerrt.

Er ist vorsichtiger, als ich ihm zugetraut habe. Gute Arbeit, Peyton.

»Ich habe dir auch ein paar Zugangscodes reingepackt«, fuhr der Hacker fort, »aber die stammen von heute Morgen, daher kann es eventuell sein, dass sie bereits geändert wurden. Übrigens, auch wenn es Anders Laboratory heißt, gehört es in Wahrheit nicht Doktor Anders. Sicher, er leitet es und ist nominell der CEO, aber er ist nicht derjenige der dort das Sagen hat.«

»Wer denn dann?«

»Seine Investoren ... und das ist im Großen und Ganzen die lokale Mafia. Sie pumpen über mehrere Briefkastenfirmen eine Menge Geld in dieses Labor. Sie haben sich allerdings sehr viel Mühe gemacht, dies zu verschleiern.«

Die Detectives runzelten beide die Stirn.

James grunzte. »Wenn ich dort reinmarschiere, werde ich mir damit also eine Menge neue Freunde machen?«

»Ja, sieht so aus als wärst du wirklich gut darin, Freundschaften zu schließen, James.«

»Nun, es ist eine meiner herausragendsten Fähigkeiten. Was soll ich sagen?«

Nicht, dass es ihn auch nur im Geringsten juckte, dass die lokale Mafia involviert war. Er war der Meinung, dass er mit seinem Umgang mit den Harriken ein Zeichen gesetzt hatte. Wenn die Mafiosi nicht wollten, dass er ihnen einen Besuch abstattete, dann sollten sie besser dafür sorgen, dass aus ihren Laboren keine verrückten, magisch modifizierten Killer entkommen konnten, die dann unschuldige Menschen direkt vor den Augen ihrer Kinder abschlachteten.

»Oh Scheiße, wenn Shay davon erfährt, dann wird sie mir das wieder ewig unter die Nase ... ach, egal. Erzähl weiter.«

Verdammt, da lag Shay mit ihrer Vermutung ja gar nicht so weit daneben. Frauen und ihre Intuition, echt erschreckend.

Peyton räusperte sich, was sich durch den elektronischen Verzerrer total seltsam anhörte. »Nun, ich habe außerdem noch herausgefunden, dass das Labor eine Menge Lieferungen von ... sagen wir mal ... nicht ganz legalen Dingen erhält, auch wenn sie versucht haben, dies mit gefälschten Ladepapieren zu verbergen.«

»Was zum Teufel meinst du damit? Glaubst du, das ist so eine Art Drogenlabor?«

»Nein, nichts dergleichen. Es ist so, dass die dort jede Menge Sachen geliefert bekommen haben, die man ausschließlich für magische Experimente benötigt.«

Detective West pfiff anerkennend durch die Zähne. »Okay, ich gebe zu, Sie sind echt gut. Wir hatten keine Ahnung, dass die Mafia dahintersteckt. Hätten wir das gewusst, hätten wir mit Leichtigkeit

Haftbefehle bekommen können und diesen Ort bereits auseinandergenommen.«

»Ich bin einfach verdammt gut! Höchstwahrscheinlich sogar der Beste, schlimmstenfalls der zweitbeste Hacker der Welt, nur um das mal klarzustellen.«

»Sie sollten für die Polizei arbeiten. Mit Ihren Fähigkeiten könnten wir eine Menge Fälle mehr aufklären.«

»Haben Sie Geld? Viel Geld?«

Detective West schnaubte. »Wie wäre es, der Allgemeinheit zu helfen? Opfern zu helfen? Was ist mit dem guten Gefühl, Ihren Mitmenschen da draußen geholfen zu haben?«

»Von guten Gefühlen kann ich mir kein Essen kaufen und keine Miete bezahlen. Wie auch immer, Brownstone, die Baupläne sollten inzwischen bei dir angekommen sein. Wenn du noch etwas brauchst, ruf mich an.« Peyton legte auf.

»Zynischer Bastard, nicht wahr?«, murmelte der Detective.

James zuckte mit den Schultern. »Nun, jeder hat seine eigene Lebensphilosophie.«

* * *

Eine Viertelstunde später hatten sie sich die Baupläne angesehen und den allgemeinen Aufbau der Einrichtung verstanden. Es war kein allzu komplizierter Grundriss, aber das Vorhandensein von mehreren Stockwerken, die mit ›Versuchspersonen‹, gekennzeichnet waren, war nicht gerade beruhigend.

»Was ist, wenn sie noch mehr von diesen Dingern da drin haben?«, fragte Detective West. »Ich meine, noch weitere solcher Freaks.«

»Da bisher noch keine von ihnen in der Stadt aufgetaucht sind, sind sie vermutlich alle sicher weggesperrt. Ich werde da jetzt reingehen und wenn Sie irgendwelche Schüsse hören sollten, dann müssten Sie ja gewissermaßen zwangsweise nachsehen, was dort vor sich geht. Wenn Sie dabei zufällig etwas Illegales finden sollten ... tja, das wäre dann dumm gelaufen für Doktor Anders und die Mafia«, antwortete James.

Der Blick des Kopfgeldjägers fiel auf den hell leuchtenden Pfeil. Der Rote-Augen-Killer war ganz in der Nähe und bald würde Dinas Vater gerächt werden und das Mädchen würde wieder ruhig schlafen können.

Er öffnete die Fahrertür und stieg aus.

Die beiden Polizisten schauten ihn verwirrt an.

»Wo wollen Sie denn hin, Mister Brownstone?«, fragte Detective West. »Sie wollen doch nicht von hier aus bis zum Eingang laufen, oder? Ich bin sicher, dass wir mit unseren Dienstausweisen durch das Tor kommen können.«

James schüttelte den Kopf. »Nein, ich muss vorher noch jemandem Bescheid geben, dass ich den Killer gefunden habe und ihr kleiner Engel bald wieder ruhig schlafen kann.«

Kapitel 23

Der Rote-Augen-Killer kniete oben auf dem Dach des Gebäudes und zielte mit einem seiner gestohlenen Gewehre. Er grinste, während er den Abzug drückte und auf die kleine Wachhütte in der Nähe des Haupttores feuerte. Als das Magazin leer war, warf er das Gewehr zur Seite und griff nach den Handgranaten, die er den Typen in dem Lagerhaus abgenommen hatte. Er begann die Granaten zu werfen, wobei er die ganze Zeit über diabolisch lachte.

Er hatte den Sicherheitsleuten und dem Kopfgeldjäger ein paar nette Spielzeuge abgenommen. Am liebsten war es ihm natürlich, wenn er Menschen mit seinen eigenen Fähigkeiten tötete, aber dies hier war auch ziemlich lustig. Für seine Fähigkeiten musste er näher an die Leute herankommen, daher sprang der Rote-Augen-Killer vom Dach herab, direkt vor den Haupteingang. Eine Sekunde später ertönte ein lauter Alarm über die Lautsprecher. Er griff nach dem anderen Gewehr, das er über seiner Schulter hängen hatte.

Die Zeit des Versteckens im Schatten war vorbei. Er *wollte*, dass seine Feinde sahen, wer da kam.

»Ja, JA. Fürchtet mich. Fürchtet mich, denn ich bringe euch den Tod!«

* * *

»Scheiße«, murmelte James, als er seinen F-350 am Eingangstor stoppte. Der Wachmann war geradezu zerfetzt worden und das Wachhäuschen ähnelte einem Schweizer Käse. Aus dem Gebäude waren Schüsse zu hören und mehrere Fahrzeuge im Hof brannten und rauchten.

Detective West griff nach seinem Handy. »Ich rufe jetzt sofort das AET.«

»Gut, aber es dauert wahrscheinlich viel zu lange, bis die hier sein werden. Ich werde jetzt dort reingehen.« James schnappte sich seinen Heiltrank aus dem Handschuhfach und die Granate, die er unter dem Sitz versteckt hatte. »Ihr Jungs bleibt besser hier, bis die Schüsse und die Explosionen aufgehört haben, es sei denn, ihr möchtet früh sterben.«

Die beiden Detectives schienen sich mit dieser Aussage nicht besonders wohl zu fühlen, aber sie nickten schlussendlich zustimmend.

Tut mir leid, Shay, ich schätze, das hier wird doch eine etwas größere Show, als ich ursprünglich geplant hatte.

Er konnte jetzt schon das Gemecker seiner beiden Mädchen hören, dass er wieder einmal im Begriff war, sich ohne Rückendeckung in eine gefährliche Situation zu begeben.

James stieg aus seinem Auto und ging zum Wachhäuschen. Der arme Wachmann lag dort in einer riesigen Blutlache auf dem Boden.

Tut mir leid, dass ich diesen Wichser nicht früher erwischt habe, Kumpel.

Der Kopfgeldjäger drückte auf einen großen blauen Knopf und das Metalltor begann sich zu öffnen.

Er holte tief Luft und warf Detective West seine Schlüssel zu. »Machen Sie meinen Pick-up nicht kaputt. Ich liebe das Ding fast so sehr wie meine Freundin.«

Der Detective lachte. »Ich werde es mir merken.«

James rannte durch das Tor auf das Gebäude zu, wo die Gewehrschüsse herkamen.

Ich bin auf dem Weg, du rotäugiger Bastard. Bereite dich schon mal auf dein Ende vor.

* * *

Der Rote-Augen-Killer zischte ärgerlich, als er von mehreren Kugeln getroffen wurde. Er stürmte auf einen der Männer zu, um ihm ein Tentakel durch die Kehle zu rammen, bevor er einen anderen mit seiner Knochenklinge in zwei Hälften spaltete.

Er lachte gehässig und schleuderte den ersten Mann auf ein paar Sicherheitsmitarbeiter. Das Blut spritzte nur so durch die Gegend, als der Körper auf die anderen Wachleute traf.

Ehe sie sich versahen, war er bei ihnen und zerstückelte sie, wobei er ihre Todesschreie immens genoss.

»Herrlich! Ich muss mich endlich nicht länger verstecken, denn ich bin der Tod. Der Tod verbirgt sich nicht nachts in der Dunkelheit, sondern er holt sich seine Opfer zu jeder Zeit.«

Der Mutant drehte sich um, auf der Suche nach neuer Beute, aber es war niemand mehr zu sehen. Er hatte gehofft, sich als Letztes auch noch die Empfangsdame vornehmen zu können, nachdem er bereits vorhin ihr entsetztes Gesicht genossen hatte, aber nun war sie anscheinend verschwunden.

»Versteckt euch ruhig in den tieferen Etagen, ihr Feiglinge. Das wird die Jagd für mich nur noch interessanter machen.«

Der Rote-Augen-Killer zischte verärgert. Einige seiner Wunden schmerzten und wollten sich einfach nicht schließen, sodass er sich eine tote Wache schnappte und höhnisch lachte.

»Du wolltest mich töten, aber nun wirst du mich stattdessen stärken.« Er öffnete den Mund und biss dem Mann in den Hals.

★ ★ ★

»Wir sollten auf das AET warten«, murmelte Detective Lafayette. »Das geht weit über unsere Fähigkeiten hinaus.«

Detective West schüttelte den Kopf. »Scheiß drauf. Wir müssen da rein. Wir sind hier mitten im Nirgendwo. Wir haben keine Zeit, erst noch auf Verstärkung zu warten.«

»Und was genau sollen wir da drin tun? Brownstone braucht uns nicht.«

»Ja, du hast recht, aber wir müssen dort rein und versuchen, so viele Beweise wie möglich zu sammeln. Wenn wir zu lange warten, werden sie vielleicht alle Aufzeichnungen zerstören oder die Selbstzerstörung aktivieren oder irgend so einen Scheiß. Diese Leute hier sind verantwortlich, dass mehrere Kinder nun Waisen sind und keine Eltern mehr haben. Wir müssen sicherstellen, dass wir am Ende genug Beweise gefunden haben, um jeden dieser Scheißkerle, der für die Entstehung des Rote-Augen-Killers verantwortlich ist, vor

Gericht bringen zu können.« Er startete den Pick-up. »Ende der Diskussion, wir fahren da jetzt rein.«

★ ★ ★

Währenddessen war James auf dem Parkplatz vor dem weißen Hauptgebäude angelangt. Er sah mehrere von Kugeln durchsiebte Leichen, aber keine davon war verstümmelt. Ein Feind, der normale Schusswaffen benutzte, war ein Feind, mit dem James fertig werden würde.

Am Ende bist du anscheinend doch nicht so besonders, Arschloch!

Zwei Sicherheitsleute in blauen Uniformen sprangen hinter einem großen Lastwagen hervor und richteten ihre Gewehre auf ihn. Aus ihren Gesichtern sprach die nackte Angst.

»Wer zum Teufel sind Sie?«, schrie ihn einer von ihnen an.

»Sieh dir doch nur mal sein verdammtes Gesicht an«, rief der andere höhnisch. »Was für eine Missgeburt. XJ422 hat anscheinend bereits einige der anderen Versuchsobjekte befreit. Legen wir ihn um.«

James warf sich hinter eines der parkenden Autos, als die Wachen auf ihn zu feuern begannen. Das Geräusch ihrer Stiefel auf dem Asphalt verriet ihm ihre Positionen. Die beiden schießwütigen Wachleute versuchten anscheinend, ihn in die Zange zu nehmen. Er wartete, bis sie sich genähert hatten und stürzte sich dann auf den von rechts Kommenden, um ihm einen Aufwärtshaken zu verpassen. Der Mann wurde dadurch mehrere Meter durch die Luft geschleudert und krachte auf die

Motorhaube eines in der Nähe stehenden Jaguars, was dessen Alarmanlage losheulen ließ.

»Was zur Hölle?«, rief der andere Mann verblüfft.

Der Kopfgeldjäger warf eines seiner Wurfmesser in dessen Schussarm, bevor sich der Mann von seiner Überraschung erholt hatte. Als dieser vor Schmerz seine Waffe fallen ließ, hatte ihn Brownstone bereits erreicht und verpasste ihm einen Schlag, der ihn bewusstlos zu Boden sinken ließ.

James holte sich sein Wurfmesser zurück. »Tut mir leid, aber ihr habt versucht mich zu töten.«

Er drehte sich um und wollte bereits gehen, drehte sich dann aber mit einem Lächeln im Gesicht wieder zu den niedergeschlagenen Wachen zurück. In LA wäre er vorher zu seinem Lagerhaus gefahren und anschließend bis an die Zähne bewaffnet am Labor aufgetaucht, aber er war dummerweise nicht wegen einer Kopfgeldjagd nach Vegas gekommen, geschweige denn für einen magischen Mutanten der Stufe vier. Er war nur aus einem Grund in Vegas, um wieder einmal das göttliche Barbecue von *Jessie Rae's* zu essen.

Ein zweites Magazin für seine .45er und ein paar Wurfmesser würden sicherlich nicht ausreichen. Er schnappte sich ein Sturmgewehr von einer der Wachen und alle zusätzlichen Magazine, die sie bei sich trugen.

James seufzte. Heckler & Koch war nicht unbedingt seine Lieblingsmarke und automatische Gewehre gehörten ganz sicher nicht zu seinen Lieblingswaffen, aber bei all den toten Sicherheitsleuten hier gab es immerhin reichlich Munition dafür.

Der Kopfgeldjäger ging auf den Eingang des Labors zu. Schussgeräusche waren inzwischen nur noch sporadisch zu hören und als er schließlich bei der Eingangstür ankam, hörten sie ganz auf. Der Rote-Augen-Killer schien gewonnen zu haben, zumal der Alarm immer noch aktiv war.

Es ist mir egal, ob du von denen erledigt wirst oder ob ich es tun muss, aber du wirst diesen Ort nicht mehr lebend verlassen, du Arschloch.

Glasscherben markierten die Stelle, wo sich die Eingangstür befunden hatte. James entsicherte sein Gewehr und stürmte durch den Eingang, während er nach potenziellen Zielen suchte. Dutzende Leichen lagen auf dem weißen Fußboden rum, der nun einen frischen Anstrich mit rotem Blut erhalten hatte.

Die Körper in der Nähe des Eingangs hatten alle Schrapnell- oder Schusswunden, doch als James weiter nach innen vorrückte, fand er mehrere Leichen, denen sowohl Gliedmaßen als auch der Kopf abgetrennt worden waren.

»Das war definitiv der Rote-Augen-Killer«, murmelte James. Weiter hinten befanden sich zwei Fahrstühle. Vor einem lagen mehrere Leichen und Körperteile und auf der Tür war ein blutiger Handabdruck.

Nach Peytons Informationen brauchte James für die nächste Etage noch keine Zugangscodes. Dort gab es anscheinend nichts von Bedeutung, nur die Cafeteria und ein paar Aufenthaltsräume, sowie ein kleines Fitnessstudio, aber wenn der Rote-Augen-Killer ebenfalls keine Zugangscodes hatte, würde er sich wahrscheinlich dort befinden.

Der Kopfgeldjäger holte tief Luft. Den Killer umzubringen würde bedeuten, dass er das Kopfgeld höchstwahrscheinlich abschreiben konnte. Die meisten Städte behaupteten zwar, man würde dennoch einen geringen

Anteil erhalten und in Las Vegas lag der sogar bei der Hälfte der ausgelobten Belohnung, aber in der Praxis bedeutete das Töten eines Kopfgeldes, welches nicht als ›tot oder lebendig‹ gekennzeichnet war, dass ein Kopfgeldjäger am Ende nichts verdient hatte, wenn man alle Gebühren und Kosten davon abzog.

James war das egal. Der Rote-Augen-Killer war nicht irgendein armseliger Bankräuber oder Drogendealer. Er war ein bösartiger, erbarmungsloser Killer, der zu seinem Vergnügen Leben auslöschte. Selbst King Pyro war nicht so schlimm gewesen.

Ich werde diesen Kerl platt machen, damit Dina nachts wieder ruhig schlafen kann. Wenn ich dafür sorgen kann, dass ein kleines Mädchen nachts keine Alpträume mehr haben muss, dann ist mir das ein kleines Kopfgeld wert. Scheiße, das wäre mir sogar ein großes Kopfgeld wert.

James wollte gerade den Aufzugknopf drücken, als der Aufzug anfing sich in Bewegung zu setzen.

Er trat ein paar Schritte zurück und nahm die Aufzugtür ins Visier.

Ein blutverschmiertes Etwas mit glühend roten Augen stand in dem Aufzug mit einem Lächeln im Gesicht. Da stand der Rote-Augen-Killer und hob seine beiden Arme, die beide in blutrot gefärbten Knochenklingen endeten.

»Unten war das Töten wesentlich einfacher. Es gab dort weniger Waffen.« Der Mutant kicherte. »Das muss ich ihnen zugutehalten. Die Sicherheit wurde seit meiner Flucht spürbar verbessert.« Sein Lächeln verschwand. »Es ist wirklich frustrierend, nicht zu den anderen nach unten kommen zu können. Los, gib mir deine Zugangscodes, Sicherheitsmensch, oder ich werde dich ganz langsam töten.«

James schnaubte. »Sehe ich verdammt noch mal aus, als würde ich hier arbeiten, du dummes Arschloch?«

Der arrogante Gesichtsausdruck des Rote-Augen-Killers verschwand. »Wer bist du denn dann?«

»Ich bin James Brownstone.« Der Kopfgeldjäger wartete darauf, was sein Name bei seinem Gegenüber für eine Reaktion hervorrufen würde.

Der Mutant strahlte ihn freudig an. »Ich erinnere mich leider nicht mehr an viel. Mein Gedächtnis ... der Umwandlungsprozess hat es beschädigt, aber den Namen Brownstone kenne ich. Du bist ein Kopfgeldjäger der Stufe sechs. Wunderbar. Wunderbar! *Perfekt!*«

»Schön, dass du weißt, wie sehr ich dir gleich in den Arsch treten werde. Ich habe da allerdings erst noch eine Frage an dich, bevor ich dich in die Hölle schicke, du blödes Arschloch.«

»Ah, welch arrogantes Auftreten. Dich zu assimilieren wird mich unglaublich mächtig machen.«

James zog eine Grimasse. »Du sprichst davon, mich zu essen, nicht wahr?«

»Ja, du wirst mit mir verschmelzen und mich stärken.«

»Warum zur Hölle hast du diese Leute vor den Augen ihrer kleinen Kinder umgebracht?«

»Die Eltern hab ich nur so zum Spaß umgebracht.« Der Rote-Augen-Killer atmete tief ein. »Aber einen mächtigen Kopfgeldjäger zu töten verstärkt meine Kraft und wird meine Fähigkeiten verbessern. Sobald ich dich getötet habe, werde ich im ganzen Land Angst und Schrecken verbreiten und jeder wird mich fürchten.«

James schnaubte. »Du bist absolut größenwahnsinnig.«

»Nein, James Brownstone. In diesem Labor nahmen sie einen schwachen Menschen und verwandelten ihn mithilfe von Wissenschaft und dunkler Magie in einen Gott.«

Der Kopfgeldjäger seufzte und schüttelte den Kopf. »Arschloch, du bist gerade mal ein Ziel der Stufe vier. Ich würde dir die ›Ich bin ein Gott‹-Rede ja viel eher abnehmen, wenn du zumindest ein Kopfgeld der Stufe fünf wärst.«

Das Gesicht des Mutanten verzerrte sich vor Wut. »Wenn ich dich töte, dann werden sie mich ganz sicher hochstufen. James Brownstone, der neue Gott des Todes und der Zerstörung wird dich nun verschlingen!«

»Fick dich! Das ist für Dina und all die anderen Kinder.« James feuerte einen Schuss auf den Rote-Augen-Killer ab.

Der Mutant zuckte zwar kurz zusammen, grinste in dann aber hämisch an. »Was glaubst du, wie oft heute schon auf mich geschossen wurde?«

James zuckte mit den Schultern. »Manchmal muss man etwas nur oft genug versuchen, bis es funktioniert.« Er stellte sein Gewehr auf Automatik um und zog den Abzug durch.

Der Mutant zuckte bei jedem Einschlag zusammen, ging aber nicht zu Boden. Der Kopfgeldjäger zog mit seiner freien Hand die Splittergranate aus seiner Tasche und warf sie auf seinen Gegner.

Die Granate landete direkt vor dem Mutanten, aber nach der Explosion stand dieser immer noch da, blutete nun allerdings aus unzähligen Wunden. Die Fahrstuhltür hinter ihm war von dem Schrapnell der Granate durchlöchert worden, bis auf die Stelle, wo er gestanden hatte, welche nun den groben Umriss seines Körpers zeigte.

James lachte. »Das ist ja wie der Scheiß aus den alten Cartoons, die ich mir früher immer angesehen habe.«

Der Rote-Augen-Killer knurrte. »Wie kannst du es wagen, mich zu verspotten? Ich werde dich langsam und qualvoll töten, bevor ich dann deine DNA assimiliere.«

»Warum so kompliziert? Die meisten Leute drohen einfach nur damit, mich umzubringen. Egal.« James warf sein Gewehr nach dem Mutanten und stürmte auf ihn zu.

Dieser schlug noch das Gewehr zur Seite, doch da hatte Brownstone ihn bereits erreicht. Der Kopfgeldjäger rammte ihm seine Schulter in die Brust und der Mutant knallte gegen die Fahrstuhltüren, wobei er dort eine körpergroße Delle in Form seines Umrisses hinterließ.

James verpasste dem Arschloch mehrere schnelle Faustschläge ins Gesicht. Sein Amulett machte ihn zwar praktisch unverwundbar, aber übermenschliche Kraft hatte er auch ohne diesen seltsamen, außerirdischen Gedankenflüsterer.

Der Kopf des Rote-Augen-Killers ruckte bei jedem Schlag zurück. James hielt sich nicht zurück. Wäre der Kerl ein normaler Mensch gewesen, wäre sein Kopf inzwischen bereits Matsch.

Ich frage mich, ob jeder auf meinem Heimatplaneten so stark ist wie ich oder ob das daran liegt, dass ich an einem anderen Ort aufgewachsen bin.

Der Mutant schlitzte mit einer seiner Knochenklingen James Schulter auf und der Kopfgeldjäger ließ wegen des Schmerzes von ihm ab und sprang ein paar Schritte zurück. Dennoch fügte ihm vorher noch ein weiterer Hieb des Mutanten eine große Schnittwunde am Oberschenkel zu, aber er biss die Zähne zusammen und ignorierte den Schmerz.

Gut, dass ich den Heiltrank mitgenommen habe.

Der Rote-Augen-Killer taumelte, sein ledriges, gesprenkeltes Gesicht zeigte deutliche Spuren von James' Prügeln.

»Du ... bist ... ein ... Nichts, James Brownstone. Du ... wirst ... mich ... nicht ... besiegen.«

Der Kopfgeldjäger schüttelte den Kopf. »Sieht für mich so aus, als würde dir dieses Nichts gerade mächtig den Arsch versohlen.«

James warf alle seine Wurfmesser auf den Mutanten und griff dann erneut an. Einer der Arme des Mutanten begann wild zu zucken und zu zappeln, als James gerade dabei war, seinen Ellbogen in den Hals des rotäugigen Teufels zu rammen. Sofort griff er mit beiden Händen nach dem zuckenden Arm und brach ihn über sein Knie. Das Krachen der Knochen hallte durch die gesamte Eingangshalle.

Der Rote-Augen-Killer heulte vor Schmerzen auf und sein Arm zuckte und zappelte. Spitze Tentakel sprossen daraus hervor, von denen einige in James' Kleidung und das darunterliegende Fleisch stachen.

Der Kopfgeldjäger versetzte dem verwundeten Mutanten daraufhin eine weitere Serie von Schlägen und der Mutant taumelte zurück, das rote Leuchten seiner Augen nun wesentlich schwächer als zuvor.

James schnappte sich sein Kampfmesser und stieß es dem Mutanten drei- bis viermal ins Herz, bevor er von ihm abließ.

Verdammt, der lebt ja immer noch.

In dem Raum fing es plötzlich an immer dunkler zu werden und der Rote-Augen-Killer fiel zuckend und zappelnd zu Boden, wo er dann zu versuchen schien sich in die Dunkelheit zurückzuziehen.

»Nein, das lassen wir mal schön bleiben, du Arschloch«, knurrte James. »Ich bin noch nicht fertig mit dir, verdammt.« Er steckte sein Messer zurück in die Scheide und packte den am Boden liegenden, wild herumzappelten Mutanten. Er riss ihn hoch, packte ihm am Kopf und brach ihm das Genick. »Das ist für Dinas Vater.«

Der Mutant hörte allerdings nicht auf herumzuzappeln, daher warf James ihn zu Boden und kniete sich auf seine Brust.

Dann zog er erneut sein Kampfmesser hervor. »Ich wünschte, ich hätte eine Machete eingepackt. Damit wäre die Sache viel einfacher.« Ein paar Sägebewegungen später war der Kopf des Rote-Augen-Killers nur noch durch ein paar wenige Muskelsträngen mit seinem Körper verbunden. »Und das ist für alle anderen, die du getötet hast, du Stück Scheiße!«

James packte den Kopf des Mutanten mit beiden Händen und riss ihn ab. Der restliche Körper sackte augenblicklich leblos zu Boden. James ließ den Kopf daneben fallen und stand auf.

Er atmete mehrmals tief durch, bis sein Adrenalin nachließ und seine Wunden sich mit einem stechenden Schmerz zurückmeldeten. Die tiefen Wunden in seiner Schulter und seinem Oberschenkel bluteten am stärksten, aber er hatte außerdem auch noch ein dutzend kleinerer Schnittwunden überall an seinem Körper.

James öffnete den Heiltrank und trank ihn in einem Zug aus. Dreißig Sekunden später fühlte er sich wie ein neuer Mensch, allerdings wie einer, der dringend ein neues Outfit brauchte.

Ein klapperndes Geräusch hinter ihm ließ ihn herumfahren und seine .45er ziehen.

Dort standen die beiden Detectives West und Lafayette und hielten ihre Hände hoch.

»Ich hatte euch doch gesagt, ihr sollt im Auto bleiben.« James seufzte erleichtert und steckte seine Waffe wieder weg.

Die Detectives nahmen langsam ihre Arme runter.

Detective West grinste. »Keine Sorge, Ihr Auto hat keinen einzigen Kratzer abbekommen.« Er sah sich um und schüttelte den Kopf. »Wir kamen gerade noch rechtzeitig, um ein Großteil des Geredes dieses Arschlochs mit anzuhören. Das und die Leichen sind mehr als genug, um für diesen Ort hier einen Durchsuchungsbefehl zu bekommen.«

»Gut«, brummte James. »Die Kinder von Las Vegas sollten sich nie wieder mit so einer Scheiße rumschlagen müssen.«

Kapitel 24

Trey, Charlyce und James standen im Spielzimmer des Jugendamtes und warteten darauf, dass ein Mitarbeiter das Mädchen brachte. Als die Tür aufging, stürmte Dina mit einem fröhlichen Lächeln im Gesicht herein und umarmte zuerst Charlyce und dann James.

»Ich bin wohl unsichtbar«, murmelte Trey.

Daraufhin rannte das Mädchen zu ihm und umarmte ihn ebenfalls, was alle Erwachsenen zum Lachen brachte.

Dinas Lächeln verschwand und sie blickte James mit traurigen Augen an. »Der Rote-Augen-Killer ist weg?«

James nickte. »Ja, ich habe dafür gesorgt, dass er nie wieder jemandem wehtun wird.«

Das Mädchen begann zu weinen. »Ich vermisse meinen Daddy. Wo soll ich denn jetzt hin?«

Charlyce lächelte. »Ich hätte dich gerne adoptiert, aber Leute wie ich dürfen leider keine Pflegekinder aufnehmen. Es wird wohl noch eine ganze Weile dauern, bis das System mich als vertrauenswürdig genug einstuft.«

James schenkte dem kleinen Mädchen ein Lächeln. »Keine Sorge, ich habe mich bereits darum gekümmert. Ich habe da nämlich eine ziemlich gute Idee.«

* * *

James machte eine lange Autofahrt nichts aus, aber er war überrascht, dass das Mädchen während der ganzen Fahrt kein einziges Mal meckerte oder auf die Toilette wollte, als sie direkt von Las Vegas zurück nach Los Angeles fuhren. Es lag wohl daran, dass der kleine Engel die meiste Zeit über geschlafen hatte.

Als er in die kleine Seitenstraße einbog, die zu ihrem Ziel führte, musste er grinsen.

Charlyce warf ihm vom Beifahrersitz aus einen neugierigen Blick zu. Sie hatte darauf bestanden, mit ihm mitzufahren, um die ganze Zeit über bei Dina bleiben zu können. Trey war ziemlich enttäuscht gewesen, denn er fuhr nun allein hinter ihnen her.

»Was ist denn da so lustig, Mister Brownstone?«

»LA ist keineswegs sicherer als Vegas. Es gibt hier weitaus mehr seltsame Kriminelle mit magischen Fähigkeiten als irgendwo sonst, aber es fühlt sich trotzdem gut an, wieder daheim zu sein. Ich fühle mich hier einfach viel sicherer. Ich fühle mich entspannter. Irgendwie scheint hier alles einfacher zu sein. Das ist wohl das Gefühl, das man ›Zuhause‹ nennt.«

»Zuhause«, sagte Charlyce. Sie seufzte. »Dieser Gedanke ist immer noch ziemlich ungewohnt für mich.«

»Trey ist ein guter Kerl. Er wird Ihnen jegliche Hilfe geben, die Sie benötigen.«

»Ich hoffe nur, dass ich dieser Hilfe auch würdig bin.«

»Nun, das liegt ganz an Ihnen.« James bog in die Einfahrt eines bescheidenen, aber großen zweistöckigen

Hauses, das anscheinend erst vor kurzem einen neuen Anstrich erhalten hatte. Er war froh zu sehen, dass sein Geld anscheinend gut angelegt war und den Waisenkindern tatsächlich half.

Die Haustür öffnete sich und Pater McCartney trat hinaus.

James und Charlyce stiegen aus und weckten dabei die schlafende Dina auf. Das Mädchen reckte sich und gähnte.

Als Charlyce den kleinen Engel aus dem Auto hob und in die Arme nahm, blinzelte diese verwirrt mit den Augen. »Wo sind wir?«

»Das ist der Ort, von dem ich dir erzählt habe«, erklärte James. »Es ist ein Waisenhaus. Ich besuche es von Zeit zu Zeit.«

»Wirklich?«

Er nickte. »Ja. Ich bin hier nämlich aufgewachsen und das ist sicherlich einer der Gründe, warum ich zu dem Mann geworden bin, der ich heute bin.«

Pater McCartney musste über diesen Kommentar schmunzeln.

Dina schmiegte sich an Charlyce. »Beschützt du die Kinder hier im Waisenhaus?«

James nickte. »Ja, das tue ich. Aber die Priester hier werden ebenfalls gut auf dich aufpassen.«

Pater McCartney räusperte sich. »Willkommen, Dina. Wir freuen uns alle sehr, dich bei uns aufnehmen zu dürfen.«

Ein etwas älteres Mädchen kam auf die Veranda gelaufen und winkte ihr freudig zu.

Der Priester lächelte sie an. »Möchtest du dein neues Zimmer sehen?«

»Ja, bitte.«

Charlyce setzte Dina auf dem Boden ab. »Ich werde dich gleich am nächsten Wochenende besuchen, mein kleiner Engel.«

Dina umarmte sie noch einmal ganz fest, bevor sie losging, um sich ihr Zimmer zeigen zu lassen.

Pater McCartney schüttelte lächelnd den Kopf und drehte sich dann nochmal zu James um. »Gottes Hand hat dich hierhergeführt, James.«

Der Kopfgeldjäger zuckte mit den Schultern. »Führt er uns nicht alle?«

»Nun, durch das Geld aus dem Verkauf der Aktien konnten wir zwar einige dringend notwendige Reparaturen ausführen, aber hätte der anonyme Wohltäter seine Zahlungen nicht vor kurzem deutlich erhöht, hätten wir das Mädchen sicher nicht aufnehmen können. Allerdings werden wir demnächst wahrscheinlich noch jemanden einstellen oder zumindest einen Freiwilligen finden müssen. Wir haben einfach zu wenig Leute, obwohl die älteren Kinder in der Regel fleißig mithelfen.«

Charlyce lächelte den Pfarrer an. »Ich würde mich gerne freiwillig melden.« Sie lächelte. »Vorausgesetzt, Sie haben kein Problem damit, dass ich Methodist bin.«

Der Pfarrer lachte. »Nein, ich bin für jede Hilfe dankbar.«

Charlyce schaute zum Waisenhaus. »Gott hat mir eine zweite Chance gegeben, darum will ich das Beste daraus machen. Außerdem schulde ich dem Mädchen etwas.«

James hörte schweigend zu, er war ziemlich zufrieden mit sich und wollte diesen besonderen Augenblick auf keinem Fall durch irgendeinen unbeholfenen Kommentar ruinieren.

Siehst du Shay? Ich bin doch lernfähig.

Pater McCartney sah sie verwirrt an. »Wieso glauben Sie, dass Sie dem Mädchen etwas schulden?«

»Nun, dank ihr habe ich zurück zu meiner Familie gefunden. Das Mindeste, was ich für sie tun kann, ist für sie da zu sein.«

* * *

Lieutenant Hall setzte ihren Helm auf und nahm die Railgun hoch. Dann leitete sie den Ladezyklus ein und verließ den Transporter.

Anders als beim letzten Mal wollte sie mit dem Abfeuern der Waffe diesmal nicht warten, bis die Hälfte ihres Teams am Boden war. Der Einsatz dieser experimentellen Waffe stand nicht besonders weit oben auf der Liste ihrer Lieblingsdinge, allerdings stand Tessa Vansant ganz oben auf der Liste der Dinge, die Maria gar nicht mochte.

»Alle sind in Position, Lieutenant«, meldete sich Sergeant Weber über Funk. »Ich bin froh, dass der Country Club unserem Plan zugestimmt hat.«

»Ja, heute werden keine unschuldigen Menschen verletzt.«

Die Medien waren nicht über die Verschiebung informiert worden, daher war die Chance, dass Tessa etwas erfahren hatte relativ gering. Natürlich hatte sich der Country Club an alle Karteninhaber gewandt, um ihnen mitzuteilen, dass die Veranstaltung verschoben würde und sie gebeten, keine Fragen zu stellen. Wundersamerweise hatte sich tatsächlich niemand gemeldet. Sie hatten natürlich vorher sichergestellt, dass Tessa Vansant nicht zu den Karteninhabern gehörte.

Jetzt war es also nur noch eine Frage der Zeit, bis das Stufe-Fünf-Kopfgeld auftauchen würde.

Diesmal wird es nicht so ablaufen wie beim letzten Mal. Dieses Miststück werden wir erledigen, bevor sie mit ihrem Zauberstab irgendein Unheil anrichten kann.

»Da kommt ein Auto auf uns zugefahren, Lieutenant«, informierte Sergeant Weber sie.

Maria stellte die Zweibeinstütze für die Railgun auf und platzierte die Waffe darauf. Sie legte sich dahinter und wartete geduldig, bis eine rostige alte Chrysler-Limousine auf den mit lauter Luxusfahrzeugen gefüllten Parkplatz fuhr.

Du versuchst nicht einmal, dich unauffällig zu verhalten, was, Tessa?

Mehrere AET-Beamte kamen aus ihrer Deckung hinter den geparkten Autos hervorgesprungen. Raketendrohnen erhoben sich aus den Büschen in die Luft, bereit, ihre tödlichen Nutzlasten abzufeuern.

Maria aktivierte ihr Mikrofon. »Tessa Vansant. Hier spricht das LAPD AET. Kommen Sie sofort mit erhobenen Händen heraus und ergeben Sie sich. Ihnen wird mehrfacher Mord und Terrorismus zur Last gelegt. Jegliche verdächtige Bewegung werden wir als Akt der Aggression werten und augenblicklich das Feuer auf Sie eröffnen.« Sie schaltete das Mikrofon wieder aus.

Gut. Das wäre schon mal erledigt. Nun bist du am Zug, du Schlampe.

»Sie macht irgendwas, Lieutenant!«

Maria aktivierte die eingebaute Zoomfunktion ihres Visiers. Tessa schien einen Zauberspruch aufzusagen und schwang dabei ihren Zauberstab.

»Macht dieses Miststück platt!«, schrie der Lieutenant ihren Leuten zu. Sie zog den Abzug ihrer Railgun durch und die Waffe fing an zu brummen, aber dann erstarb sie. »Verdammte Scheiße!« Sie sprang auf und verpasste der nun nutzlosen Waffe einen wütenden Tritt.

Dutzende Kugeln und Raketen schlugen in Tessas Auto ein. Maria musste ihren Blick abwenden, als die Limousine explodierte und in die Luft geschleudert wurde.

Sie blinzelte ungläubig, als sie am Himmel mehrere Nachrichtenhubschrauber entdeckte.

Scheiße! Die sind eigentlich wegen Nadina hergekommen, aber nun werden sie stattdessen uns dabei filmen, wie wir versuchen, diese Wahnsinnige aufzuhalten.

Maria zog ihre Pistole und rief ihren Männern zu: »Vorrücken und Tötung bestätigen.«

Ihr AET-Team marschierte geschlossen, mit den Waffen im Anschlag, auf das brennende Wrack zu.

Ein in Flammen gehülltes Etwas stieß von innen die Fahrertür auf und die einen Moment später aus dem Auto stürzende Gestalt entpuppte sich als Tessa, ihr Gesicht vor Wut verzerrt. Ein glühender Schutzschild aus smaragdgrünem Licht umschloss ihren Körper und drei Glyphen aus weißem Licht erschienen plötzlich über ihr am Himmel.

»Geht sofort zurück in Deckung und eröffnet dann das Feuer!«, befahl Maria.

Der ohrenbetäubende Lärm von den automatischen Gewehren erfüllte die Luft und unzählige Kugel prasselten auf Tessa ein. Bei jedem Treffer leuchtete ihr Schutzschild hell auf.

Die drei Glyphen über ihr formten sich zu denselben Dämonen, die sie auf den Videos der Drohnen bei dem

Vorfall auf dem Bauernmarkt gesehen hatten. Den Aufzeichnungen zufolge behauptete Tessa, sie seien alte sumerische Dämonen namens Rabisu. Maria war es egal, wie die Dinger genannt wurden, ihr war nur wichtig, dass sie aufgehalten wurden.

Die Rabisu fingen an, Energiestöße auf die versammelten Polizisten abzufeuern. Einer der Energiestöße traf einen Polizisten und ließ diesen schreiend durch die Luft fliegen. Sein neuer Deflektor hatte sich zwar verdunkelt, war aber noch nicht völlig schwarz geworden. Er hatte den Treffer überlebt und wälzte sich stöhnend auf dem Boden.

Maria feuerte ihr komplettes Magazin auf Tessa ab und ignorierte die Rabisu dabei, allerdings ignorierten diese sie dummerweise leider nicht. Ein Energiestoß schlug in das Auto direkt neben ihr ein.

Die daraus resultierende Explosion schleuderte sie in die Windschutzscheibe eines anderen Autos und eine Welle des Schmerzes schoss durch ihren Körper. Die Anti-Magie-Deflektoren absorbierten zwar den magischen Schaden, schützten den Träger aber leider nicht vor einer Explosion oder einem Aufprall. Ihre Rüstung hatte zwar einen Teil der Aufprallenergie absorbiert, aber dennoch würden sie wahrscheinlich in den nächsten paar Wochen ein paar ziemlich üble, blaue Flecke plagen.

Sie befreite sich aus der zerbrochenen Windschutzscheibe und warf sich anschließend auf den Boden. Dann schnappte sie sich eine Brandgranate und schleuderte sie auf einen der Rabisu, während sie laut »Achtung Brandgranate!« rief.

Die Bestie brüllte laut auf, als die Flammen ihr die Schuppen versengten.

»Gefällt dir das, du Mistkerl?«

Eine weitere Welle Raketendrohnen kam angeflogen und feuerte ihre Ladung auf die Rabisu ab. Einer der Dämonen stürzte zu Boden und löste sich in eine Pfütze aus grünem Schleim auf. Nur ein paar Sekunden später erwischte es den Nächsten und auch der stürzte zu Boden und fing an sich aufzulösen.

Maria sprintete auf eines der AET-Fahrzeuge zu und sprang hinein, wobei ein Energieschuss des letzten Rabisu sie nur um Zentimeter verfehlte. Der Schuss traf stattdessen das Auto irgendeines armen aber reichen Trottels und verwandelte dessen teures Fahrzeug in rauchende Schlacke.

Lieutenant Hall riss ein Gewehr aus der Halterung. Seit Beginn des Kampfes hatte Tessa nichts weiter getan, als hinter einem Auto zu hocken, wobei ihr lästiger Energieschild sie schützte. Maria hatte sich Sorgen gemacht, dass die Magierin magische Geschosse auf sie werfen oder noch weitere Bestien herbeirufen könnte, aber sie war wohl schon am Limit.

Wir werden diesen Kampf verdammt noch mal gewinnen.

Maria schob ein frisches Magazin in ihr Gewehr und entsicherte die Waffe, dann sprang sie aus dem Lieferwagen heraus und feuerte einige Schüsse auf den verbliebenen Rabisu ab, bevor sie zwischen zwei Autos hindurch rannte. Hinter ihr explodierte ein weiteres Fahrzeug, aber sie achtete gar nicht darauf, sondern stürmte weiter vorwärts, bis sie endlich Tessa im Visier hatte. Sie zielte auf ihren Kopf und begann zu feuern.

Die Kugeln prallten allerdings wirkungslos von ihrem Schutzschild ab, dennoch drehte sich die Frau zu ihr um und blickte Maria an. Der Schweiß lief Tessa über das Gesicht und den Hals.

»Na, damit hast du wohl nicht gerechnet, du Miststück!«, rief Maria ihr zu, dabei packte sie eine Schallgranate und schleuderte sie auf ihre Gegnerin. »Achtung Schallgranate!«

Die Granate traf auf den Schild und aktivierte sich. Die Fenster mehrerer in der Nähe stehender Autos zersplitterten und trotz ihres Helms und obwohl sie mehrere Meter entfernt stand, klingelten Marias Ohren.

Tessa schrie auf und ließ ihren Zauberstab fallen, wodurch ihr Schutzschild verschwand.

Oh, dein Schutzschild schützt anscheinend nicht vor einem Schallangriff, was?

Maria legte ihr Gewehr an und feuerte mehrere Schüsse auf die Magierin ab. Diese stürzte augenblicklich getroffen zu Boden und der letzte verbliebene Rabisu löste sich nur wenige Sekunden später auf.

Lieutenant Hall ging mit dem Gewehr im Anschlag vorsichtig näher ran. Tessa lag auf dem Boden und hustete Blut.

Maria grinste sie herausfordernd an, aber die Magierin konnte es wegen des dunklen Visiers des Helmes nicht sehen. »Du hättest dich einfach ergeben sollen, du psychopathisches Miststück.«

»Ist schon in Ordnung«, flüsterte Tessa. »Es sieht ganz so aus, als wärst du die Stärkere von uns beiden und hast verdient gewonnen.« Sie stieß noch ein ersticktes Lachen aus, bevor ihr Kopf zur Seite rollte und ihre Brust sich aufhörte zu bewegen.

»Ziel ausgeschaltet.« Maria stand auf und schaute sich um. Ein paar ihrer Männer hatten ihre Helme abgenommen und wurden von einem Kollegen gestützt, aber sie sah niemanden mit einem Loch in der Brust auf dem Boden liegen.

»Mehrere Polizisten wurden leicht verletzt, Lieutenant.« Sergeant Weber kam auf sie zugelaufen. »Wir haben zwei Deflektoren verloren. Außerdem haben zwei unserer Jungs ein paar Brandwunden abbekommen, aber das war's auch schon.«

Maria zog ihren Helm ab und blickte von einem brennenden Wrack zum Nächsten. Dutzende Autos rauchten und der ganze Parkplatz glich einem Trümmerfeld. »Scheiße. Wir haben zwar gewonnen, aber wir haben dabei auch fast die Hälfte dieses verdammten Parkplatzes mit hochgehen lassen. Wir sind keinen Deut besser als Brownstone.« Sie seufzte. »Was für eine Blamage!«

Kapitel 25

Trey wollte vor lauter Nervosität fast platzen, während er mit seiner Tante Charlyce auf der Couch seiner Großmutter saß. Sie warteten darauf, dass seine Oma aus dem Laden zurückkam und er wusste noch immer nicht, wie es dann weitergehen würde. Er hatte seiner Großmutter eine Nachricht geschrieben, bevor er in Las Vegas losgefahren war, aber ihre Antwort war relativ kurz und unspektakulär ausgefallen.

Sie wollte sich mit ihrer Tochter treffen, mochte darüber hinaus aber keine Versprechungen machen und sie wollte ihr dabei ins Angesicht blicken und nicht einfach nur übers Telefon.

Mit seiner Großmutter war nicht zu spaßen. Sie lebte schon seit Jahrzehnten in einer heruntergekommenen Nachbarschaft, umgeben von Straßenbanden und anderen Kriminellen. Sie ließ sich von niemandem etwas gefallen, auch nicht von ihrer Familie.

Was zum Teufel tue ich, wenn das hier den Bach runtergeht? Ich will zwar, dass meine Familie wieder zusammenkommt, aber ich möchte Nana auf keinen Fall verärgern.

Trey fuhr sich gedankenverloren mit der Hand durchs Haar. Sein Hals war trocken und er schwitzte. So nervös war er nicht mehr gewesen, seit ihm ein Kopfgeld der

Stufe zwei in einer Gasse aufgelauert und drei Schüsse abgefeuert hatte, bevor er es dann schlussendlich doch noch überwältigt hatte.

Charlyce war für ihn einfach nur seine Tante, für seine Großmutter jedoch war sie ihre Tochter – eine Tochter, die ihr Vertrauen missbraucht und ihr Leben Drogen und Alkohol gewidmet hatte. Sie hatte ihre Fehler zwar inzwischen eingesehen und Trey war sicher der Letzte, der über andere urteilen durfte, aber seine Großmutter war immer rechtschaffen geblieben und hatte sich immer um ihre Familie gekümmert. Sie hatte nicht einmal ihn fallen lassen, als er Anführer einer Straßenbande wurde.

Er hoffte, dass sie akzeptieren würde, dass die Vergangenheit eben die Vergangenheit war, genau wie er es getan hatte. Es war selten, dass jemand eine zweite Chance bekam. Noch seltener war es, dass eine ganze Familie eine zweite Chance bekam.

Bitte, Nana. Wir haben doch schon so viel verloren. Lass unsere Familie einfach wieder zusammenkommen. Akzeptiere sie doch einfach so, wie sie jetzt ist und stoße sie nicht wegen ihrer Vergangenheit weg.

Ein Auto hielt vor der Einfahrt und seine Oma stieg aus, bedankte sich bei dem Fahrer und marschierte mit ihrer Einkaufstasche und einem finsteren Blick auf die Tür zu.

Trey beeilte sich, ihr die Tür zu öffnen und die Einkaufstasche abzunehmen. Während sie ihm die Tasche reichte, hielt sie ihren Blick auf ihre verlorene Tochter gerichtet und musterte sie eindringlich. Sieben Jahre waren eine verdammt lange Zeit.

Trey trug die Einkäufe in die Küche, wobei er die beiden aber weiterhin aus den Augenwinkeln beobachtete.

Eine erdrückende Stille breitete sich in dem Raum aus, während Treys Tante und Nana einander anstarrten und kein Wort sprachen.

Scheiße! Das kann doch nicht wahr sein.

Dann begannen plötzlich Tränen über das Gesicht seiner Oma zu laufen und all das Misstrauen und die Wut verschwanden, ersetzt durch Wärme und Liebe. Treys Herz machte einen Sprung vor Freude.

Seine Großmutter wischte die Tränen weg. »Sieben Jahre, Charlyce. Ich habe immer gehofft und gebetet, dass du eines Tages zu mir zurückkommen würdest. Ich mache dir keine Vorwürfe. Wir haben damals alle Fehler gemacht. Ich wünschte, ich wäre dir damals eine bessere Mutter gewesen, aber das spielt jetzt keine Rolle.« Sie streckte ihre Arme aus. »Es spielt jetzt keine Rolle mehr, denn meine Gebete wurden erhört.«

Tante Charlyce fiel ihrer Mutter in die Arme und beide Frauen begannen zu schluchzen.

Trey stellte die Einkäufe auf den Küchentisch und zog sein Taschentuch heraus, um seine Tränen wegzuwischen.

»Wir sind nun endlich wieder eine richtige Familie«, schluchzte seine Großmutter unter Tränen. »Und ich bin die glücklichste Frau der Welt. Ich hätte nicht gedacht, dass ich diesen Tag noch erleben würde.«

»Wir haben alle Glück gehabt, Nana«, meldete sich Trey aus der Küche. »Wir sind wahrscheinlich die verdammt glücklichste Familie auf dem ganzen Planeten.«

★ ★ ★

Es dauerte noch ungefähr weitere fünfzehn Minuten, bis sich alle wieder soweit beruhigt hatten. Danach räumten sie die Einkäufe weg und setzten sich alle ins Wohnzimmer.

Treys Großmutter tupfte sich erneut die Augen ab, die Freudentränen bahnten sich immer noch ständig ihren Weg nach draußen. »Wo willst du denn wohnen, Charlyce?«

»Ich ... weiß es nicht. Trey sagte, ich könnte erst einmal bei ihm bleiben.«

Trey nickte. »Ja, kein Problem.«

Seine Großmutter runzelte die Stirn. »Sei jetzt besser still, Trey. Sie ist *meine* Tochter, nicht deine. Ich habe hier genug Platz.«

Tante Charlyce lächelte. »Danke, Mom.«

Trey zuckte mit den Schultern. »Keine Einwände meinerseits. Ein erwachsener Mann braucht seine Privatsphäre.«

»Ich werde sowieso nicht den ganzen Tag da sein, denn ich werde ja arbeiten gehen.«

Die Augen ihrer Mutter weiteten sich vor Überraschung. »Du hast bereits einen Job gefunden?«

»Ich habe mit Mister Brownstone darüber gesprochen, ihr einen Job zu geben.« Trey lächelte und zupfte seine Krawatte zurecht. »Wir brauchen eine Verwaltungsassistentin in der Brownstone-Agentur und ich glaube Tante Charlyce ist genau die Richtige dafür.«

Seine Großmutter lächelte und ihr Gesicht strahlte vor Stolz, wie er es seit ... zur Hölle, wie er es *noch nie* gesehen hatte. »Na sieh mal einer an, Trey! Kaum zu glauben, dass du mal ein nichtsnutziger Anführer einer Straßengang warst.«

»Jetzt hör aber auf, Nana. *So* schlimm war ich nun auch wieder nicht.«

Sie schüttelte den Kopf. »Doch, das warst du und du weißt das auch. Du hattest diese Straßengang und ihr habt nichts als Ärger gemacht und euch mit anderen Gangs geprügelt. Weißt du, dass ich oft zu Hause saß, geweint hab und dabei dachte: ›Was habe ich nur getan, um das zu verdienen? Dieser Junge wird im Gefängnis enden und mir das Herz brechen.‹«

Trey stöhnte und seine Tante lachte.

»Aber jetzt ist alles anders. Du hast einen Job, bei dem du Menschen hilfst.«

»Nun, ich verprügle immer noch Leute«, murmelte er.

»Aber jetzt trifft es nur noch schlechte Menschen, die es verdient haben. Ich lebe nicht auf dem Mond. Es gibt halt manchmal Leute, bei denen hilft nur ein kräftiger Schlag mit dem Krückstock.«

»Vorher habe ich auch nur schlechte Menschen verprügelt«, grummelte Trey. »Und ich bin nicht derjenige der Leute mit ihrem Krückstock verprügelt, sondern du.«

»Mach nur weiter so, mein Junge, dann hole ich meinen Krückstock und probiere ihn mal an dir aus.« Seine Großmutter blickte ihn finster an, doch dann lachte sie. »Was ich eigentlich damit sagen wollte, Trey, ist, dass ich stolz auf dich bin. Du hast geholfen, meine Tochter zu retten und du gibst dieser Gemeinschaft nun etwas zurück, anstatt immer nur zu nehmen. Es ist egal, dass du früher ein Raufbold warst. Kein Mensch kann die Vergangenheit ändern, nicht einmal die magischen Typen von Oriceran, aber jeder Mensch kann seine Zukunft ändern.«

Trey rollte mit den Augen. »Ich war kein Raufbold.« Er deutete auf seinen Anzug. »Tragen Raufbolde solche Anzüge?«

Seine Großmutter lachte. »Du trägst diese Anzüge doch erst, seit du für Brownstone arbeitest.«

* * *

Ein paar Stunden später umarmte Trey seine Tante und Großmutter, bevor er aufbrach und in seinen F-350 stieg. Nun, da sein Abenteuer in Las Vegas vorbei war, musste er sich wieder auf seinen Job hier konzentrieren und dabei mithelfen, die Brownstone-Agentur am Laufen zu halten. Auch wenn Royce immer noch dabei war, seine Jungs auf Vordermann zu bringen, war Trey klar, dass die ersten bald mit ihrer Ausbildung fertig sein würden und er ihnen dann das Handwerk eines Kopfgeldjägers beibringen musste.

Die Brownstone-Agentur würde die Stadt Los Angeles mit einer Armee von Kopfgeldjägern überschwemmen und nicht eher ruhen, bis alle eingefangen waren und es niemanden mehr gab, der es riskieren wollte, dass die Stadt ein Kopfgeld auf ihn aussetzen würde. Natürlich würden sie es nicht mit Killern wie King Pyro oder dem Rote-Augen-Killer aufnehmen können, aber solche gefährlichen Stufe vier oder fünf Kriminellen waren eher selten.

Vielleicht werden wir eines Tages ja auch noch in anderen Städten Zweigstellen aufmachen. Brownstone San Francisco, Brownstone San Diego. Vielleicht machen wir dann sogar eine in Sacramento auf. Oder in Tokio, das wäre doch wirklich extrem geil.

Er grübelte über die logistischen Probleme nach, die sich dabei ergeben würden, während er zu seiner Wohnung fuhr. Das Problem mit den meisten Kopfgeldjägern war, dass sie es in der Regel nur wegen des Geldes taten. Er hatte im Netz nachgeforscht und es gab tatsächlich auch noch andere Kopfgeldjäger-Agenturen, aber keine in der Größe der Brownstone-Agentur und vor allem keine, die einen Mann wie James Brownstone als Chef hatten.

Reputation war in diesem Job enorm wichtig und James hatte sich seinen Ruf durch Blut und Tränen hart erarbeitet.

Selbst wenn zukünftig weitere Kopfgeldjäger-Firmen gegründet würden, um mit der Brownstone-Agentur zu konkurrieren, wäre das am Ende für alle eine Win-win-Situation. Das würde nämlich bedeuten, dass Kriminelle schneller von der Straße verschwänden und die Städte dadurch sicherer werden würden.

Trey grinste. Vor nicht allzu langer Zeit war er selbst noch einer von diesen Kriminellen gewesen, aber nun stand er auf der anderen Seite des Gesetzes und half dabei mit, genau solche Kriminelle einzufangen.

Nun, diese Stadt wäre sicher weitaus besser dran, wenn solche Arschlöcher wie die Demon Generals weg wären. Zu schade, dass auf die meisten dieser Penner kein Kopfgeld ausgesetzt ist.

Er parkte seinen Pick-up am Straßenrand vor seiner Wohnung. Es wäre sicher keine schlechte Idee, wenn er sich demnächst nach einem Haus mit einer schönen Einfahrt oder sogar eine Garage umsehen würde. Er hatte ziemlich lange suchen müssen, um einen einigermaßen gut erhaltenen F-350 zu finden, daher sollte er ihn besser genauso vorsichtig und liebevoll behandeln, wie James es mit seinem tat.

Trey war gerade ausgestiegen, als er den Lichtkegel eines Autos bemerkte, das gerade in die Zufahrtsstraße eingebogen war und direkt auf ihn zukam. Seine Hand glitt in die Jacke und er griff nach der Pistole in seinem Halfter. Zwar hatte ihn in letzter Zeit niemand mehr unmittelbar bedroht, aber er hatte nicht vergessen, dass James erst kürzlich ein paar Demon Generals verprügelt hatte, die in die Nachbarschaft gekommen waren, um sich an Trey zu rächen. Nur weil er inzwischen nicht mehr zu einer Straßenbande gehörte, bedeutete das noch lange nicht, dass er damit seiner Gang-Vergangenheit entkommen war.

Obwohl es bei dieser Scheiße damals gar nicht mal um seine Straßengang Vergangenheit ging, sondern darum, dass er James geholfen hatte.

Das auf ihn zukommende Auto wurde langsamer und Trey nahm die Hand von seiner Waffe, als er den anderen F-350 erkannte, der da durch die Nachbarschaft rollte.

James hielt neben ihm an und lies seine Seitenscheibe herunter. »Hallo Trey.«

»Verdammt, James«, rief Trey. »Du hast mich echt erschreckt. Ich war *so kurz* davor, dir eine zu verpassen. Das wäre echt übel. Die würden mich nicht nur mit Schimpf und Schande aus der Stadt jagen, sondern wahrscheinlich gleich ganz aus Amerika raus.«

»Wenn du mich umlegen würdest, würde dir wahrscheinlich die halbe Stadt ein Denkmal setzen, um der ganzen Welt zu zeigen, wie knallhart du bist.« James lachte. »Und für mich wäre es zudem verdammt peinlich, wenn ich all die ganze bisherige Scheiße überlebt hätte, nur um dann am Ende versehentlich von einem meiner eigenen Angestellten getötet zu werden.«

»Das wäre echt bescheuert.« Trey grinste. »Danke noch mal für Vegas. Ich denke, keiner von uns beiden wusste, worauf wir uns da einlassen.«

James seufzte. »Ich wollte doch eigentlich nur mal wieder ins *Jessie Rae's*. Na ja, aber es war dennoch eine schöne Abwechslung, mal nur einen einzigen Kerl zu jagen, anstatt dass ein Haufen Arschlöcher hinter mir her ist. Ich musste mir da wenigstens keine Sorgen um meinen Pick-up machen oder irgendwelche Gebäude in die Luft jagen. Es war eher so, wie die Dinge früher einmal waren ... einfach. Oder genauer gesagt unkomplizierter.« Er zuckte mit den Schultern.

Trey lachte. »Ich bin mir ziemlich sicher, dass die Leute inzwischen begriffen haben, dass man sich besser nicht mit James Brownstone anlegt, wenn man sich keinen frühen Tod wünscht.«

»Ja, das sollte man meinen, aber anscheinend gibt es da draußen ziemlich viele Idioten.« James musterte Trey aufmerksam. »Mit deiner Tante lief alles gut?«

»Ja. Nana war verdammt glücklich sie wiederzuhaben.« Trey lächelte. »Es fühlt sich verdammt gut an, dass meine Tante wieder zurück ist und dass ich in der Lage war, ihr zu helfen. Wenn ich immer noch Anführer einer Straßengang gewesen wäre, hätte ich ihr keinen Job anbieten können. Du hast mir geholfen und dadurch war ich in der Lage ihr zu helfen.«

»Nun, bei mir ist es ähnlich, wenn ich so recht darüber nachdenke.«

»Wie meinst du das?«

James sah ihn an. »Nun, als ich damals ein Waisenkind war, haben mir die Priester geholfen. Ich hätte durchaus auch auf der Straße landen können, aber weil sie sich um mich gekümmert haben, endete ich als Kopfgeldjäger, der Kriminelle jagt und nicht als Krimineller, der wegen Mordes oder irgendeinem ähnlichen Vergehen gesucht wird.«

»Ich wünschte nur, wir könnten meinen Jungs auch irgendwie helfen.«

»Machst du dir Sorgen?«

Trey schüttelte den Kopf. »Nein, eigentlich nicht, aber vielleicht gibt es da ja etwas, was wir als Unternehmen tun können. Du weißt schon, irgendeine Gruppenaktivität um die Moral zu fördern oder irgend so einen Scheiß. Ich habe in den letzten Wochen einige Bücher gelesen. Über Mitarbeiterführung, Organisation, Management und diese ganze Scheiße.«

James runzelte die Stirn. »Hm. Okay? Und was hast du dir da in etwa vorgestellt? Mannschaftssport wäre wahrscheinlich eine ziemlich schlechte Idee. Das endet fast immer mit irgendwelchen Verletzungen, wenn ich irgendwo mitspiele.«

»Ja, das glaube ich dir unbesehen.« Trey schnippte mit den Fingern. »Wie wär's mit einem Barbecue-Team? Du hast doch schon bei ein paar Wettbewerben mitgemacht und du könntest unsere Mannschaft zum Sieg führen. Dabei sein ist ja schön und gut, aber gewinnen ist natürlich noch wesentlich besser.«

James fing an zu lachen, verstummte dann aber ziemlich schnell, als er realisierte, dass Trey nicht mitlachte.

»Das ist doch nicht dein Ernst, oder?«, fragte er ihn.

Trey schnaubte. »Verdammt noch mal, das ist sogar mein voller Ernst!«

»Ich weiß nicht ...« James seufzte. »Ich habe die meisten meiner BBQ-Bücher bei der Explosion verloren.«

»Willst du mir echt weismachen, dass du dein gesamtes Wissen über BBQ verloren hast, nur weil deine handsignierten Rezeptbücher damals verbrannt sind? Mensch James, kauf dir doch einfach ein paar neue.« Trey deutete auf James' Kopf. »Außerdem weiß ich genau, dass du ein fotografisches Gedächtnis hast und nichts jemals vergisst. Wie oft hattest du dir diese Bücher denn schon durchgelesen? Wenn du jemals mit der Kopfgeldjagd aufhören würdest, wärst du sicher ein erstklassiger Barbecuemeister. Du bist eine verdammte wandelnde Enzyklopädie über jegliche Arten des Barbecues. Komm, lass uns ein Team gründen und wir machen ein Barbecue, wie es die Welt noch nie zuvor gesehen hat.« Er schlug mit der Faust in seine Handfläche. »Verdammt, wir werden ein außerirdisches Barbecue zaubern, das Nadina dastehen lassen wird, als käme sie aus Wyoming.«

James rieb sich seinen Nacken und warf Trey ein breites Grinsen zu. »Warum zur Hölle eigentlich nicht?«

* * *

James runzelte die Stirn, als er sich seinem Haus näherte. Das Licht in seinem Wohnzimmer brannte.

Das hat mir gerade noch gefehlt. Ist da etwa wirklich jemand so dumm bei mir einzubrechen?

Er entspannte sich kurz darauf wieder, als sich das Garagentor öffnete und den Blick auf einen roten Fiat Spider freigab.

»Ich schätze, das erklärt, warum mein Sicherheitssystem keinen Alarm geschlagen hat, aber warum hat sie nicht einfach Bescheid gesagt, dass sie wieder zurück ist?«

James stellte seinen Ford neben ihrem Fiat ab und ging dann ins Haus. Eine einzelne Socke lag im Flur auf dem Boden.

»Komm schon, Shay, du sollst doch deine Socken nicht überall rumliegen lassen.«

Er bückte sich und hob die Socke auf. Ein paar Meter weiter lag noch eine Socke. Er seufzte und ging hinüber, um auch diese aufzuheben. Etwas weiter lag eine Hose, dann ein Hemd und als er der Spur in Richtung seines Schlafzimmers folgte, fand er auch noch einen BH und zum Schluss noch ein Höschen, das direkt vor dem Bett lag.

Darin befand sich Shay, die lachend die Decke zur Seite schob, unter der ihr splitterfasernackter Körper zum Vorschein kam. Sie zwinkerte ihm zu. »Ich glaube, ich brauche jetzt erst mal eine gehörige Dosis Brownstone.«

James grinste, als er das Licht dimmte. »Oh. In diesem Fall sind mir die paar Socken auf dem Boden scheißegal.«

* * *

Die eindringenden Sonnenstrahlen kitzelten Shay im Gesicht und sie erwachte mit einem Gähnen. James schlief immer noch und schnarchte leise vor sich hin. Sie griff nach ihrem Handy auf dem Nachttisch, um ihre Nachrichten zu prüfen. Sie hatte Alison letzte Nacht noch eine WhatsApp-Nachricht geschickt, aber diese hatte nicht sofort geantwortet. Kein Wunder, sie war ja in Virginia und hatte um die Uhrzeit wohl schon tief und fest geschlafen.

James geht's gut. Er hatte diesmal Verstärkung mit dabei.

Die Antwort des Mädchens war vor einer Stunde gekommen.

Danke, Tante Shay. Oder sollte ich ab sofort lieber Mom zu dir sagen? ;-)

Shay schmunzelte. »Dieses Mädchen ist einfach verdammt noch mal viel zu klug für ihr Alter.«

Sie legte ihr Handy wieder zurück auf den Nachttisch und strich dem neben ihr schlafenden Mann sanft über die Brust. »Bis zu meinem nächsten Job bleibt uns nicht mehr viel Zeit. Wir sollten diese Zeit sinnvoll nutzen und sicherstellen, dass ich genug Liebe von dir bekomme, damit ich ein paar Tage Trennung von dir verkraften kann.«

Shay grinste. Das würden ein paar schöne, wenn auch verdammt anstrengende Tage für sie beide werden.

FINIS

James Brownstone kehrt zurück in:
»Der unglaubliche Mr. Brownstone 07–
Bekämpfe Feuer mit Feuer«

–

Wie hat Dir das Buch gefallen? Schreib uns eine Rezension oder bewerte uns mit Sternen bei Amazon.

Dafür musst Du einfach ganz bis zum Ende dieses Buches gehen, dann sollte Dich Dein Kindle nach einer Bewertung fragen.

Als Indie-Verlag, der den Ertrag weitestgehend in die Übersetzung neuer Serien steckt, haben wir von LMBPN International nicht die Möglichkeit große Werbekampagnen zu starten. Daher sind konstruktive Rezensionen und Sterne-Bewertungen bei Amazon für uns sehr wertvoll, denn damit kannst Du die Sichtbarkeit dieses Buches massiv für neue Leser, die unsere Buchreihen noch nicht kennen, erhöhen. Du ermöglichst uns damit, weitere neue Serien parallel in die deutsche Übersetzung zu nehmen.

Am Ende dieses Buches findest Du eine Liste aller unserer Bücher. Vielleicht ist ja noch eine andere Serie für Dich dabei. Ebenso findest Du da die Adresse unseres Newsletters und unserer Facebook-Seite und Fangruppe – dann verpasst Du kein neues, deutsches Buch von LMBPN International mehr.

THORSTENS LEKTORNOTIZEN

Hallo, lieber Leser und herzlich willkommen am Ende des sechsten Bandes des Unglaublichen Mr. Brownstone. In diesem Band musste Lieutenant Hall feststellen, dass einem manchmal gar keine andere Wahl bleibt, als einen halben Parkplatz in Schutt und Asche zu legen, um eine gefährliche Bedrohung auszuschalten. Das war sicher eine schwere Lektion für sie, aber ob das ausreicht, um ihre Meinung über Brownstone zu ändern?

Brownstone hingegen hat momentan ganz andere Probleme. Während er versucht, die Brownstone-Agentur zum Laufen zu bringen, muss er sich nebenbei um seine Beziehung kümmern, Kopfgelder jagen und am allerschlimmsten ist, dass der Professor nun seine Schuld einfordert. James schuldet ihm immer noch die Teilnahme an diesem verdammten Wettbewerb ›Schmutzigster Barde‹. Als wäre das nicht schon schlimm genug, sind nun auch die Drow wieder zurückgekehrt und werden vor nichts zurückschrecken, um endlich ihre Prinzessin zu finden. Es bleibt also spannend.

Bis zum nächsten Band!

Ad Aeternitatem!

Thorsten Wiegand

MICHAELS NOTIZEN

Vielen Dank, dass ihr nun schon das SECHSTE Brownstone-Buch verschlungen habt und dass ihr auch am Ende auch noch diese Anmerkungen des Autors durchlest.

Als ich anfing dieses Buch ›Wenn Engel weinen‹ zu schreiben, stellte ich mir die Frage: »Was für ein Arschloch würde Eltern vor den Augen ihrer Kinder töten und sich dann auch noch an deren Leid ergötzen?«

Ich wollte keinen Charakter erschaffen, der bereits von Anfang an böse war. Vielmehr wollte ich, dass ihm etwas widerfahren würde, dass ihn so verändern würde, dass er anschließend zu solchen Taten fähig wäre. Ich dachte mir: »Was würden die Leute mit dieser neuen Magie anfangen? Sowohl mit der hellen, als auch der dunklen Magie?«

In meiner Vorstellung würde JEDER, vom niedrigsten Straßenräuber bis zum höchsten Geschäftsmann, versuchen, die Magie für eigene Zwecke auszunutzen. Und dabei hin und wieder auch mit Dingen herumexperimentieren, von denen man besser die Finger lassen sollte.

Natürlich würde auch die Mafia dort mitmischen wollen.

In Vegas (wo ich aktuell lebe) gibt es immer noch Mafioso. In den Nachrichten hört man normalerweise nichts über sie. Las Vegas fühlt sich auch nicht wie eine Mafia-Stadt an. Aber um von mir bemerkt zu werden, müsste sich ein Mafioso wahrscheinlich direkt vor mich stellen und mit dem Finger auf sich deuten und dabei laut sagen: »Hey! Ich bin ein Mafioso!«

Dabei würde ich ihm nur zu gerne eine Bazillion Fragen stellen, zu dem, was in dieser Stadt eigentlich vor sich geht! Vermutlich dürften die meisten dieser Fragen dafür sorgen, dass ich bald schon mit den Fischen singen würde ... was allerdings in einer Wüstenstadt etwas schwierig werden könnte.

Obwohl, es gibt da ein Wasser-Reservoir ganz in der Nähe ...

Oh, Mist. Sollten irgendwelche Mafiosi dies hier lesen, dann möchte ich hiermit unbedingt klarstellen, dass ich lieber NICHT mit Ihnen sprechen möchte und das ich verspreche, zukünftig meine vorlaute Klappe besser unter Kontrolle zu bringen.

Wir würden sonst nämlich keine weiteren Brownstone-Bände mehr bekommen. Oder Geschichten über Bethany Anne ...

Ad Aeternitatem,
Michael Anderle
21. Juni 2018

Rezepte von den Fans – Teil 6

Hier nun ein weiteres BBQ-Rezept von einem unserer amerikanischen Leser:

Tim Bischoffs süß-scharfe Kentucky Bourbon BBQ-Sauce

(Rezept ergibt etwa 2 Liter Sauce)

3 ½ Tassen Tomatenmark oder passierte Tomaten
3 ½ Tassen Apfelessig
1 Tasse Whisky
1 Tasse brauner Zucker
1 Tasse weißer Rohrzucker
1 Tasse Zuckerrohr Melasse
60ml Worcestershire-Sauce.
1 ½ Esslöffel Paprikagewürz
2 ½ Teelöffel frisch gemahlener Pfeffer
2 ½ Teelöffel Salz
2 ½ Teelöffel Franks Red Hot Sauce (alternativ geht auch Tabasco)
½ Teelöffel Chilli-Pulver
¼ Butter
1 Zwiebel fein gehackt (in Butter angebraten)
2 Knoblauchzehen fein gehackt (in Butter angebraten)
1 Flasche Bier, vorzugsweise Kilkenny, aber es geht auch jedes andere Bier

Los gehts:

1. Die Zwiebel und den Knoblauch in einem großen Topf anbraten.

2. Danach die restlichen Zutaten in den Topf geben und gut umrühren.

3. Als Nächstes noch eine Tasse Wasser hinzufügen und abermals gut umrühren.

4. Etwa anderthalb Stunden lang langsam vor sich hin köcheln lassen.

Guten Appetit!

SOZIALE MEDIEN

Möchtest Du mehr?
Abonnier unseren Newsletter, dann bist Du bei neuen Büchern, die veröffentlicht werden, immer auf dem Laufenden:
https://lmbpn.com/de/newsletter/

Tritt der Facebook-Gruppe & der Fanseite hier bei:
https://www.facebook.com/groups/ZeitalterderExpansion/
(Facebook-Gruppe)
https://www.facebook.com/DasKurtherianischeGambit/
https://www.facebook.com/LMBPNde/
(Facebook-Fanseiten)

Die E-Mail-Liste verschickt sporadische E-Mails bei neuen Veröffentlichungen, die Facebook-Gruppe ist für Veröffentlichungen und ›hinter den Kulissen‹-Informationen über das Schreiben der nächsten Geschichten. Sich über die Geschichten zu unterhalten ist sehr erwünscht.
Da ich nicht zusichern kann, dass alles was ich durch mein deutsches Team auf Facebook schreiben lasse, auch bei Dir ankommt, brauche ich die E-Mail-Liste, um alle Fans zu benachrichtigen wenn ein größeres Update erfolgt oder neue Bücher veröffentlicht werden.
Ich hoffe Dir gefallen unsere Buchserien, ich freue mich immer über konstruktive Rezensionen, denn die sorgen für die weitere Sichtbarkeit unserer Bücher und ist für unabhängige Verlage wie unseren die beste Werbung!
Jens Schulze für das Team von LMBPN International

DEUTSCHE BÜCHER VON LMBPN PUBLISHING

Kurtherianisches™-Gambit-Universum:

Das kurtherianische™ Gambit (Michael Anderle – Paranormal Science Fiction)

Erster Zyklus:

Mutter der Nacht (01) · Queen Bitch – Das königliche Biest (02) · Verlorene Liebe (03) · Scheiß drauf! (04) · Niemals aufgegeben (05) · Zu Staub zertreten (06) · Knien oder Sterben (07)

Zweiter Zyklus:

Neue Horizonte (08) · Eine höllisch harte Wahl (09) · Entfesselt die Hunde des Krieges (10) · Nackte Verzweiflung (11) · Unerwünschte Besucher (12) · Eiskalte Überraschung (13) · Mit harten Bandagen (14)

Dritter Zyklus:

Schritt über den Abgrund (15) · Bis zum bitteren Ende (16) · Ewige Feindschaft (17) · Das Recht des Stärkeren (18) · Volle Kraft voraus (19) · Hexenjagd (20) · Die Rückkehr der Matriarchin (21)

Das kurtherianische™ Endspiel:

Die Piraten von High Tortuga (22) · Zwingende Beweise (23)

Kurzgeschichten:

Frank Kurns – Geschichten aus der Unbekannten Welt

In Vorbereitung:

...die restlichen Bücher des Kutherianischen™ Endspiels

Das zweite Dunkle Zeitalter

(Michael Anderle & Ell Leigh Clarke – Paranormal Science Fiction)

Der Dunkle Messias (01) · Die dunkelste Nacht (02)
Dunkelheit vor der Dämmerung (03)
Dämmerung naht (04)

Die Chroniken der Gerechtigkeit
(Natalie Grey & Michael Anderle – Paranormal Science Fiction)

Der Rächer (01)
In Vorbereitung sind die restlichen Bücher bis Band 7.

Aufstieg der Magie
(CM Raymond, LE Barbant & Michael Anderle – Fantasy)

Unterdrückung (01) · Wiedererwachen (02)
Rebellion (03) · Revolution (04)
Die Passage der Ungesetzlichen (05) · Dunkelheit erwacht (06)
Die Götter der Tiefe (07)
In Vorbereitung sind die restlichen Bücher der Serie

Oriceran-Universum:

Die Leira-Chroniken
(Martha Carr & Michael Anderle – Urban Fantasy)

Das Erwecken der Magie (01)
In Vorbereitung sind die restlichen Bücher der Serie

Der unglaubliche Mr. Brownstone
(Michael Anderle – Urban Fantasy)

Von der Hölle gefürchtet (01) · Vom Himmel verschmäht (02)
Auge um Auge (03) · Zahn um Zahn (04)
Die Witwenmacherin (05) · Wenn Engel weinen (06)

Bekämpfe Feuer mit Feuer (07) · Lang lebe der König (08)
Alison Brownstone (09) · Nur eine schlechte Entscheidung (10)
In Vorbereitung sind die restlichen Bücher Serie

Die Schule der grundlegenden Magie
(Martha Carr & Michael Anderle – Urban Fantasy)
Dunkel ist ihre Natur (01) · Hell ist ihr Augenlicht (02)
Aufrichtig ist ihre Liebe (03)
In Vorbereitung sind die restlichen Bücher dieser Serie

Die Schule der grundlegenden Magie: Raine Campbell
(Martha Carr & Michael Anderle – Urban Fantasy)
Mündel des FBI (01) · Magische Berufung (02)
Hexe des FBI (03)
In Vorbereitung sind die restlichen Bücher dieser Serie

›Das Haus der 14‹-Universum:

Unzähmbare Liv Beaufont
(Sarah Noffke & Michael Anderle – Urban Fantasy)
Die rebellische Schwester (01)
Die eigensinnige Kriegerin (02)
Die aufsässige Magierin (03)
Die triumphierende Tochter (04)
Die loyale Freundin (05)
Die dickköpfige Fürsprecherin (06)
Die unbeugsame Kämpferin (07)
Die außergewöhnliche Kraft (08)
Die leidenschaftliche Delegierte (09)
Die unwahrscheinlichsten Helden (10)
Die kreative Strategin (11)
Die geborene Anführerin (12)

Die einzigartige S. Beaufont
(Sarah Noffke & Michael Anderle – Urban Fantasy)

Die außergewöhnliche Drachenreiterin (01)
Das Spiel mit der Angst (02)
Verhandlung oder Untergang (03)
Die Würfel sind gefallen (04)
Das Chi des Drachen (05)
Siegeszug für Magitech? (06)
Die neue Drachenelite (07)
Geschichte, neu erzählt (08)
Im Sinne der Fairness (09)
Entscheide über dein Schicksal (10)
Verhandle mit mir oder meinem Drachen (11)
In Vorbereitung sind die restlichen Bücher bis Band 24

Eine Beaufont-Geschichte
(Sarah Noffke & Michael Anderle – Urban Fantasy)
Der geheimnisvolle Plato (01)
Der fantastische Lunis (02)
In Vorbereitung sind die restlichen Bücher bis Band 3

Sonstige Serien

Die Chroniken des Komplettisten
(Dakota Krout – LitRPG/GameLit)
Ritualist (01) · Regizid (02) · Rexus (03)
Rückbau (04) · Rücksichtslos (05) · Inferno (06)
In Vorbereitung sind die restlichen Bücher der Serie

Der Hexenmeister der Wolfsmenschen
(Dakota Krout – LitRPG/GameLit)
Bibliomant (01)
In Vorbereitung sind die restlichen Bücher der Serie

Die Chroniken von KieraFreya
(Michael Anderle – LitRPG/GameLit)
Newbie (01) · Anfängerin (02) · Kriegerin (03) · Heldin (04)
In Vorbereitung sind die restlichen Bücher bis Band 6

Die guten Jungs
(Eric Ugland – LitRPG/GameLit)
Noch einmal mit Gefühl (01)
Heute Erbe, morgen Schachfigur (02) · Dungeonschinder (03)
Und täglich droht die Nebenquest (04)
Hochadel für Einsteiger (05)
In Vorbereitung sind die restlichen Bücher der Serie

Die bösen Jungs
(Eric Ugland – LitRPG/GameLit)
Schurken & Halunken (01) · Der Dieb im ersten Stock (02)
Die Freischaufler (03) · Krieg der Aufschneider (04)
In Vorbereitung sind die restlichen Bücher der Serie

Die Reiche
(C.M. Carney – LitRPG/GameLit)
Der König des Hügelgrabs (01)
Die verlorene Zwergenstadt (02)
Mörderische Schleife (03) · Geißel der Seelen (04)
Der verlorene Gott (05)
In Vorbereitung sind die restlichen Bücher der Serie

Stahldrache
(Kevin McLaughlin & Michael Anderle – Urban Fantasy)
Drachenhaut (01) · Drachenaura (02)
Drachenschwingen (03) · Drachenerbe (04)
Dracheneid (05) · Drachenrecht (06)
Drachenparty (07) · Drachenrettung (08)
Drachenermittler (09) · Drachenschwester (10)
Drachenmaske (11) · Drachengefängnis (12)
Drachenschlacht (13)
In Vorbereitung sind die restlichen Bücher bis Band 15

So wird man eine knallharte Hexe
(Michael Anderle – Urban Fantasy)
Magie & Marketing (01) · Magie & Freundschaft (02)
Magie & Dating (03) · Magie & Ausbildung (04)
Magie & Verfolgung (05)
In Vorbereitung sind die restlichen Bücher bis Band 9

Animus
(Joshua & Michael Anderle – Science Fiction)
Novize (01) · Koop (02) · Deathmatch (03)
Fortschritt (04) · Wiedergänger (05) · Systemfehler (06)
Meister (07) · Infiltration (08) · Raubzug (09)
In Vorbereitung sind die restlichen Bücher bis Band 12

Opus X
(Michael Anderle – Science Fiction)
Der Obsidian-Detective (01) · Zerbrochene Wahrheit (02)
Suche nach der Täuschung (03) · Aufgeklärte Ingonoranz (04)
Kabale der Lügen (05) · Mahlstrom des Verrats (06)
Schatten der Überzeugung (07)
In Vorbereitung sind die restlichen Bücher bis Band 12

Chroniken einer urbanen Druidin
(Auburn Tempest & Michael Anderle – Urban Fantasy)
Ein vergoldeter Käfig (01)
Ein heiliger Hain (02)
Ein Familieneid (03)
Die Rache einer Hexe (04)
Ein gebrochener Schwur (05)
In Vorbereitung sind die restlichen Bücher der Serie

Entfesselte Goth-Drow
(Martha Carr & Michael Anderle – Urban Fantasy)
Eigensinnig und ziemlich ungewöhnlich (01)
Lass die Welt zurück (02)

In Vorbereitung sind die restlichen Bücher der Serie

Die Geburt von Heavy Metal
(Michael Anderle – Science Fiction)
Er war nicht vorbereitet (01)
Sie war seine Zeugin (02)
Hinterhältige Hinterlassenschaften (03)
Das Blut meiner Feinde (04)
In Vorbereitung sind die restlichen Bücher bis Band 9

Skharr TodEsser
(Michael Anderle – Sword & Sorcery Fantasy)
Das todbringende Verlies (01)
In Vorbereitung sind die restlichen Bücher der Serie

Weihnachts-Kringle
(Michael Anderle –
Action-Adventure-Weihnachtsgeschichten)
Weihnachts-Kringle: Stille Nacht (01)
Der Weihnachts-Kringle kommt in die Stadt (02)